有声的左翼

诗朗诵与革命文艺的身体技术

康凌 著

上海文艺出版社
Shanghai Literature & Art Publishing House

微光

青年批评家集丛

本书献给我的外婆，蒋云裳(1932—2016)

"微光/青年批评家集丛"策划人语

金 理

在今天这样的时代里,尝试获取对于"文学批评"的共识,恐非易事。不过,既然我们的集丛以此为名义来召集,势必需要提出若干"嘤鸣求友"般的呼声——

首先,文学批评"能够凭借自身而独立存在"(弗莱:《批评的解剖》),其意义并不寄生于创作,批评与创作并肩而立,共同面对生机勃发的大千世界发言,"如共同追求一个理想的伴侣"——这个说法来自陈世骧先生对夏济安文学批评特质的理解:"他真是同感地走入作者的境界以内,深爱着作者的主题和用意,如共同追求一个理想的伴侣,为他计划如何是更好的途程,如何更丰足完美的达到目的。……他在这里不是在评论某一个人的作品,而是客观论列一般的现象,但是话

尽管说的犀利俏皮,却决没有置身事外的风凉意,而处处是在关心的负责。"(陈世骧:《〈夏济安选集〉序》)

其次,在理性的赏鉴与评断之外,批评本身是一门艺术,拒绝陈词滥调,置身于"陌生"的文学作品中,置身于新鲜的具体事物中。文学批评应该是美的、创造的,目击本源,"语语都在目前"。

再次,诚如韦勒克的分疏:"'文学理论'是对文学原理、文学范畴、文学标准的研究;而对具体的文学作品的研究,则要么是'文学批评'(主要是静态的探讨),要么是'文学史'。"但他尤其强调这三种方法互为结合、彼此支持,无法想象"没有文学理论和文学史又怎能有文学批评"(韦勒克:《文学理论、文学批评和文学史》)。故而,凡在文学理论的阐释、文学史的建构方面有新发见的著述,均在本集丛收入之列。

丛书名中的"微光"二字,取自鲁迅给白莽诗集《孩儿塔》作序:"这是东方的微光,是林中的响箭,是冬末的萌芽,是进军的第一步……"借用"微光"大概表示两个意思:微光联系着新生的事物和谦逊的态度,本书是一套为青年学者开放的集丛;态度谦逊但也不自视为低,微光是黎明前刺破黑夜的第一束光,我们也寄望这套书能给近年来略显沉闷的学界带来希望。

此外,"微光"还让我们联想起加斯东·巴什拉笔下的"孤独烛火",联想起巴什拉在《烛之火》中描绘的一幅动人图画:遐想者凝视孤独烛火,这是知与诗、理性与想象的结合。"在所有的形象中,火苗的形象——无论是朴实的还是最细腻的,乖巧的还是狂乱的——载有诗的信息。一切火苗的遐想者都是灵感丰富的诗人。"(《烛之火·前言》)——在这一意义上,"微光"献给"一切火苗的遐想者"。

集丛第一辑的六位作者皆为一时俊彦自不待言,我们也期待有更多志同道合的师友加盟后续的出版计划。最后,集丛出版得到上海文艺出版社陈征社长的鼎力支持,胡远行先生与林雅琳女史亦献策出力,尤其远行先生本是集丛策划者,但他甘居幕后不愿列名,这都是我们要特为致谢的。

2017 年 5 月 14 日

目 录

为康凌序 / 张业松 1

第一章　绪论:革命文艺的身体技术 / 1
　　第一节　"新的世纪":时间(又)开始了 / 3
　　第二节　"听觉的艺术":左翼诗歌的形式问题 / 14
　　第三节　革命如何面对身体? / 25

第二章　诗与声与身 / 35
　　第一节　大众的记忆术:左翼的节奏诗学 / 37
　　第二节　劳动中的身体与节奏 / 46

第三章　节奏的谱系 / 55
　　第一节　"生理学谬误":毕歇尔、胚胎学与节奏的知识型 / 57
　　第二节　声音技术与人种志:诗歌形式如何回应文明危机的
　　　　　　生命政治? / 65
　　第三节　"从生物学到社会学去":普列汉诺夫的唯物主义艺术
　　　　　　起源论 / 73

第四章 歌谣化新诗 / 85
　　第一节 "旧瓶"与"新酒":歌谣的再发现 / 91
　　第二节 《新谱小放牛》:节奏作为媒介 / 98
　　第三节 "封建思想"的幽灵与民族形式问题 / 106

第五章 诗的 Montage:作为音响的语言 / 113
　　第一节 声音的秩序与意义的秩序 / 118
　　第二节 (无)变奏及其代价 / 124
　　第三节 象声词:"音象"中的双重时间性 / 131
　　第四节 论"杭育杭育":劳动呼声与身体性团结 / 139

第六章 尾声:一种左翼抒情主义? / 147
　　第一节 左翼抒情主义:革命的言、情、身 / 149
　　第二节 "理想型"和它所没有完成的:一点自我批评 / 157

附录一:"四条汉子"是怎么来的? / 163
　　《懒寻旧梦录》与左联组织结构的危机

附录二:方言如何成为问题? / 179
　　方言文学讨论中的地方、国家与阶级(1950—1961)

附录三:广播员本雅明 / 215
　　新技术媒介与一种听觉的现代性

跋 / 237

参考文献 / 245

为康凌序

张业松

康凌在复旦念书时,做的是海外汉学著作翻译、文献材料整理这类比较枯燥的学术工作,在从事这些工作时,他体现了与同龄小伙伴们相比,更为耐得住寂寞和更为审慎精确的性格。体现在工作成果上,是他的翻译作品会因为校正了原作中的一些错误而得到原作者由衷的感谢,那时候他还是低年级本科生;他的文献材料整理工作,本来算是在"现代文学"学科范围内进行的,出版后则颇令古典文学界的前辈高看一眼,我这个老师也因而大大沾光,破天荒受邀参加一个老前辈们圈定名单的古典文学方面的会议。没错,康凌自本科二年级在"周作人散文精读"课上与我结缘,此后又跟我念了硕士。在此期间,他的上述性格和成绩,对于我的懒散始终是一种刺激和督促,常使我在身边众多的榜样环视中,陷入更大的榜样的焦虑。以至于今,除了使好学生以我为坏的示范更知奋进而外,略无所成。

话说到这里,好像有点不对了。当然我还是有点骄傲的。康凌从复旦硕士毕业后,远赴地处美国内陆腹地的圣路易斯的华盛顿大学深造,在那里他学到了什么、沉潜到了哪里,这本《有声的左翼》可以算是一个小小的例证。所以说是小小的,因为这并不是他博士阶段的主要成果,而只是收入了部分博士论文前期成果的一个左翼文学范畴下的他在不同时期的同主题论述的合集。所以算是例证,是因为从本书中明显可见,从作为附录的三篇到作为正文的六章之间,出现了材料、方法、问题意识和学术创新的变化和演进痕迹。甚至可以说,这本书在结构上的两部分之间的异同和连接,示范了"死学问"如何被重新激活的一种可能性。

在20世纪中国启蒙与革命的变奏中,"左翼"本来是一种解放的力量,按陈思和老师的阐释,是以青春激扬的敏锐和新异的"先锋性",冲撞和刺激"常态"的固着和保守的生机活泼的机运,然而在我们过往的处理中,却也同样变得过于老衰和沉重了。除了在已经惯熟的轨道里增量产出,或尝试偷渡一点"去-去政治化的政治",又或以其不学售其新鲜之外,再难以吸纳和承载新的学术信息。近年来左翼文学研究创新的口号喊得很响,各种重大或常规学术项目也不断立项,真正值得一看的学术成果却罕有所见。原因何在?说起来何其复杂也哉!值得再立个重大项目细细研讨。但如果康凌及其成果可以作为参照,答案也是显而易见的:努力,用功,全身心投入,沉潜下去,充分占有材料,仔细体贴文本,重新打开"死语"和"死域"的感知,探听其中"声息",这些,我想并非每个同行都诚意想做并且做到了的。

对,本书的正文部分研究的正是"左翼的声音",聚焦于"诗朗诵的节奏、身体、语言、政治",方法上属于在海外人文学术领域中新兴的"声音研究"。"声音研究"是什么,这些年我们也颇听楼板响,不见人下来,康凌对左翼诗朗诵的研究,侧重在声音的技术和物理属性所萌生、赋予和召唤的艺术结果,确乎大大有助于我们对"一种左翼抒情主义"的文学史过程和相关作家作品的认知。文学是语言的艺术,语言是声音的艺术,左翼文学常常被人诟病为不成熟,这个不成熟就包含了声响的混杂和意义乃至意欲的暧昧,就此而言,"左翼文学"可能是最适合尝试"声音研究"的对象了。而康凌的小小的成绩,正来自于此种尝试,就其所获而言,也可以说是小小地示范了一下如何使左翼文学研究重新成为一种尖新敏锐的解放的力量,算是很值得一看的。

有了这样的尝试和示范,或许我们可以期待左翼文学领域被充分激活,被加以更有意义的学术处理的前景了。这样的前景,当然不只是寄望于某个个人,而是属于整个学界的。是为序。

2018 年 9 月 19 日,于复旦

第一章

绪论：革命文艺的身体技术

第一节 "新的世纪":时间(又)开始了

1932年9月的一天,任钧带着蒲风、杨骚、穆木天等人,鱼贯进入上海福州路山东路口麦家巷的一座教堂,在那里,十来位诗人正聚在一起,准备发起成立一个全新的诗歌组织——中国诗歌会。

为了这个组织,任钧已经忙碌好一阵了。他不仅直接向当时的左联党团书记周扬提出建议,更拉着左联创作委员会的成员们反复开会讨论。于是,由任钧倡议,穆木天领头,蒲风找来黄叶绿,周扬介绍来车胡子,艾芜拉来溅波、柳倩,加上左联内的杨骚、白薇、孙石灵、关露等,一个年轻的诗人团体逐渐成形。[1]

---

[1] 关于中国诗歌会的成立过程、组织架构与活动历史的回忆、考订与研究,见任钧:(转下页)

中国诗歌会当然不是一个纯粹以同仁交流为目的的文学社团,在危机四伏的上海组织、串联左翼文人本非易事,在十几年后谈起"写诗的朋友们为什么要组织这一团体"时,任钧仍感到有解释的必要:"这自然不是由于一时的心血来潮,也不是由于什么灵感冲动,而是有它的客观原因的。"[1]

个人的"冲动"与"客观原因"的区分,指向了一种理解诗歌写作与诗人之职责的特定方式:诗歌活动的动机,应根植于当时的"社会环境"之中。而当时最为鲜明而紧迫的社会情势,显然是以接踵而至的"九·一八""一·二八"事变为表征的、"横蛮的日本帝国主义的疯狂的侵略"。任钧继续写道:"在这种情势下面,全体中华儿女,只要他或她不是个冷血动物,只要他或她还多少有点民族观念,可以说,都在胸中怀着一枚炸弹,随时可以爆发!"[2]

作为时代精神的媒介,诗歌理当呼应、表达由社会环境造就的集体感觉结构:"在此殖民地的中国,一切都浴在急雨狂风里,许许多多的诗歌的材料,正赖我们去攫取,去表现。"[3]而以此为标杆,当时的

(接上页)《关于中国诗歌会》,《月刊》,1946年第1卷第4期;王亚平、柳倩:《中国诗歌会》,《新文学史料》,1979年第1期;任钧:《任钧自述生平及其文学生涯》,卢莹辉编:《诗笔丹心:任钧诗歌文学创作之路》,文汇出版社,2006年;柯文溥:《论中国诗歌会》,《文学评论》,1985年第1期;蔡清富:《关于中国诗歌会的几件史实》,《中国现代文学研究丛刊》,1986年第2期;柳倩:《左联与中国诗歌会》,中国社会科学院文学研究所编辑组编:《左联回忆录》,中国社会科学出版社,1982年,第258—277页;王训昭:《前言》,王训昭编:《一代诗风:中国诗歌会作品及评论选》,华东师范大学出版社,1996年,第1—17页。

[1] 任钧:《关于中国诗歌会》,《月刊》,1946年第1卷第4期。
[2] 同上。
[3] 《中国诗歌会缘起》。《缘起》原刊何处尚有待发掘,之前的研究均标注此《缘起》刊于《新诗歌》第1卷第1期,然查阅刊物后发现本期并未刊载《缘起》。此处转引自任钧:《关于中国诗歌会》。

"中国的诗坛"显得远不尽如人意——"一般人在闹着洋化,一般人又还只是沉醉在风花雪月里。"[1]此处矛头所指,正是当时在诗歌界占据主流的新月派和现代派。任钧借用日本无产阶级文人、"纳普"成员森山启[2]的说法批评道,这些作品所关注的无非是"不变的身边杂事,恋爱心理的加工,孤独,末梢神经,毫无意思,感觉的些微的时代着色"。[3]

值得注意的是,不论是森山启还是中国诗歌会,均从不否认"末梢神经"与"感觉"在诗歌中的作用。在森山启的普罗文学理论框架中,相对于其他文学体裁,诗歌的特殊性恰在于它能"更直接地"传达"生活经验上的情绪",是对现实的"最敏感的反应",能够表现"情绪底本质的波动",从而"触到核心地摇撼着人的情绪"。[4]然而,不同的"感情"的"高低"之别,依旧被"社会情势的变化"所决定。[5]作品、情感、社会情势之间的复杂辨证,不仅构成了左翼诗学论述的核心内容,也

---

[1] 任钧:《关于中国诗歌会》。
[2] 在日本的无产阶级文艺运动中,与德永直或藏原惟人等人相比,森山启似乎并不能算作非常重要的理论家,他之所以成为中国诗歌会的一个重要理论来源,更多地与任钧等人在留日期间与包括他在内的"日本无产阶级作家同盟"成员的私交有关。(见任钧:《任钧自述生平及其文学生涯》)关于森山启对东京左联的理论影响,见绢川浩敏:《东京左联对森山启现实主义论的接受》,《野草》,Vol. 54(1994)。关于1933年以后东京左联的情况,见小谷一郎:《东京"左联"重建后留日学生文艺活动》,王建华译,上海社会科学院出版社,2012年。

　　森山启的译介工作在1930年代陆续进行,除了一些杂志译文外,廖芯光译的《文学论》(读者书房,1936年)和林焕平译的《社会主义的现实主义论》(希望书店,1940年)是比较重要的两部著作。关于森山启的现实主义文论,可参看中村完:《社会主義リアリズムの問題- 森山啓の評論を中心に》,早稻田大学国文学会,《国文学研究》,Vol. 25(1962)。
[3] 任钧:《关于中国诗歌会》,《月刊》,1946年第1卷第4期。
[4] 森山启:《文学论》,第173—179页;森山启:《诗的特殊性》,《新诗歌》第1卷第3期。
[5] 森山启:《文学论》,第181页。

决定着他们对各种诗歌实践的研判。以此为据,新月派与现代派的个人主义感伤情绪、晦涩难明的玄言思辨、诘屈聱牙的语词游戏,显然与左翼诗人所试图表达的时代精神相去甚远,在后者看来,这些作品"和大众距离十万八千里,是不能适应这伟大的时代的"。[1]

治世之音安以乐,乱世之音怨以怒,诗文礼乐与国家命运之间的声息相通远非新鲜话题。然而,左翼诗人对诗歌与社会情势之关系的把握,是在20世纪革命的全新时空意识中展开的。新的政治社会条件呼唤着新的诗学态度与立场。对他们来说,诗歌不仅是"社会现实的反应",更是"社会进化的推进机,应具备时代意义"。[2]换句话说,诗歌不仅捕捉、描写社会现实,更应介入、参与社会现实本身的塑造与改变。由此出发,中国诗歌会确认了自身的"时代任务":"站在被压迫的立场,反对帝国主义侵略中国,反对不合理的压迫,同时教导大众以正确的出路。"[3]在这里,对于"时代"的感受与判断,构成了其诗歌活动的基础,重要的是,它不仅指向对历史事件的客观表述,更牵涉到一种能够把握这些历史事件的意识框架。"社会情势"并不是消极的、僵滞的实体,相反,它们的意义须被放置在一种革命的时间意识中加以澄明。1933年2月,中国诗歌会创办《新诗歌》[4]作为自身的官方刊物,在创刊号卷首的《发刊诗》中,"帝国主义侵略"被转化为人们触目可及的日常景象:

---

[1]《中国诗歌会缘起》。
[2] 同上。
[3] 同人等:《关于写作新诗歌的一点意见》,《新诗歌》第1卷第1期。
[4] 关于《新诗歌》这一刊物的考证与研究,见蔡清富:《中国诗歌会及其机关刊物〈新诗歌〉》,《中国现代文学研究丛刊》,1980年第3辑;陈松溪:《新见中国诗歌会的一期〈新诗歌〉》,《新文学史料》,1990年第2期。

> 一二八的血未干,
> 热河的炮火已经烛天。
> 黄浦江上停着帝国主义军舰,
> 吴淞口外花旗,太阳旗日在飘翻。[1]

如果说"九·一八"标志着日本军事侵略的开始,那么"一·二八"则将这场貌似远在边境省份的战争瞬间推到了这座中国最大城市的腹地,并沿途重绘了热河、黄浦江、吴淞口的声景与地景。在对血迹、炮声与军旗的书写中,帝国主义的侵略化身为可听可见的感官体验,嵌入到人们的日常生活中,并要求人们对它作出回应。

然而,对左翼诗人而言,殖民侵略的危机在撼动着军事战线的同时,亦催逼着一种集体的民族主体的诞生,两者之间的冲突与矛盾,号召着"我们"对诗歌与诗人之任务予以激进地重新定义:

> 千金寨的数万矿工被活埋,
> 但是抗日义勇军不顾压迫。
> 工人农人是越发地受剥削,
> 但是他们反帝热情也越发高涨。
>
> 压迫,剥削,帝国主义的屠杀,
> 反帝,抗日,那一切民众的高涨的情绪,

---

[1]《发刊诗》,《新诗歌》第1卷第1期。本诗为穆木天主笔创作,后收入穆木天的诗集《流亡者之歌》(上海乐华图书公司,1937年)中。

>   我们要歌唱这种矛盾和他的意义，
>   从这矛盾中去创造伟大的世纪。[1]

通过揭示帝国主义日甚一日的剥削与屠杀，和"一切民众"的不屈且日益高涨的反帝热情两者之间的"矛盾"，揭示死亡（"活埋"）与生命意志的矛盾，诗人试图重新厘定民族危亡的时间性(temporality)：它不再被视为破败、落后、惨痛的过去历史积累至今的结果；相反，它标志着一个民族自省与复兴的时刻，一个新的、面向残骸的弥赛亚时刻。由此，借由对"矛盾"的发现，诗人完成了一次不可能的翻转——殖民扩张的时间被陡然翻转成革命开启的时间。这里，我们似乎可以读出某种"主观战斗精神"的隐隐作响："矛盾"的发现与其说是对客观现实的揭示，毋宁说是诗人与惨烈的现实之间互相搏战的展示。或者说，革命的"客观现实"，始终与一种感觉方式、一种时间意识相纠缠。惟其如此，诗人才能在反帝战争的节节败退与满目疮痍中，令人惊讶地觉察到一个"新的世纪"即将到临，一种全新的、集体的历史意识将会生成、发展，并将要求它自身的诗学表达：

>   我们要唱新的诗歌，
>   歌颂这新的世纪。
>   朋友们！伟大的新世纪，
>   现在已经开始。

---

[1]《发刊诗》，《新诗歌》第1卷第1期。

> 我们不凭吊历史的残骸，
> 因为那已成为过去。
> 我们要捉住现实，
> 歌唱新世纪的意识。[1]

在这个"新的世纪"中，诗人的光荣使命是去唱出"我们"的历史意识，预言其在未来的实现。这一过程不可避免地意味着个体的声音将要消融在集体之中，然而诗人对此满怀热情："我们要使我们的诗歌成为大众歌调，/我们自己也成为大众中的一个。"[2]在这里，第一人称复数主语"我们"并非用于**再现**(re-present)任何先在的集体主体，相反，它应被理解为一种"以言行事"(speech act)："我们"创生于人们对于"我们"的集体歌唱中，它既是对集体的自我实现的呼唤，也是集体在呼唤中的自我实现。[3]"朋友们！"这一呼语的使用，构造出一种诗歌的在场感(poetic present)，其中，诗人得以直接面对读者/听众，与他们分享此时此刻的时间性。在这种想象的共时性中，某种集体身份得以悄然构筑起来。左翼诗人所倡导的"新诗歌"，因而不仅仅是对饱受剥削与压迫的人民大众的苦痛以及"高涨的情绪"的见证与反映，它自身同时应成为一种革命的中介物。一方面不断为生成中的集体意识赋形；另一方面，这些诗学形式又回头激励、动员大众，催生

---

[1]《发刊诗》，《新诗歌》第1卷第1期。
[2] 同上。我在结尾处讨论左翼抒情主义时，将再度回到中国现代诗歌中的集体与个人这一问题上。
[3] 关于第一人称复数主语在诗歌中的使用的最新研究，见 Bonnie Costello, *The Plural of Us: Poetry and Community in Auden and Others*, Princeton University Press, 2017.

新的集体的创制与扩张,并以此参与到反帝运动与政治解放的进程中。

对诗歌这种中介作用的把握,无法脱离革命的时间意识的基座——归根到底,在步步紧逼的剥削与屠戮中宣告一个"新的世纪"的到来,以及与之对应的"新诗歌"的创生,到底意味着什么?

在这种宣言口号式的、稍显粗糙的表述中,"新的世纪"显然不是空洞均质的现代性时间的自然产物——不论这种时间是以理性的名义、文明的名义,抑或帝国的名义展开。"新的世纪"首先(也必然)指向一次断裂,其强度生成于面向血迹、活理、与屠杀的生命意志。以曼德尔施塔姆的《世纪》为标本,巴迪欧解剖了 20 世纪的"激进的裂痕"[1]。一方面,20 世纪诞生于以世界大战为标志的死亡及其"难以想象的创伤",因而,"这个世纪很清楚鲜血是什么"。也正是由于这样的死亡,黑格尔笔下那种隶从于客体的历史的运动就此终结:"没有人再相信一种隶从于所谓的其运动过程(porgès de son mouvement)的历史。"——19 世纪结束了。[2]

另一方面,20 世纪同时也意味着"一个新时代的开始,一个人类的新生,一个诺言"。更准确地说,意味着根植于上述的死亡的一次新生:"仿佛死亡是走向新生的中介。"隶属于客体的、自发的历史运动终结于死亡,而"20 世纪的观念是使其面对历史,在政治上驾驭它"。巴迪欧写道,20 世纪"暗含着这样一种观念,即我们将会去限定和驯服历史。20 世纪是一个唯意志论的世纪。历史是一只巨大而凶猛的野兽,

---

[1] 阿兰·巴迪欧:《世纪》,蓝江译,南京大学出版社,2011 年,第 17 页。
[2] 同上书,第 19—21 页。

它将我们陷于囹圄之中,但我们必须抵挡住他那重若千钧的目光,驯服它并让它屈从于我们的麾下"。以曼德尔施塔姆的两句诗——"为了从奴役中拯救出世纪,/为了开创一个崭新的世界。"——为例,巴迪欧揭示出了"世纪"中凝结着的"彻底的新的结束和开端的关系":以结束为中介的开端。[1]

"新的世纪"由此标定着一种"结束/开端"一体同胎的时间意识,它将不断炸开线性历史,不断宣布时间的(重新)开始,并以此为契机,"在政治上驾驭"历史、驯服死亡。也只有在这种新的时间意识中,"活埋"才有可能成为中介,导向"伟大的世纪";"残骸"才可以"过去",开启"新世纪的意识"。在讨论勃洛克的《十二个》时,王璞细致地掘发出其中"多声部的并置和多场景的蒙太奇",并由此指出,"革命作为历史时间的扭结和清算,它的体验必然包含着'不同时代'的种种意识的共时冲突"。如果说在勃洛克那里,这种非共时性不断涌向共时性,涌向"一种正在展开的、无法命名的历史时间"。[2]那么对于1930年代的左翼诗人而言,这种历史时间的名字正是"新的世纪":对"社会情势"和诗歌实践,乃至两者的共时性的把握,也只能在"新的世纪"中来展开。"新诗歌"因而不可能是先于革命的诗(预言)或是革命之后的诗(反思),它只能是内在于革命的时间性之中的诗。更重要的是,革命亦通过诗歌宣告自己的到来:

我们唱新的诗歌罢。

---

[1] 阿兰·巴迪欧:《世纪》,蓝江译,南京大学出版社,2011年,第19—21页。
[2] 王璞:《"同路"和"同时代":勃洛克的〈十二个〉》,《上海书评》,2018年4月20日。

歌颂这伟大的世纪，

朋友们！我们一齐舞蹈歌唱罢，

这伟大的世纪的开始。[1]

20世纪这种奇特的唯意志论，使得新诗歌成为革命的腹语术。然而，诗歌并不是透明的中介。艺术和语言的介入，使得对诗艺的探索成为新世纪必须面对的课题。左翼对新月派与现代派的批评，不仅是对内容的批评，更是对"限字限句的严整的格律……所谓方块诗，豆腐干诗"、对"法国货的象征主义"、对"模糊、晦涩、暧昧，常常有意无意地把一首诗变成了一些梦呓，变成了一个谜（有时简直是无论如何也猜不透的谜！）"[2]的批评。它所指向的是语言形式的败坏，是语言的漂浮与不及物，是语言与"社会情势"的脱节——这样的语言无法将死亡转化为新世纪的开端。借由对布莱希特的观察，巴迪欧指出，死亡与语言的匮乏"成了这个世纪末恢弘的象征。布莱希特观察到，伴随着象征化(la symbolisation)的消亡，漂移的文字和触及死亡，触及身体的事物之间的联系不复存在了"[3]。类似地，以曼德尔施塔姆对象征主义的批判为中介，朗西埃也指出，象征主义的语言策略的根本问题，在于语词被始终放置在一种与某个他者之间的再现关系中，总是漂向身外的事物，并由此被掏空了自身的物质性存在。而诗人的任务，则是将语词从这种象征关系的中"解封"出来，恢复语词以肉身(flesh)与事

---

[1]《发刊诗》，《新诗歌》第1卷第1期。
[2] 任钧：《关于中国诗歌会》，《月刊》，1946年第1卷第4期。
[3] 巴迪欧：《世纪》，蓝江译，南京大学出版社，2011年，第53页。

物相遭遇的可能——恢复言成肉身的可能。[1]

同样,1930年代左翼新诗歌的首要任务,也是要恢复语言与社会情势、与身体之间的关系,也只有在这个意义上,我们才能理解他们对语言形式的关注:"我们要用俗言俚语,/把这种矛盾写成小调鼓词儿歌,/我们要使我们的诗歌成为大众歌调,/我们自己也成为大众中的一个。"[2]对于形式选择的宣示在这里的出现虽然略显生硬,但绝不偶然。如何使语言触及死亡、触及身体,是左翼诗人念兹在兹的核心问题:"大众"的历史感受与身体经验如何表达?如何在语言的操作中塑造、唤醒人民?或者反过来说,如何使得大众在与语言的遭遇中唤醒自身?如何将语言/诗歌的经验,转变成一种肉身的经验与感知?归根到底,诗歌(它的写作与表演)如何成为"教育的艺术,一种让人民群众觉醒的艺术,一种无产阶级的艺术"?[3]在吴淞口炮声余音未绝的上海,中国诗歌会的年轻人们决意发出自己的声音。

图1 《新诗歌》创刊号封面

---

[1] Jacques Rancière, *The Flesh of Words: The Politics of Writing*, trans. Charlotte Mandell, Stanford University Press, 2004, pp. 29-32.
[2] 《发刊诗》,《新诗歌》第1卷第1期。
[3] 巴迪欧:《世纪》,蓝江译,南京大学出版社,2011年,第48—49页。

第二节 "听觉的艺术":左翼诗歌的形式问题

在这里,"声音"既是一个象征,又是一个实指。就象征而言,1930年代的左翼诗歌中充斥着关于歌、曲、谣、颂、合唱、演讲、口号、咆哮、呐喊、怒吼的意象与修辞。[1] 个体或大众的觉醒与解放,始终被表述为从"无声的中国"向"有声的中国"的转化或是进步,表现为"心声"[2]

---

[1] 我们仅从以下的中国诗歌会诗人们的诗作标题中就可窥见一斑:穆木天《流亡者之歌》、杨骚《乡曲》、陈正道《HOWL》、任钧《战歌》、徐迟《最强音》、王亚平《呐喊》、殷夫《五一歌》、温流《最后的吼声》等。(蒲风曾说,温流的诗有一半是以"歌"命名的。见蒲风:《温流的诗》,《一代诗风》,华东师范大学出版社,1996年,第441页。)

[2] 关于"心声"的一个讨论,见 Pu Wang, "Poetics, Politics, and 'Ursprung/Yuan': On Lu Xun's Conception of 'Mara Poetry.'" *Modern Chinese Literature and Culture*, vol. 23:2 (2011), pp. 34–63.

"新声""真的声音"的出现,表现为"哑了的嗓音润泽,断了的声带重张"[1]的复兴。大众的主体性,亦首先必须以可听的形式展演出来。以人民之声的名义,大量以工人、农民、底层士兵、破产市民为主题的作品被创作出来。通过发掘、书写这些先前被压抑的、沉默的声音,左翼诗歌试图将这些被长期隔绝在再现领域之外的经验纳入文学写作之中,并赋予其可视、可听、可感的形式,以此实现朗西埃所谓的"感官的再分配"(redistribution of the sensible)[2]。

与此同时,对被压抑的声音的书写不仅关涉这些特定的社会阶层的个别经验,更指向由他们所代表的某种更为普遍、抽象的历史力量。换句话说,这些写作本身呈露出的,是左翼诗人热切期望寻找并把握真正的、作为历史进步之推动力的集体主体的冲动。底层大众的声音,则成为这种历史动力的听觉形象。在《最强音》中,徐迟标举"老百姓的声音"为"最强的声音"——尽管现在"他们的声音还很轻",但是,随着"更多人有了觉醒",更多人开始"抵抗外侮",开始与侵略者"拼命",这个声音将日渐变得"更强烈起来"。[3]

在这里,"声音"的意象象征着"我们人民"抵抗帝国主义侵略的集体力量与决心。"人民"的政治潜能在历史上逐步实现的过程,被转译为"流眼泪,叹气的,很不快乐"的老百姓的"还很轻"的声音,逐渐走向"我们这渐渐加强的声音",走向"这更强烈起来的最强音"的最终爆发的过程。更重要的是,在这首诗中,声音由弱到强的变化不仅呈现在

---

[1] 冯乃超:《宣言》,《时调》第1期,1937年11月1日。
[2] 见 Jacques Ranciere, *The Politics of Aesthetics*: *The Distribution of the Sensible*, Continuum, 2008.
[3] 徐迟:《最强音》,《徐迟文集》第1卷,长江文艺出版社,1993年,第97页。

语义层面，同时也呈现在诗歌本身的语音的变化上。随着语义内容的铺陈，诗歌本身的语音操作也创制出了一种逐渐增强的音响效果——文本的押韵更明显、语音重复更密集、节奏更紧凑、感叹号大幅增加、开元音的使用更频繁，诸如此类。也就是说，随着诗行的行进，它本身的声音效果也确实在"渐渐加强"。一种抽象的政治观念（或承诺）由此被转化成了具体的感官体验。在《最强音》中，声音不仅作为书写对象（老百姓的声音）、政治象征（人民的觉醒、抗日的意志），同时也作为诗歌本身的听觉展演而存在。"有声"的左翼，亦始终应当在这三者的互动中加以把握。[1]

也正是此类的诗歌写作方式，凸显出"声"的实指层面，也即在诗歌语言的音响物质性层面的经营。这一层面对于中国诗歌会而言尤为重要，因为中国诗歌会的创作始终围绕着一种特定的诗歌实践而展开：诗朗诵。

尽管作为一种公共性的诗歌表演活动，诗歌朗诵运动的发展在1937年全面抗战开始后才真正达到高潮（事实上，徐迟的《最强音》最初就是作为一首朗诵诗被创作出来的。艾青曾在回忆一次抗战朗诵活动时写道，这首诗的"效果很好"。[2]）但对这一主题的系统性的理

---

[1] 对徐迟本人来说或许还有另一个层面，因为《最强音》标志着他在经历了"抒情的放逐"后，从"诗缄默到诗朗诵"，重新开始诗歌创作的起点。见徐迟：《〈最强音〉增订本跋》，《诗》第3卷第3期，1942年8月。关于徐迟在此期间的诗学转向的研究，见陈国球：《放逐抒情：从徐迟的抒情论说起》，《清华中文学报》2012年第8期。

[2] 艾青：《抗战以来的中国新诗》，《中苏文化》第9卷第1期，1941年7月25日，收入《艾青全集》第3卷，花山文艺出版社，1991年，第155页。关于徐迟的这首诗，见徐迟：《〈最强音〉增订本跋》，《诗》第3卷第3期，1942年8月。文中写到，《最强音》写完后，徐迟"立刻在八百人的听众前朗诵"。在他看来，这首诗标志着他已经"抛弃纯诗（Pure Poetry），相信诗歌是人民的武器……相信诗必须传达，朗诵"。不过，到几年后《最强音》（转下页）

论研讨与创作实践,却应以1930年代初的中国诗歌会为其先声。《新诗歌》的第一卷第二期上便刊载了任钧的《关于诗的朗读问题》一文,其中,他将诗朗诵运动称为"我们的新诗歌运动上的一个飞跃的突进",并热切地呼吁诗人们"一同来讨论、实践",使这一运动能"一日千里地发展下去"。

需要注意的是,在1930年代初的左翼诗论语境中,诗朗诵与朗诵诗并不指向——或者说尚未构成——为我们当代读者所熟悉的那种特定的、形式化的"文类"。任钧等人以"诗朗诵"的话头所谈论的,毋宁说是一种作为听觉经验与声音现象的诗,以此区分于作为书写文本与阅读对象的诗。(当然,这种朗诵同时也必然是公共的、面对一个匿名的、集体的听众的人声展演,因此,它也区别于早先那种文人沙龙式的、私人间的诗歌朗诵与交流。)由是,对于诗朗诵的讨论常常显示出某种跨文类倾向,它不仅包括最常见意义上的诗歌的人声朗诵,也包括歌谣——即下文将要讨论的"歌谣化新诗"——的演唱,乃至更之后对大众合唱诗、诗剧等形式的提倡和创作。在这里,作为一种包罗甚广的"泛文类"的诗朗诵提示我们反思两个互相关联的问题:第一,日后那种作为特定文类的诗朗诵的观念是何时出现的?诗朗诵(以及歌谣、合唱诗、诗剧等)是何时、如何被区分出来并且文类化的?第二,左翼诗人在这些不同形式的诗歌人声表演中所辨识出的某种共通的、一

(接上页)增订版出版时,徐迟已经视这首作品为"有'目的论'臭味的口号标语抗战诗"。它"抛弃了许多美丽的,对知识分子实在能传达美的感觉的字汇与表现"。而问题的复杂之处在于,这样的自我批评并不意味着他要重拾知识分子式的写作方式。从这一批评出发,徐迟转向了"谣歌"的创作,它们"既保存诗的元素,而又口语化"。徐迟这篇文章中涉及的诸多核心问题,如诗朗诵与人民大众、标语口号、口语、抒情、歌谣化,均在中国诗歌会的诗学讨论中占据了重要地位。

贯的诗学可能性是什么？不同文类间的演进兴替是否具有某种关联性的文化逻辑？或者更简单地说，为何要将作为听觉经验的诗区分出来？

前一个问题需要在更长的历史脉络中加以考察，而后一个问题，则正是当时的左翼诗论所关注的焦点。在任钧看来，诗歌朗诵——作为听觉形式的诗歌及其各种具体展演形式——兹事体大，因它与左翼力行的文艺大众化方案息息相关。他列举出诗朗诵的三重特点：（一）"直接的感动性"，即与文字相比，言语要更为"具象化"。因而，"富于情感之起伏"的朗诵诗将更"容易感动人家"；（二）"大众的普及性"，即面对不识文字的大众，朗诵诗可以"从耳朵灌注到大众中去"，以遂行左翼的"文化教育"；（三）"集团的鼓励性"，即相对于视觉（读文字）而言，听觉的传播受到的限制要小得多，"在同一的时间中，却可以对着几十几百几千甚至几万的大集团朗读，获得组织上的效果"。[1]

由于效果（更易感动）、方式（从耳朵灌注）、范围（大集团）上的三重优势，诗朗诵被视为文艺大众化的当然利器，成为贯穿中国诗歌会历史始终的重中之重。在创作朗诵诗之余，他们还举办研究会，"好好地把有关朗诵诸问题作过详尽的研讨"，而且"利用各种机会试行朗诵"。[2]在这一过程中出现了大量别开生面的诗歌实验与诗学研讨，并为诗朗诵在抗战期间、新中国成立之后，乃至新时期至今的实践导夫先路。

对于中国诗歌会来说，诗朗诵运动的意义在于"使在当时差不多

---

[1] 森堡（任钧）：《关于诗的朗读问题》，《新诗歌》第1卷第2期。
[2] 任钧：《关于中国诗歌会》，《月刊》，1946年第1卷第4期。

已经完全变成了视觉艺术的新诗歌,慢慢地还原为听觉的艺术"[1]。这里,"视觉"与"听觉"的区分当然并不简单地意味前者以无声默读,后者以有声朗诵。对左翼诗人来说,"能朗读,通俗,大众化"的诗歌才有能力"击破神秘的、狭义的,个人主义的小道,开展出集团化的,大众诗歌的坦途"。[2] 也就是说,这里牵涉到的是对诗歌的某种根本的存在意义的重新认识。任钧写道:"从诗的本质上说来,诗并不是为了眼睛,而是为了耳朵而创作的,也就是,正如英国诗人Bottomley 所说:'诗歌必需能够被人们朗诵,被人们听得见,才算得上是健全的诗歌。'"反之,作为"视觉艺术""哑巴艺术"的诗歌"失掉了诗的特质",无法"出现在群众之前"来"普遍"而"有效地"发挥其"武器性"。[3]

在诗歌大众化的理解框架中,左翼诗人对"听觉"效果的重视常常被论者视为"文学(诗歌)的政治化"的典型案例。[4] 梅家玲注意到,中国诗歌会对朗诵诗的身体力行意在让新文学的诗歌"走入大众",为"工农阶级代言",从而由"个人活动"转向为"大众运动"。这一理念在抗战全面爆发的 1937 年以后,尤其在以抗日救亡为核心的宣传教育工作中得到了广泛的应用与普及。与之相伴的,则是"'诗歌'在'声音'层面上的极致发展",或者说,是"'声音'的'政治'操演"。梅家玲

---

[1] 任钧:《关于中国诗歌会》,《月刊》,1946 年第 1 卷第 4 期。
[2] 《我们底话》,《新诗歌》第 2 卷第 1 期。
[3] 任钧:《略论诗歌工作者当前的工作和任务》,收入《新诗话》,国际文化服务社,1948 年,第 101—102 页。
[4] 对于现代中国的朗诵诗的研究,常常落到"艺术性"与"政治性"的对立与调和,参见杨小锋:《抗战诗歌朗诵运动中关于"朗诵诗"的讨论》,《重庆三峡学院学报》2001 年第 5 期;刘继业:《朗诵诗理论探索与中国现代诗学》,《中国社会科学》2003 年第 5 期。

由此抽绎出抗战朗诵诗的发展原则——"如何根据感官(听觉)需要,寻绎出适于朗诵的诗歌写作原理"——并考察了这一"声音"的需要与诗歌的"文字"之间不断消长的张力。在她看来,随着抗战朗诵诗的发展,"声音"的政治性要求最终"去化"了诗的"文字"主体。[1]

同样从诗歌的政治出发,江克平(John Crespi)以中国诗歌会的诗学理论,尤其是任钧关于诗朗诵的文章为个案,来阐发诗歌的声音与所谓"国族的内心"(national interiority)之间的关系,后者所指的是"国民大众所遭受的压迫与苦难"以及由此生发出的情感体验。[2]他将诗声与民族主义的关系追溯到鲁迅在1908年的文言论文《摩罗诗力说》。在他看来,现代中国诗歌从其起源开始便被放置于个人主体性与集体的国族内心两者间的呼应与共鸣中,而诗歌文本则可以被理解为这种共鸣的中介物。[3]在这一漫长的传统中,任钧关于诗歌朗诵与声音的讨论提出了一种独特的可能性,即朗诵这一形式将可以借由朗诵者的"声音",绕过诗歌的文本性存在,以某种无中介的方式,直接将国族的内心传达给国民—听众。因而,江克平认为,任钧关于"新诗歌"的论述首先应被理解为一种"传播学话语",它具有两个要点:首先,"诗性"被放置在诗歌的文本、语义、结构之外,被放置在"想象性的国族内心的情感现实"[4]之中;其次,借由声音,这种国族苦难的情感被**直接地**传达给大众,而无需通过诗歌文本的中介。也就是说,在诗

---

[1] 梅家玲:《现代的声音——"声音"与文学的现代转型》,收入梅家玲、林姵吟编的《交界与游移:跨文史视野中的文化传译与知识生产》,麦田出版社,2016年,第217—246页。
[2] John Crespi, *Voices in Revolution: Poetry and the Auditory Imagination in Modern China*, University of Hawai'i Press, p. 60.
[3] 同上书,导论与第一章。
[4] 同上书,p. 60.

朗诵中,民族主义及其情感内容一方面直接决定了诗歌的音响特点;另一方面又以音响的方式,直接传达至听众。

上述研究将这一诗歌实践方式的历史生产放回到革命与战争语境及其对宣传、大众教育和政治动员的需求中,从而揭示了诗歌朗诵运动的意识形态与政治意涵,尤其是它与民族主义的历史连结。本书无意对这些结论提出异议,事实上,任何关于左翼诗朗诵运动的阐释,假如不充分将其政治语境与意识形态指向纳入考量,都将是有欠完整的。但与此同时,对左翼朗诵诗的"政治内容"的强调也带来了某种风险,它或许有可能遮蔽一个最基本的面向,即归根到底,左翼诗歌依旧是诗,依旧是一种极为强调形式特征的文类。朗诵诗虽然以朗诵者的口头传播为主,但诗歌形式本身的中介作用无法、也不应被轻易抹除。事实上,对于左翼诗学论者而言,作为"视觉艺术"的诗歌所缺乏的并非其政治性,而恰恰是"诗的特质",是某种使诗成为诗的形式健全性。换言之,通过听觉与视觉这一分殊,左翼诗学提出了一整套不仅是关于诗的政治,同时也是关于诗的形式技艺的论述。左翼诗人在大量诗学讨论与写作实践中所体现出的对诗歌文本与音响形式特性的悉心经营与反复打磨,使得对左翼诗歌的探讨,无法被过于平滑、顺利地收编到对左翼政治意识形态的探讨之中。左翼的诗艺不应被化简、抽象为左翼的理念,因为诗人对诗歌的形式技艺的考量,常常独立于对其"内容"的推敲。因而,对于诗歌语言的物理的、声学的物质性的分析(以及对于这种物质性的生物—生理知识基座的勾勒),也无法被收编到对诗歌的主题、语汇、和意识形态信息的阐释中。柯雷(Maghiel van Crevel)曾提醒我们在诗歌研究中广泛存在、根深蒂固的"内容偏见",即"读者过分关注诗歌'可释义'的方面,过分关注貌似简单直白、可复述的语义信息"。[1]内容偏见忽视了语言作为一种媒介的不透明性，并将诗歌简化为其语义信息。对于文学的这种"信息化"（informationalization）处理正是弗雷斯特-汤姆森（Veronica Forrest-Thomson）所批评的"糟糕的自然化"（bad naturalization）：其中，诗歌形式层面的技艺创获被扼杀，并被改造、转译成广义的诗歌之"意义"，转译成"对于非语言的外在世界的某种陈述"。诗歌仅仅提供信息，形式被简化为主旨，技艺的价值被取消。[2]

但是，如果诗歌形式可以被简化、收编为对意义和主旨的复述，"这些诗人到底为何煞费苦心地构造长度一样、押韵，且排比的短语呢？或者，反过来说，读者是否能够只考虑其作品的内容，完全不考虑其显而易见的形式特征？"柯雷问道，"为什么艾略特不只是说一句'生命好像很虚空'，而非要写下《荒原》一诗呢？"[3]同样地，我们也大可提问，为什么1930年代的左翼诗人们不只是说一句"打倒日本鬼子"，而非要与那些麻烦的形式与修辞问题苦苦周旋呢？赵心宪曾以朱自清的朗诵诗理论为样本，提出了朗诵诗写作中的建行问题。在他看来，抗战朗诵诗的"多顿挫"的建行方式，凝结了其诗歌表现与口头表

---

[1] 柯雷：《精神与金钱时代的中国诗歌》，张晓红译，北京大学出版社，2016年，第240页。
[2] Veronica Forrest-Thomson, *Poetic Artifice: A Theory of Twentieth-Century Poetry*, Gareth Farmer, ed., Shearsman Books, 2016, pp. 35 - 36.
[3] 柯雷：《精神与金钱时代的中国诗歌》，张晓红译，北京大学出版社，2016年，第241页。陈世骧在对古典诗歌的研究中也提出过类似的见解，尤其着重于律度的"示意"作用。他写道："律度容易只看成是外形，一句诗若只照意思看，这外形甚至常可没甚必要。……但到一首有一段诗结构严密，各字音息相关，成为一有机体时，其中的警句，便不是任何散文说法可以代替的。此时律度所显示的，已不只是散文的意思，而是这诗句内在机构的特有力量所示的诗意。像这样律度的示意作用，不只一般节奏外形的小心遵守，而常在遵守中予以灵变活用。"见陈世骧：《时间和律度在中国诗中之示意作用》，《中国文学的抒情传统》，生活·读书·新知三联书店，2015年，第257—277页。

演的张力,指向了"诗的语言"的文体新形式。[1] 这类论述为理解左翼诗歌的形式问题提示了重要的方向,并要求我们对诗歌形式本身做出政治的、历史的分析,以此纠正关于文艺大众化问题或民族形式问题的讨论中所存在的某种只谈革命不谈文艺,只谈民族不谈形式的倾向。

汤姆森坚持道,"诗歌的技艺"(poetic artifice)——指一切"使得诗歌区别于散文的节奏、语音、口语和逻辑手法"[2]——是诗歌的不可妥协的核心。在某种意义上,理解左翼文学的困难之处,恰恰在于如何把握"溢出"了传统的政治考量之外的、拒绝妥协的"剩余物"。对左翼的政治的批判必须同时是对左翼的诗学与技艺的批判,因而,进一步追究作为"听觉艺术"的左翼朗诵诗的形式特征,不仅不意味着去政治化的、"纯形式"的研究;相反,它要求我们对形式的历史生成与情感潜能进行真正的历史分析,由此打开一个为文学与政治的简单对立所遮蔽的、更广阔与复杂的论述空间。其中的一些基本问题包括:诗歌的声音究竟如何感动听众?或者说,听觉经验作为一种情感机制,如何在诗歌中运作?声音如何"组织"(塑造、动员,乃至转化)大众?如何触及听众的身体记忆与感知?或是触及听众的政治经验与智性反思?声音本身的"集体性",除了音量的传播外,是否还有其他的构造原理与作用方式?在何种意义上我们可以宣称,一个听觉的"大集团"是民族的或是阶级的?更进一步地,上述关于声音的考量,如何在诗

---

[1] 赵心宪:《"朗诵诗"的问题形式及诗学阐释》,《河北学刊》2007年第6期。
[2] Veronica Forrest-Thomson, *Poetic Artifice: A Theory of Twentieth-Century Poetry*, Gareth Farmer, ed., Shearsman Books, 2016, p.33.

行的排布、语词的选择、韵脚的设置,或者笼统地说,如何在诗歌技艺的层面付诸实践?对于诗歌语音的经营,同诗歌的语义层面之间如何互动、冲突与协商?这些协商又将对语言与身体、语言与社会经验、语言与政治之关系提出哪些新的问题?

第三节　革命如何面对身体？

带着这样的问题，本书将重访早期左翼诗朗诵运动中的诗学讨论与诗歌实践，并集中考察诗歌语言的"无意义"（non-meaningful）的形式特征，尤其是围绕着诗歌的"节奏"这一核心概念所展开的各种实验，以理解声音与听觉经验在左翼诗学中的意涵。借由对诗歌的声音的非语义的、物质性层面的分析，本书试图为朗诵诗与国族、大众政治之间貌似透明、直接的联系，补充一个更为复杂的面向。左翼朗诵诗中的民族主义讯息当然意在说服、转化听众的思想，并动员他们主动参与、投身民族主义事业；但与此同时，这些讯息、宣示与叙述亦始终为诗歌的音响效果、节奏样式（格律、韵脚、重音、重复等）所中介。"诗学的政治（化）"要求我们在更为根本的层面上回到"政治的诗学"，回到"政治的诗艺",以及这些技艺所建基其上的知识土壤。左翼诗朗诵当然是政治化的,但更重要的问题是,这里的"政治"是在什么样的知识视野与话语空间里建基、展开的? 左翼诗歌的节奏样式与文学传统、再现陈规、历史背景、作者观念,以及政治意识形态之间构成了哪些关系?

  这里首先需要说明的或许是我对"节奏"这一概念的强调。在左翼的诗歌论述中,"节奏"常常包含着,或者可以与如下概念互换使用:音律、韵律、音韵、格律、节调等。这些概念有时指向个别字词层面的、某个音节的规律性出现(传统意义上的"韵");有时指向单首诗作层面的,通过音响的规律性重复、连锁、呼应等手法所构造出的听觉上的结构性与形式感;而有时则指向更为抽象的、一般的对诗歌的音乐性的概括。我之所以在这里使用"节奏/Rhythm"这一概念来统摄这些意项,并不是要取消它们之间在概念位阶上的差异以及历史特殊性,而是因为一方面,在当时的论述中,"节奏/Rhythm"确实是出现频率最高的用于讨论诗歌音响的语汇,[1]另一方面,我试图强调的是,在当时对某个韵脚、某首诗的音响结构的设计背后,事实上存在着一种更为普遍的、对于诗歌音响所具有的可能性的观念,它贯通着从某个细节字词的安排到朗诵诗的整体实践的各个层面的考量。我试图以"节奏"以及"节奏的诗学"所把握的,正是这种观念的生成基座与实践可

---

[1] 这里当然还存在一个语言翻译的问题。譬如任钧就会以"音律"来翻译 Rhythm。在这里,我所关心的不是追究这些概念的翻译是否"准确"或"等值"——这种等值性当然是历史建构起来的。真正重要的问题是,借由以翻译实践来introduction的这一概念(Rhythm/节奏/音律/……),左翼诗人打开了一种怎样的论述空间?

  关于节奏与 Rhythm 之间的翻译过程的一个研究,见王泽龙、王雪松:《中国现代诗歌节奏内涵论析》,《文学评论》2011 年第 2 期。

能——它一方面根植于诗歌内部的音响形式特征,另一方面又将其与更为宏阔的政治、社会、身体经验勾连了起来。

在我看来,左翼诗人关于朗诵诗的节奏问题所展开的文本实验与理论探讨,凸显出了**身体感受**及其政治可能性在诗歌经验中的核心位置。在左翼诗朗诵中,音响节奏应被理解为革命文艺的一种**身体技术**。在左翼诗人看来,音响节奏本身并非意识形态教条的直接承担者。但是通过对音响节奏的经营,左翼诗歌将有能力以不同的方式触及、捕捉、召唤、形塑人们的感觉经验。在这个意义上,朗诵诗运动所表明的是,左翼的文化动员不仅是思想的动员,也是身体的动员。它不仅指向革命理念与阶级意识的培育和宣导,同时也冀图在无产阶级中创制一种身体性的大众团结,冀图将大众的身体记忆与感官经验,尤其是他们在劳动、剥削与战争苦难中的身体经验动员起来,为集体的政治主体的创造,奠定肉身的、情感的认同基础。事实上,20 世纪中国左翼文艺最为重要的遗产之一,便是始终将大众自身的审美惯习与身体经验及其能动性置于核心位置。因此,对于大众化文艺的形式分析,也必须说明它对感官经验的中介与塑造作用。在左翼诗朗诵中,听觉与文字之间、音响的物质性与语词的意义层面之间的张力指向了一个丰富而暧昧的空间,使得诗歌的读者与听众能够在同一时间内辨证、协商自己的身体感受与意识形态认同。正是在这个意义上,左翼朗诵诗学对身体感受这一层面的重视,也使得对诗歌形式的分析成为理解左翼诗歌时无法回避的重要维度,因为它指向了一个与左翼的意识形态理念相关却不同的独特问题:革命如何面对身体?或者说,以大众化为己任的革命文艺,如何处理大众的肉体记忆、感官愉悦,以及身体的、生理的回应?面对大众对音响节奏的貌似不自觉的身体反应,左翼诗人如何在理论上进行解释,并在实践上加以利用?这些问题背后的张力,构成了左翼诗朗诵最富魅力、也最为复杂的侧面。

另一方面,对于左翼诗朗诵的节奏问题的讨论,也将同时为我们打开一个更为丰富、动态的关于"身体"之概念的理解。学界对文学与身体之关系的研究(包括鸳蝴派、新感觉派、乃至茅盾、胡也频、杨沫等左翼作家的作品),往往限于对个人的情感爱欲的讨论。在这些讨论中,身体的概念被窄化为一个高度欲望化的身体;对身体的研究,也被窄化为对利比多驱力及其压抑机制的文学再现的讨论。然而,在左翼朗诵诗学与诗作中,身体经验不仅指向欲望的运作,它同时也是为人们——尤其是无产阶级大众——的生理机制、生产关系、文化习惯、情感记忆所反复铭写的场域。左翼文艺与大众的身体的遭遇,正是与这些复杂要素及其互动关系的遭遇。在这个意义上,身体绝非某种超历史的、欲望化的对象。相反,关于身体的潜能、它与外在世界之间的互动关系、以及文艺作品在其中所能扮演的角色,都是在特定的历史境遇中被塑造、被理解的。如何以历史化的方式重新打开"身体"的问题,尤其是在劳动关系与生产方式的层面上理解"身体"的历史生成,是左翼文艺的身体技术向我们提出的重要问题。大众的身体经验包含着自身的漫长历史,并以这一历史运动的强度向大众化文艺的形式创制以及我们对它的理解提出要求。

本书正是对这一问题的初步尝试。它所讨论的是,在 1930 年代的历史条件下,中国诗歌会的诗人们如何在特定的关于诗歌、关于身体、关于声音的知识论基础上,试图借由对诗歌音响结构和节奏模式的设计与经营,创制出一种身体技术,在诗朗诵的实践中捕捉、动员大众的身体经验,召唤、组织铭刻于大众身体经验上的感官记忆与情感认同。在这个过程中,他们不仅尝试在理念的宣教外,以自身的作品引起大众的感官愉悦和生理回应,乃至构造出身体性的团结感;同时,他们也时时意识到自身的计划与大众的身体经验之间的紧张关系。这种紧张不断催逼出更新的诗歌形式理论与实验,而左翼文艺大众化实践,也正是在这一层面上获得了历史运动的重要动力。

具体而言,本书意在展现一种以阶级与劳动的概念为核心的革命身体观,是如何在对现代性知识论体系的转译和改造的基础上被构建起来,并被转化为有效的文艺实践策略与文本创作成果的。因而在下一章中,我将首先尝试对左翼诗歌的节奏理论进行一个初步的勾勒。在我看来,左翼诗人对节奏的功能的讨论,蕴含着对于诗歌节奏之起源的一种独特的、超越于诗歌文本形式领域的论述:即诗歌节奏起源于人的身体经验,尤其是人们在劳动行为中的身体经验。准此而言,"好的"诗歌节奏应当能够触发听众—劳动者的身体记忆的共鸣与呼应,并由此建构起诗歌的"可复述性"(iterability),使得诗作能够在潜意识层面被劳动大众不自觉地记忆、复述。在这个意义上,诗歌节奏的处理不应属于某种个体的、风格化的实验,事实上,对左翼诗歌节奏的打磨成为一项重要的集体事业:左翼诗人们致力于发掘、恢复埋藏在劳动者的社会—身体经验中、并为这种经验所建构的"自然的"身体节奏——"大众歌调"。经由对诗歌音响节奏的打造,左翼诗歌文本不仅将在主题与内容上**反映**劳苦大众的日常经验,更为根本的是,其诗歌节奏本身**就是**集体的、劳动的身体的节奏,因而召唤着集体的、政治的身体共鸣及其感官形式。

中国诗歌会的身体技术不仅回应着 1930 年代包括战争与革命在内的政治与历史语境,它同时也建基于一个特定的认识论框架与技术史谱系，它既内在于，又试图超克现代以降关于身体与节奏的认识论传统。对于这一传统的追溯将把我们引向一系列最晚至19世纪开始就支配着现代人关于身体、声音与文学之理解的基本知识体系及其跨国、跨领域传播。左翼诗朗诵（乃至很大一部分现代诗歌）的运作，也只有在这一知识体系的基础上才得以成立。本书第三章试图以"节奏"为入口，勾勒这一谱系中的若干关节。事实上，关于节奏的系统研究自18世纪兴起之后，很快成为一个横跨文学、音乐、语言学、哲学、生物学、生理学、人种学、人类学、经济学、社会学与政治学等多个领域的热点问题。在这一主题下积累的庞大的经验材料与理论话语不仅成为西方的身体知识、自然观、种族话语与民族意识的隐秘基座，更直接启发了包括荷尔德林、庞德、叶芝等在内的现代主义诗人的形式创制。基于生物学与生理学的"节奏学"知识，不仅成为这些诗人以诗歌回应现代文明危机的认识论框架，更决定了诗歌形式与现代种族主义、殖民主义的生命政治之间的复杂纠缠。重要的是，经由毕歇尔（Karl Bücher）与普列汉诺夫的中介，尤其是后者对生物节奏学的批判与阶级论改造，这套关于节奏与身体的知识成为中国诗歌会诗人们认识诗歌节奏、展开创作实践的基本理论视阈。节奏的生理学与生物学，与节奏的社会学与政治学之间的互相嵌套与协商，构成了理解左翼诗歌的身体技术的基本坐标。

关于节奏的知识考古，促使我们重新思考左翼诗歌中的集体动员、民族形式、政治抒情等一系列核心命题及其背后漫长而复杂的知识脉络，以及它们在1930年代中国的文化政治环境中所经历的改造与衍生。换句话说，左翼的身体技术及其本土实践的意义，必须被重新放置在历史性的、跨文化的转译与挪用的脉络中，才能够得到充分的呈现。在新的认识论框架中,诸多在地的文化资源被重新发现、激活与动员起来,催生出新的实践形式及其可能与危机。在第四章中,我将转向左翼节奏话语中最重要的诗歌创作实践:歌谣化运动。1930年初,中国诗歌会掀起了中国文学史上第二次大规模的歌谣收集与整理运动,其目的是希望借此学习、利用民间歌谣小调的节奏结构。如果说 1920 年代围绕北大与《歌谣周刊》展开的歌谣运动的主要兴趣,在于这些作品如何代表了中国历史上的平民阶层的所思所想,那么对 1930 年代的左翼诗人而言,歌谣的价值则在于它提供了一个取之不竭的数据宝库,其中贮藏着源于劳动者的身体经验的"自然"节奏模式。因为在左翼诗人看来,民歌小调的音响结构源于人们最为日常的生产劳动活动,因而保存着劳动大众最为熟习、适应的身体节奏的样式。通过研究、抽绎出民歌小调的音响结构并将之应用于自身的诗歌创作,左翼诗人的作品将能够以最为"自然"/有效的方式,自觉或不自觉地触动大众的身体记忆与生理回应。

然而,对歌谣小调等旧形式的利用始终伴随着对所谓"旧的封建思想"的警觉。在这里,左翼诗人所说的"旧的封建思想",与其说是对歌谣的形式与内容的某种意识形态属性的命名与批判,不如说是对歌谣化新诗的去政治化倾向的敏感。左翼诗人一面希望借歌谣的音响结构为自身作品赋予感官上的吸引力,一面又警惕其沦为纯粹的感官娱乐。换句话说,左翼文艺既须要不断返回到既存的、漫长的传统及其所塑造的文化惯习与感知方式中,又始终承载着动员民众政治、打造革命主体的使命要求。这一张力贯穿着左翼诗人对形式的文化—政治能动性及其危机的思考,并成为日后旷日持久的民族形式论辩在 1930 年代的隐秘先声。

基于他们从民间歌谣中学习到的写作技艺,左翼诗人围绕其作品的音响结构进行了一系列实验。借用穆木天的"诗的 Montage"这一说法,我将在第五章中对若干诗歌文本——尤其是其中的音响结构及其变化、对象声词与劳动呼声的使用——进行细读,以考究左翼诗歌中的听觉节奏与语义象征之间的复杂互动。在我看来,诗歌的节奏样式为文本赋予了一种感官秩序,这一秩序既组织、辅助,又不断扰动着诗歌的意义表达。更重要的是,诗歌的音响结构本身,亦可以用来唤醒、调用听众在过去生活中的感官经验。具体而言,左翼诗歌一方面使得听众能够在当下的诗歌时间中重新经历战争与劳动(以及与之相伴的暴力与剥削)中的听觉体验;另一方面,以共享的身体经验为基础,它将有可能召唤出听众这一"大集团"之间的身体性的连带感,以此作为集体的革命行动的基础。在这个意义上,"诗的 Montage"的双重时间性成功地索回、占据了大众的听觉—身体经验,并启动了将大众过去的苦难经验转化为当下的革命潜能的动员进程。

作为全书的总结,我将对左翼抒情主义的概念进行简单地讨论,并回应晚近学界关于抒情传统的论述。一方面,正如学者们早已意识到的,左翼的政治抒情诗呼唤着对大众的革命意识形态与集体主义情感的再现,并将其视为唯一合法的主题,由此承担着清晰的宣传与教育功能。而在另一方面,正如本书的讨论所揭示的,左翼抒情主义同时又认为诗歌的内在节奏源自于人们的日常社会生活对身体节奏的塑造。准此而言,左翼抒情主义试图恢复的,是诗歌与(某种集体的)身体感知之间的关联。尽管左翼诗人坚持主张身体节奏具有严格的阶级基础,但这些听觉节奏的吸引力常常越出对人们的感官经验的这种清晰的政治边界的区划。这个意义上,在当代抒情理论普遍将抒情视为个体自我及其内在深度的再现、一种"自我的诗学"(poetics of selfhood)[1]时,左翼抒情主义却勾勒出一种集体的、身体性的抒情-技术维度,它所接引的是人们的生理回应与感官记忆(以及这种身体经验召唤出的集体性),而非听众自身的理念、思想与意识形态。左翼诗学的抒情强度因而既是政治的、审美的,又是感官的、兴动(affect)的。

上述各章的讨论分别涉及革命文艺的身体技术的基本面貌、知识谱系、本土实践、文本特征与抒情向度。其中,身体技术既可以被视为革命文艺大众化运动中一个内在的组成部分;与此同时,我更希望将其作为一个新的理解革命文艺的视野。由此出发,我们可以凸显革命文艺中的一些为过往的研究所忽略的面向,譬如说,身体与感官如何在革命文艺中成为一个亟待回应的问题?革命文艺工作者如何在大众化的视野中理解、组织、动员、塑造其听众/读者的身体与感官经验?如何征用诸种理论框架、知识传统与在地文化资源来打造有效的身体技术?以及如何处理这一过程中出现的问题与危机?对这样一些问题的探寻,当然不仅限于左翼诗歌或文学的范围。在左翼戏剧、左翼电影(尤其是电影技术)、左翼音乐(尤其是大众合唱)、左翼舞蹈(譬如秧歌改造)、左翼绘画与木刻等诸领域中,对身体潜能与感官体验的体认与建构始终是革命文艺的核心问题。[2]在中国的左翼文艺史中,

---

[1] David Wang, *The Lyrical in Epic Time: Modern Chinese Intellectuals and Artists Through the 1949 Crisis*, Columbia University Press, 2015, p. 1.

[2] Xiaobing Tang, *Origins of the Chinese Avant-garde: The Modern Woodcut Movement*, Berkeley: University of California Press, 2008; Emily Wilcox, *Revolutionary Bodies: Chinese Dance and the Socialist Legacy*, Berkeley: University of California Press, 2019.

革命的诸理念始终、也必须以具身（embodied）的方式出现在大众面前，乃至以具身的方式为大众所接受与领会。在这个意义上，革命的思想改造始终以身体改造为自身的前提与方式，在1930年代的左翼诗朗诵中、在延安讲话对"到群众中去"的号召与要求中、在"深入生活"与"劳动改造"的实践中、在诉苦与批斗时的身体展演中，革命文化展现出自身关于身与心、体与脑、思想与情感之关系的独特理解方式，展现出一种以身体作为媒介的思想改造与认同建构的路径。由此，一系列关于身体的组织与动员技术浮现出来，并成为革命文化实践最为耐人寻味的组成部分。本书以朗诵诗的节奏话语为论题而展开的关于劳动、身体、感官（听觉）、文化传统、革命理念的讨论，正希望能为理解革命文化的这一面向，做出初步的尝试。

第二章

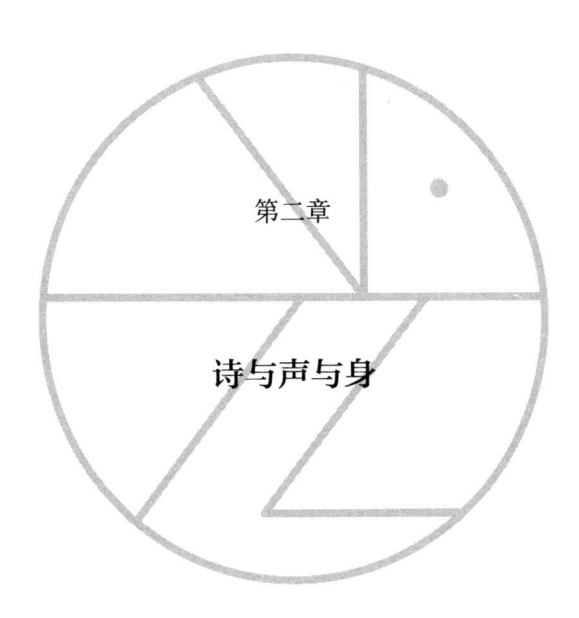

诗与声与身

第一节　大众的记忆术:左翼的节奏诗学

　　1930年代左翼诗歌强烈的政治品格与宣教倾向常常使得人们忽略了左翼诗人留下的数量巨大、内容扎实的关于诗歌写作的形式与技艺问题的讨论。然而,为人生的艺术也依旧是一种艺术,或者更准确地说,一种"听觉的艺术"。对于中国诗歌会及其重要的理论家如蒲风、穆木天、石灵、柳倩等人而言,朗诵诗的听觉效果构成了理解左翼诗学的最重要的面向。他们批评现代主义诗人李金发的作品"始终只会成为看的艺术":这一方面由于李诗用词晦涩,"充满了神秘的感觉的象征的思想","他的长处在使大众不能懂";另一方面更因为这些作品"每篇没有整齐的格律","显明的没有可供朗读吟诵的条件"。[1]与这种背离大众的"哑巴文学"[2]相反,朗诵诗则可以"从耳朵灌注到大众中去"[3],因为"在大众里面,听觉比视觉要发达得多"。穆木天写道:"诗歌,是语言艺术的一个种类。语言的音响,是比文字更能接近大众的。因为,语言的音响,是要直接地震动到大众的心里的。诗歌,必须由朗读,才能完成他的作为语言艺术的任务的。"[4]也就是说,从诗朗诵作为一种大众动员机制的要求("震动到大众的心里")出发,对语言的音响形式的经营被赋予更大的价值,对"听觉的艺术"这一面的发掘与强调,因而始终嵌入在一种关于情感传播与动员的话语中。

更重要的是,左翼诗人从一开始就明确地意识到,这样一种情感动员的效果无法仅仅通过对诗歌内容、意象的打造而实现——不论诗句的文字内容多么明白如话、多么政治正确、多么激进与革命。声音与意义终属两个互不领属的范畴。蒲风曾批评臧克家的作品,认为它们虽然有"现实内容的把握",但在形式上"老是拘泥于由新月派里窃取来的形式,不够表示时代的力量",因而不足以成为"慷慨激昂的时代的歌唱"。[5]换句话说,对诗歌的政治主题与理念的评价,与对它的形式潜能的评价是不同的,前者无法覆盖后者。也是基于这一点,柳倩在《〈望舒诗论〉的商榷》中对戴望舒把诗歌作为"超官感"之物的说法提出了批评,认为这一说法有取消诗歌的韵律、形式、与音乐性的

---

[1] 蒲风:《李金发的〈瘦的乡思〉及其他》,《新诗歌》第1卷第6、7期合刊。
[2] 关于"哑巴文学"的论述,见任钧:《略论诗歌工作者当前的工作和任务》,《新诗话》,第101—102页;董龙:《哑巴文学》,《北斗》第1卷第1期。
[3] 任钧:《关于诗的朗诵问题》,《新诗歌》第1卷第2期。
[4] 穆木天:《怎样学习诗歌》,生活出版社,1938年,第172页。
[5] 蒲风:《抗战诗歌讲话》,诗歌出版社,1938年,第20页。

倾向。在戴望舒看来,诗歌具有"超官感"的性质,其"诗情"源于诗歌内在情绪的变动。这种变动构成了某种无定形的"情绪的抑扬顿挫"。而某种规范性的韵律或形式要求将会拘束、妨碍诗情的表达,乃至"使诗情成为畸形的",也正是在这个意义上,"诗不能借重音乐,他应该去了音乐成分"。[1]

对此,柳倩反驳道,"超官感"的诗歌将无法"兴动感情",因为诗歌的情绪层面与由字词的"堆积"与"排列"所构成的形式层面是一体两面的。柳倩问道:"情绪之抑扬顿挫用什么表现出来的呢?是否不用字呢?"而只要用字,那么情绪就只能表现为字词排列所构成的"'抑扬顿挫'的和谐的韵律",表现为无形中的音乐性。[2]

戴望舒的论述,呼应着艾兹拉·庞德关于"绝对节奏"(absolute rhythm)的讨论。在庞德看来,诗歌的节奏变化,与诗歌的情绪的抑扬顿挫之间具有绝对的对应关系。也只有在这两者建立起绝对关系之后,诗歌才得以成立。重要的是,被情绪所规定的节奏不应服从于任何诗歌形式上的陈规(关于头韵、尾韵、音步、格律等),它是一种内在的、无定形的节奏,不具有可辨识的、符合诗歌传统格律规则的外在形态。因此,在庞德那里,绝对的节奏也同时是"不可听"(inaudible)的节奏。与此同时,节奏与情感的这种关系,在理论上奠定了"自由诗"(vers libre)的诗学基础:诗歌在音律形式上的自由源于其内在情感的

---

[1] 戴望舒:《望舒诗论》,《现代》第2卷第1期(1932年11月),此文后以《诗论零札》为题收入《望舒草》,上海现代书局,1933年。关于戴望舒的这一诗论的讨论,见陈太胜:《声音、翻译和新旧之争:中国新诗的现代性之路》中的第六章《从"唱"到"说":戴望舒的1927年及其诗学意义》,湖南人民出版社,2016年,第97—128页。
[2] 柳倩:《〈望舒诗论〉的商榷》,《新诗歌》第1卷第5期。

流动,因而天然是自由的,它无法、也不应受限于传统格律。[1]

有趣的是,在讨论庞德的绝对节奏之理念时,迈克尔·戈尔斯顿(Michael Golston)指出,庞德的节奏论述并不指向诗人个体的情感表达,而是暗含着一种超越个体的、属于种族化身体(racial body)的集体情感。换句话说,对绝对节奏(即不可听的节奏)的追寻,是对一种久已被传统的格律形式所遮蔽、扭曲的种族集体之情感与生命力的召唤。这种生命力由"血脉与土地"(blood and soil)所哺育,并浸润在(同一种族的)人们的身体与灵魂中。[2]

戈尔斯顿所提示的这种节奏的种族性—集体性,有助于我们进一步理解柳倩或中国诗歌会对戴望舒的批评。一方面,左翼诗人将情感、官感的运作与诗歌的形式、韵律及与音乐性内在地联结在了一起,并反对任何试图削弱形式之重要性的企图。但另一方面,他们同样并不否认情感对形式的决定性作用,并不否认"诗情"与"情绪的抑扬顿挫"的首要位置。这里的分歧,并不是要不要形式(音乐性)——事实

---

[1] 在这里,庞德关于绝对节奏与自由诗的论述非常类似于郭沫若对节奏问题的讨论。在《论节奏》中,郭沫若同样将情绪作为诗歌节奏的来源。在他看来,情绪的起伏本身便构成了诗歌节奏,这样的诗是所谓"裸体的诗",便是不借重于音乐的韵语,而直抒情绪中的观念之推移,这便是所谓散文诗,所谓自由诗。这儿虽没有一定的外形的韵律,但在自体,是有节奏的。……诗自己的节奏,可以说是情调,外形的韵语,可以说是音调。具有音调的,不必一定是诗,但我们可以说,没有情调的,便绝不是诗"。

与戴望舒不同的是,在后文中,郭沫若以 Synergismus(协同)这一概念,为音调的重新引入留出了空间:"有情调的诗,虽然可以不必再加以一定的音调,但于情调之上,加以音调时(即使有韵律的诗),我相信是可以增加诗的效果的。"见郭沫若:《论节奏》,《创造月刊》,1926 年第 1 卷第 1 期。

[2] 见 Michael Golston, *Rhythm and Race in Modernist Poetry and Science: Pound, Yeats, Williams, and Modern Sciences of Rhythm*, Columbia University Press, 2007, Chapter 1&2.

上,左翼诗人同样反对严格的格律陈规的束缚,并追寻自然节奏的运用。潜藏在形式分歧之下的,是对于"诗情"的属性的不同认定:一首诗的情绪是纯粹个人的还是具有某种集体的通约性?虽然戴望舒提到诗的"originalité"和"cosmopolité""两者不能缺一",但他对诗歌的"新的情绪""新的诗情""诗情上的 nuance""自己的情绪"的反复申述,显然强化了情绪的不可通约的性质。也正是这种不可通约性,引起了左翼诗人的警觉。在后者看来,诗情绝非是专求新异的,它应当同时具有兴动他人之感情的能力。换句话说,对左翼诗人来说,情绪始终具有某种关系性的、集体的、共享的内涵。也正是这种关系性与集体性,保证了由"诗情"所决定、塑造的诗歌节奏,可以被集体所辨识出来,被感受为"和谐的"、有形的对象。"情绪"的集体性,赋予了节奏以可辨识的外在感官形态;这一节奏形式,反过来使得"诗情"得以在作者与读者间传播与分享。[1]

左翼诗人在此处所指认的集体,当然就是"大众"。在中国现代诗歌史上,对于诗歌的音响特性的思考绝非左翼诗人的专利,它是源远流长的关于新诗格律及抒情问题的论争中的重要部分。[2] 而在左翼

---

[1] 这里,进一步的问题显然是,在原理上,情绪的集体性本身是如何被确立的?这一问题涉及左翼诗学对情感与身体、对身体本身的社会建构过程的细致分殊与考量。在下文的讨论的不同阶段,我将回到这些问题并作出分析。

[2] 朱光潜也曾表示,诗是直接打动情感的,不应假道于理智。"它应该像音乐一样,全以声音感人,意义是无关紧要的成分。"见氏著:《诗论》,北京出版社,2014 年,第 148 页。朱光潜此著从另一个传统出发,对中国诗的节奏与声韵作出了系统性的分析与清理,是中国现代节奏论述中最为重要的文本之一。

关于新诗格律与抒情问题的晚近研究,见颜同林:《方言与中国现代新诗》,中国社会科学出版社,2008 年;张桃洲:《声音的意味:20 世纪新诗格律探索》,人民文学出版社,2014 年;张闳:《声音的诗学:现代汉诗抒情艺术研究》,上海书店,2016 年;陈太胜:《声音、翻译和新旧之争:中国新诗的现代性之路》,湖南人民出版社,2016 年。

诗人这里,通过标举诗歌为"听觉的艺术",他们所试图提出的是一种独特的关于听觉、音响之意义与政治相关性的论述。对他们来说,对诗歌声音的研究绝非纯粹的审美探索;相反,他们的明确目标在于将自己的诗歌打造成"大众歌调":在这里,唯一的评判标准是大众是否能够接受、理解、喜欢他们的作品,以及在多大程度上,这些作品能为大众所铭记、复述,乃至传唱——在这样的传唱中,大众本身将凝结成为主体。在《新诗歌》创刊号上,中国诗歌会以"同人"名义发表了一篇宣言性质的文章《关于写作新诗歌的一点意见》,其中他们主张,新的诗歌应当创造新的格式,"有什么就写什么,要怎么写就怎么写",而唯一的标准是:"要紧的是要使人听得懂,最好能够歌唱。"[1]在《关于歌谣之制作》中,穆木天进一步阐述道:

> 新的诗歌应当是大众的娱乐,应当是大众的糕粮。诗歌是应当同音乐结合一起,而成为民众所歌唱的东西。是应当使民众在歌着新的歌曲之际,不知不觉地,得到了新的情感的熏陶。这样,才得以完成它的教育的意义。[2]

在这里,诗学过程并不终结于作品的生产,而是延伸至作品的流通与再生产。作品从作者到大众的传播仅仅构成了第一步,更重要的则是大众自身是否会将作品再度传播出去。这里所指向的不仅是简单的读者反应过程,而是读者反应反过来开始驱策、规定作品最初的

---

[1] 同人等:《关于写作新诗歌的一点意见》,《新诗歌》第1卷第1期。
[2] 木天:《关于歌谣之制作》,《新诗歌》第2卷第1期。

写作方式。[1] 写作成为对读者反应之反应。也就是说，作品在大众中的"可再生产性"成为其生产过程的内在标准与先决条件。这一原则正是乔纳森·卡勒（Jonathan Culler）所谓的诗歌的"可复述性"（iterability）。在其对西方的抒情诗的研究中，卡勒指出，抒情诗的"形式层面"——意谓"所有那些让人想起音乐的成分，或是不具备摹仿或再现功能的成分"——构成了抒情诗文本的仪式性维度，这一维度使得抒情诗成为以"再-表演"（re-performance）为目的的文本：其中，读者将临时性地占据叙事者的位置，"以可听或不可听的方式发出诗歌语言的声音"[2]。因而，卡勒认为，抒情诗天然地具有可复述性，其创作天然地以被重复为目的。[3]

借用这一概念，我们大可将左翼朗诵诗视为另一种可复述的文本。左翼诗人对新诗歌的听觉效果的强调，意在为作品赋予这种可复述性，使得它们的音律能够深深地嵌入大众的头脑与身体中，并使大众能够在朗诵活动结束以后，自觉不自觉地自己歌唱出这些作品。换句话说，左翼朗诵诗的音响结构起到了一种记忆术、催眠术的作用，它使得每一首诗都能够借此击中大众的隐秘心弦，潜入大众的集体无意识中，"不知不觉地"变得可歌、可唱——可复述。

正是在这一关节上，节奏的意义变得清晰起来，它在理论上由大众的集体情绪所规定，在实践上则成为沟通、传递大众情绪的记忆中

---

[1] 当然，所有作者都或多或少在为想象的目标读者写作，并希望赢得他们的喜爱。这里的区别在于，赢得读者的喜爱并不要求读者将作品完整地再生产出来。而在左翼诗歌这里，再生产的可能性构成了写作的先决条件。这里牵涉到对"作者"（author）概念本身的某种颠覆与改写。

[2] Jonathan Culler, *Theory of the Lyric*, Harvard University Press, 2015, p. 37.

[3] Ibid., p. 123.

介。左翼诗人于此发现了建构诗歌的可复述性的重要潜能。1934年末,中国诗歌会请《新诗歌》编辑之一杜谈(窦隐夫)去信鲁迅,请教他对新诗的看法,[1]鲁迅虽然声言"要我论诗,真如要我讲天文一样,苦于不知怎么说才好,实在因为素无研究,空空如也",却依旧在回信中着重提及了诗歌"节调"与记忆的关系:

> 我只有一个私见,以为剧本虽有放在书桌上的和演在舞台上的两种,但究以后一种为好;诗歌虽有眼看的和嘴唱的两种,也究以后一种为好;可惜中国的新诗大概是前一种。没有节调,没有韵,它唱不来;唱不来,就记不住,记不住,就不能在人们的脑子里将旧诗挤出,占了它的地位。……
> 我以为内容且不说,新诗先要有节调,押大致相近的韵,给大家容易记,又顺口,唱得出来。[2]

鲁迅对于"眼看的和嘴唱的"作品的区分,以及对新诗"节调"的看法,呼应着中国诗歌会一直以来的理论与实践方向。在大众化的框架下,诗歌的节调韵律及其所构成的可复述性被凸显出来,成为诗歌大众化的重要工具与媒介。也正因如此,在左翼话语中,诗歌节奏不应被视为诗人个体的、主观的语言实验的产物;相反,它在本质上具有某种客观属性——理想的诗歌节奏,应当源于大众本身的节奏,源于为大众所熟悉、习惯的"自然节奏"。只有这样,新诗歌才能变得

---

[1] 关于鲁迅与中国诗歌会的关系,见蔡清富:《鲁迅与中国诗歌会》,《鲁迅研究月刊》1996年第8期。
[2] 鲁迅:《来信摘录》,《新诗歌》第2卷第4期。

"顺口"。换句话说,在左翼诗歌中,大众所遭遇的不是"诗人"的节奏,而是他们自身的节奏。正如中国诗歌会始终强调的,新诗歌应当"对于节奏的铺排有相当的注意",在具体方法上,应利用"时调歌曲""歌谣",利用"大众熟悉的调子"。他们补充道,在这里,"韵"的概念并不指向高度形式化的、"韵本上的"用词规则,而是指向"通俗的自然韵",指向依旧具有当下性的、"便宜于传诵"的"大众歌调"的音响习惯。也只有通过这样的操作,才能构成一首"有力量的有节奏的诗"。[1]

节奏的问题对诗歌朗诵尤其重要,任钧指出,诗歌朗诵的首要标准就是要把握其节奏:"简括地说来,就是我们应该摄取我们所要朗读的作品中的一贯着的音律(Rhythm)而朗读之。"这种"一贯着的音律",一方面表现着那"构成一首诗的情绪的波流";另一方面,这种"情绪的波流"亦绝不是个人的,而是由能够表现"劳动大众所特具的力"的"现实的语调"所规定的。[2] 音律节奏一方面被视为融汇在诗歌文本中的大众情绪,另一方面又有待朗诵者将其"摄取"为音响的物质形态,并重新投向大众。在这一过程中,"节奏"凝结着一系列复杂的转化过程,它绝不仅意味着一个静态、固化的文本结构,更标明了文本是如何在作者与外部世界的互动中被生产出来的,左翼的节奏诗学,也正是在对这一生产过程的分析与认识中形成的。在根本上,左翼诗人对节奏的论述,关联着文学本身的起源叙事与作用机制,并为我们重新打开左翼文学提供了可能性。

---

[1] 同人等:《关于写作新诗歌的一点意见》,《新诗歌》第1卷第1期。
[2] 任钧:《关于诗的朗诵问题》,《新诗歌》第1卷第2期。

第二节　劳动中的身体与节奏

左翼诗学中的节奏一方面指向文本结构——也因此，如我在之后所要阐明的，左翼诗人能够通过对歌谣文本的研究而发掘出可资用于其自身诗歌写作的节奏样式——另一方面又远超歌谣、诗歌、文学或是语言的领域，指向身体与社会实践之间的动态互动——诗歌或文学正是在这种互动中得以生成。在我看来，左翼的节奏诗学提供了一种关于诗歌的独特认知：诗歌是一场身体性事件（bodily event）。或者说，通过节奏的中介，诗歌与身体被关联起来。需要说明的是，这里的"身体"所指的不是，或者不仅是作为肉身的物理性存在，不仅是声音振动鼓膜意义上的那个"身体"及其生理运作机制。它更包含了身体对外在世界、对自身运作的知觉过程以及其中具体的感官经验。左翼诗歌所试图介入(并在理论上作出说明)的,正是身体在知觉外部世界和自身运作时的种种惯习及其建构与运作机制,并在此基础上摄取、动员大众的身体记忆与感官反应。[1]

事实上,诗歌节奏与身体节奏的可能关系正引起越来越多的学者的关注,它指向了一种理解诗歌的作用机制的新方式。[2]在《讲述节奏:诗歌中的身体与意义》(*Telling Rhythm: Body and Meaning in Poetry*)中,阿米泰依·阿维拉姆(Amittai Aviram)明确反对诗歌研究中的"讯息传播模式",这一模式将诗歌理解为"一种传达信息的方式,其中,诗歌的韵律节奏要么仅仅是一种装饰,要么是一种提高信息陈述之有效性的装置"。与之相对的,他提出了"节奏的崇高力量"(the sublime power of rhythm)这一概念,通过将埃德蒙·伯克(Edmund Burke)和康德关于崇高的论述引入语言领域,阿维拉姆试图凸显节奏引发"一种身体反应——牵动读者或听者的身体"的可能性。[3]这种力量为诗歌节奏赋予了一种"特定的'吸引力'——以邀请、驱使,或诱惑听者的参与"。[4]因而,诗歌节奏的价值不在于传达信息,而在于其有能力"直达身体的根本性存在的层面,这一层面先于,或外在于意

---

[1] 也正在此意义上,本书对身体政治的讨论亦并不将身体视为一个利比多控制的、由欲望的运作所塑造的对象。在本书看来,左翼的身体话语恰恰提供了一种超越此类欲望化的身体认知的可能性——尽管这并非本书主旨所在。

[2] 关于诗歌表演、节奏与身体的一组个案研究,见 Cornelia Gräbner and Arturo Casas, eds., *Performing Poetry: Body, Place and Rhythm in the Poetry Performance*, Rodopi, 2011.

[3] Amittai Aviram, *Telling Rhythm: Body and Meaning in Poetry*, University of Michigan Press, 1994, pp. 4-5.

[4] Ibid., p. 7.

识形态在社会符码的层面对身体的建构"。[1]

在阿维拉姆的论述中,诗歌节奏的"崇高力量"对肉身性参与的召唤发生在前符号、前语义,因而是某种非历史的层面。在理性官能"理解"诗歌的语义,接收诗歌的信息以前,诗歌的节奏就已然完成了对身体的捕获。与之相对,布拉欣(Mutlu Konuk Blasing)则将这种力量定位在了"语言习得的核心过程"中。基于对婴儿语言习得过程的理论分析,他指出,语言的学习依赖于一种对身体的节奏性训练与重复,一种"人声节奏化"(vocal rhythmization)的过程。[2] 因而他坚持道,人的身体对诗歌节奏的反应不可能脱离"我们关于人声节奏的全部记忆"而存在。[3] 通过将身体与节奏的关系置于语言习得的过程中,布拉欣重新将节奏纳入社会建构论的框架中。由于对节奏的身体反应源自人们的"语言的身体"(linguistic body)的建构过程,因此它从一开始就必然是社会的,因为语言习得本身就意味着对主体的社会构形:"节奏化**就是**社会化"。[4]

阿维拉姆和布拉欣的理论论述为我们理解诗歌节奏召唤听者的身体参与的机制提供了重要的概念框架。更重要的是,两者之间的差异标定了对节奏之理解的一种根本性的分歧——即节奏究竟应该被

---

[1] Amittai Aviram, *Telling Rhythm*: *Body and Meaning in Poetry*, University of Michigan Press, 1994, p. 35.

[2] Mutlu Konuk Blasing, *Lyric Poetry*: *The Pain and the Pleasure of Words*, Princeton University Press, 2006, p. 53.

[3] Ibid., p. 58.

[4] Ibid., p. 52 - 58. 林培瑞同样将节奏感的根源归咎于汉语的某种语言特征,即汉语在习惯上倾向于"保持音节的平衡"。但他没有对这一习惯的倾向做出历史的解释或理论的说明。见 Perry Link, *An Anatomy of Chinese*: *Rhythm*, *Metaphor*, *Politics* (Cambridge, MA: Harvard University Press, 2013), p. 49.

视为前语言、前符号的,还是身体在语言化、社会化过程中所建构起来的?这一分歧将不断出现在关于节奏的各种论述中。[1] 反过来说,或许正是节奏在语言与前语言之间、社会与前社会之间所占据的这个暧昧不定的位置,使得它得以作为身体、语言与社会之复杂关系的一个症候而不断被提起、检视,并挑战着所有貌似边界清晰、黑白分明的理论论述。

与阿维拉姆的"崇高力量"这一概念相比,布拉欣的理论显然与1930年代左翼诗人们对节奏的看法接近得多。他们同样认为,诗歌节奏与身体节奏之间的关系是社会性地与历史性地建构起来的。只不过在左翼诗学中,这种社会化过程并不指向语言的习得,而是生成于集体劳动行为的社会组织过程中。在《略谈歌谣小调》这篇重要的理论文章中,叶流阐明了诗歌节奏是如何起源于人类的劳动过程的:

> 原人为了要得到生活的物质对象,必然要有劳动为基础。人类在劳动的时候,下意识地哼出几声只有音而无意义的"咳""嗳""唷"……都足以显示出在劳动过程中,人的一呼一吸是配合着人体内的生机作用,发生了劳动时的反作用,这个反作用在学理上的术语是"劳动呼声"。由于"劳动呼声"促成了歌谣的根源,等到人类语言进化到复杂化和人的思索密接以后,歌谣就有了一个轮

---

[1] 譬如 Langston Hughes 在他的 *The First Book of Rhythms* 中便认为万物皆有节奏。对此书的分析见 Janet Neigh, *Recalling Recitation in the Americas: Borderless Curriculum, Performance Poetry, and Reading*, University of Toronto Press, 2017, pp. 84-92.

廓来。[1]

基于某种文学的劳动起源论,叶流将诗歌的根源追溯到了人类在劳动中的"一呼一吸"的生理节奏及其声音表现。在这里,诗歌的音响不仅源于人的生理"呼声",更源于劳动过程对生理机能的规训。穆木天进一步阐述道,诗歌、音乐、舞蹈的节奏,事实上全都源自人类在集体劳动行为中的生理机制所产生的身体节奏,引用德国学者毕歇尔的说法,穆木天写道:

> 在原始社会里,大家是集体地而且是有节奏地劳动着的。在劳动的时间,为的减轻自己的劳苦,最初,他们发出来叫声,或者是不明了的声音,渐次地,就构成了调子,变成为歌了。诗歌、音乐、跳舞,三者的共通的特征,就是节奏。……但是,这些节奏,是怎样产生出来的呢?那,我们可以回答说,是劳动。劳动的节奏,就是决定诗歌、跳舞、音乐的节奏的。生活的节奏,决定了艺术的节奏。这一点,从原始社会的诗歌的研究中,可以得到了明了的概念。从原始社会的诗歌中,我们了解到,不只是诗歌的题材和主题是由社会生活所决定的,而且,诗歌的形式和节奏,也是由社会生活所决定的。[2]

通过对"原始社会"的诗歌生产的阐述,穆木天勾勒出了一种"社

---

[1] 叶流:《略谈歌谣小调》,《新诗歌》第2卷第1期。
[2] 穆木天:《怎样学习诗歌》,生活出版社,1938年,第66—67页。

会生活—劳动—艺术(诗歌、音乐、跳舞)"三位一体的节奏理论:社会生活决定着集体劳动的组织,集体劳动规定着人们的生理机能的运作,这种身体的运动表现为声音或动作等外在的、可视可听的感官形式,而这些感官形式的节奏最终构成了艺术活动的节奏。也就是说,社会生活的节奏、集体劳动的节奏、艺术实践的节奏三者被认为是可通约的、具有某种发生学关联的对象。

值得注意的是,穆木天在这里试图通过给出一种节奏的历史发生学,来把握诗歌与社会生活之间的关系。这一论述方式具有两种互相关联的特点:第一,发生学的叙述是一种起源神话的建构,意在以此保证其论断的真理性。这里的问题并不是原始社会中的诗歌节奏是否确实源出于劳动者的身体节奏,而是借由这一起源神话,劳动与诗歌在原始社会中的社会关系,被确立为一种自明的、规范性的、关于节奏之历史发生的认知方式,并被赋予了一种面向未来的、超历史的适用性。第二,恰恰是这种超历史的适用性,使得一种追本溯源的历时性叙述,被翻转为一种共时性的政治策略,一种在当下制造诗歌节奏的方式;或者说,前者将后者自然化、正当化了。

具体而言,左翼诗人的心念所系,显然是如何建立左翼诗歌与其同代的、当下的劳动大众之间的关联,并以此推动大众的政治参与和阶级解放。对于"集体劳动"的再三致意,与其说是历史考古的结果,毋宁说是左翼自身的政治关怀与政治理念在历史中的投射。对集体劳动行为的强调,正显现出左翼的节奏论述从一开始便是一种政治企划,它无意于勾勒一种普遍适用于人类一般身体经验的理论(或者说,它怀疑这种普世的身体经验是否存在),而是明确地指向了劳动阶级的特殊的身体经验。对于诗歌写作的"自然节奏"的追寻,因而是一种身体的技术——政治学，它以劳动大众——农民、产业工人、底层士兵、战时流民等等——的身体经验为基础，从中发掘出诗歌写作的"自然"节奏。当它被应用于朗诵诗的音响节奏、被反身投诸劳动大众时，将能够"不知不觉地"[1]攫取、形塑其目标读者的身体节奏与反应。

在这一过程中，"节奏"在根本上意味着一种内在的身体机能与外部的感官世界之间的关系性机制，这种机制提供了一种可能性，使得左翼诗人可以通过对大众的听觉经验的操弄，来捕捉、组织大众的身体反应，召唤出一种集体的、阶级的政治身体。这种政治身体既对抗着个人主义式的、原子化的身体宰制，[2]又为某种未来的集体政治奠定了肉身基础。这种召唤之效果的理论保障，则由关于节奏的劳动发生学所给出。

归总言之，左翼诗学关于"原始社会"中的身体—诗歌节奏建构过程的历史叙述，在很大程度上是其当代的身体—阶级政治的反向投射，以打造起源神话的方式，为自身提供合法性依据。值得注意的是，这样一种阶级论的节奏话语并不是左翼诗人的发明，而是一系列跨文化、跨地域的知识传播与理论旅行的结果。一方面，它直接承袭自以普列汉诺夫为代表的苏联唯物主义文学理论关于文学的劳动起源的论述，另一方面，这一论述自身亦深刻地建基于、携带着19世纪（乃至18世纪后半叶）以来流行于欧美的关于"节奏"的基本认识论框架，尤

---

[1] 木天：《关于歌谣之制作》，《新诗歌》第2卷第1期。
[2] 借由对 *Rhythm is it!* 这部电影的分析，Michael Cowan 指出这部电影通过对节奏的调度，意在"为一个似乎沦陷于个人主义、竞争与混乱的时代提供一种共同体的模板"。见 Michael Cowan, *Technology's Pulse: Essays on Rhythm in German Modernism*, IGRS, University of London, 2011, p. 15.

其是以节奏的生物学起源为标志的生命政治与生命诗学论述。与此同时，这一论述又在1930年代的中国遭遇了颇具价值的批评与改造。为了厘清这一历史脉络，在下一章中，我将进入这一以节奏为对象而展开的跨学科知识生产过程，并试图展开它与生命科学、种族主义、殖民主义人种志研究等现代生命政治之间的复杂纠缠。对于这一知识史脉络的考掘，将为我们理解左翼诗歌与现代政治的关系提供新的可能。

第三章

节奏的谱系

第一节 "生理学谬误":毕歇尔、胚胎学与节奏的知识型

让我们首先从穆木天所直接引述的对象,德国的经济人类学者卡尔·毕歇尔开始。他初版于 1896 年的《劳动与节奏》(*Arbeit und Rhythmus*)一书,不仅迅速成为研究人类劳动及其组织过程的经典之作,更影响了包括齐美尔、卢卡奇等在内的一大批重要的社会理论家对于劳动与社会关系的思考。此著在整体上以"原始社会"与"文明社会"的对立式框架展开对人类劳动的分析。其中,毕歇尔提出了一个核心的问题:在缺乏外在激励与强制的情况下,原始社会中人们如何能够保持长时间的耐心与毅力来从事劳动?

在毕歇尔看来,问题的答案在于劳动与节奏之间的关系:原始社

会中的劳动,是顺应着人类的自然身体节奏而开展的。毕歇尔指出,在"原始社会"中,人们的劳动是一种自然的、愉悦的人类实践;或者说,他们的劳动并不被视为一种负担,一种不可避免的麻烦。借助对几百首原始社会中的劳动歌曲,以及它们在劳动过程中的作用的分析,毕歇尔试图证明,与其他的活动——譬如游戏、音乐、诗歌——一样,劳动对原始人来说也是愉悦而有趣的,其根本原因在于,劳动和其他所有活动一样,都遵从着人类的自然的生理节奏。也就是说,劳动、游戏、音乐、诗歌等,在原始社会中是一个统一的整体,它们都是人们自然的、自发的身体实践,为某种一致的节奏所统摄。

与"原始社会"相反,"文明社会"中的劳动的特征,则在于人们不再能够按照自己的生理节奏来从事劳动生产,他们被迫转而臣服于机器生产的节律,被迫依照一种外在的、异己的方式,来组织自己的劳动实践。现代工厂的大机器生产方式,尤其是福特主义的生产线,在这个意义上构成了一种极端异化的生产方式,它迫使人们成为机器的一个部分,成为机器的奴隶,与自然的、生理的、音乐的、诗歌的统一节奏渐行渐远。为了解决这样的问题,人类必须努力重新统一机器/劳动生产的节奏与人的生理节奏,恢复两者之间的和谐关系。[1]

正如后世学者所注意到的,尽管毕歇尔引述了大量人类学观察报告,但他在此书中的许多论述——不论是工作、游戏与艺术的同源性,还是工作歌曲在劳动过程中的作用——都缺乏足够的经验研究

---

[1] Gerd Spittler, *Founders of the Anthropology of Work: German Social Scientists of the 19th and Early 20th Centuries and the First Ethnographers*, Lit Verlag, 2008, pp. 81-87.

依据以及严格的经济学推导。这部著作更多地应被视为对急速扩张的技术现代化所引发的焦虑的一种回应。正如迈克尔·柯文（Michael Cowan）所说，1900年前后在德国流行的节奏话语所关心的，是高速起步的工业化进程对人们的身体经验和社群组织形式造成的转变。在"原始社会"和"文明社会"的对立背后，是人们试图在新的历史条件下——都市扩张、现代交通、工业化生产、泰勒制、福特主义等——把握身体与技术、有机与机械之间的关系的努力。也正是在这一层面上，我们才能理解毕歇尔对齐美尔和卢卡奇等人的重要性所在。[1]

对我们在这里的讨论而言，毕歇尔的论述的关键之处并不在于其对技术现代化的批判，而在于他在关于"原始社会"的论述中，将"节奏"视为自然的、有机的、生理性的人类身体运作的物化形式，由此在人类的身体机能、劳动过程、艺术形式之间构造出了一种统一性。正是这种统一性，构成了日后左翼节奏诗学的重要基础。它所携带的可能性与潜藏的危机之间的辩证，是我们理解左翼诗学的核心线索。

毕歇尔的这种生物学的节奏起源论其来有自。在戈尔斯顿看来，这一论述范式正属于兴盛于19世纪末20世纪初的"节奏学"（Rhythmics）研究中的支配性范式——"生理学谬误"（physiological fallacy）。借用斯蒂文·卡什曼（Stephen Cushman）的说法，戈尔斯顿将生理学谬误定义为这样一种理念：即人体的生理学组织方式规定着诗歌节律的组织方式。一句诗行的长度取决于呼吸所需要的时间；重

---

[1] Michael Cowan, *Technology's Pulse*, pp. 41-43. 柯文指出，卢卡奇对抒情诗的节奏的理解正源于毕歇尔关于审美节奏与劳动节奏之关系的论述，并成为卢卡奇在历史唯物主义的框架下理解文学形式的生产与演变的重要内容。

音的规律性重复与心脏跳动的规律性重复相关；诗行的排布与眼球的移动方式有关……诸如此类。

卡什曼批评道，诗歌韵律虽然可以被用来再现人们的各种生理节奏，但两者间其实并不存在因果关系。然而在戈尔斯顿看来，单纯揭露其"谬误"是不够的，因为恰恰是这种"谬误"，奠定了现代诗歌中关于诗学形式的政治思考的基础，导致了诗学论述与诗歌创作中一系列真实而重要的后果。在科学与诗学的交叉点上，诗歌节奏与人体的呼吸、脉搏、进食、说话、运动、新陈代谢等生理过程关联在一起，进而成为关于种族、民族、文化身份等文化政治论题的焦点。[1] 因此，比揭露谬误更重要的，是追溯这一谬误的形成过程及其历史后果。

对于这种"节奏学"知识生产的历史起点，学者们的定位不一。戈尔斯顿的研究聚焦于1890年至1940年间集中出现于欧洲和美国的以"节奏"为对象的各种科学实验与诗学话语。阿维拉姆则将稍早一些的尼采作为其身体与节奏理论的关键源头之一。但在夏妮娜·威尔曼(Janina Wellmann)看来，尼采在其著作——尤其是他生前未发表的《节奏考》(*Rhythmic Investigations*)——中所秉持的关于诗歌与音乐节奏具有生理学基础(physiological grounding)[2]的看法，并非他

﹝1﹞ Michael Golston, *Rhythm and Race in Modernist Poetry and Science*, p. 11.
﹝2﹞ 威尔曼在分析尼采的节奏论后指出，在尼采看来，生命是"一种持续的节奏运动，包括了脉搏、步态，甚至是细胞"。因而，节奏的力量源于其生理学基础。也因为节奏，参差多态的生理过程才获得了一定的形式和结构。音乐和诗歌之所以能够影响我们，并不是因为它们本身的节奏，而是因为身体的生理节奏的运动被诗歌和音乐的节奏所重构了。见 Janina Wellmann, *The Form of Becoming: Embryology and the Epistemology of Rhythm, 1760-1830*, trans., Kate Sturge, Zone Books, 2017, p. 13.

第三章 节奏的谱系

或他的同代人的创造,而是承袭自一种形塑于18世纪后半叶至19世纪初的、关于节奏的基本知识型(episteme),这一知识型支配着当时的一系列科学与文学探索。

具体而言,以18世纪末的胚胎学研究,尤其是表观遗传学领域中对胚胎发育过程的形态学及其视觉再现方式的探讨为中心,威尔曼指出,节奏的图示、节奏性运动、节奏化再现等概念成为当时的学者把握有机生命的存在方式与发展模式的根本性的认识论框架。[1] 其中,"节奏"标定着一种秩序化的时间结构。在关于生命之起源与(从一个阶段向下一个阶段的)演化,关于生物有机体的形态发育(及其不同阶段的划分与序列化,见下图2)等一系列根本问题的知识生产过程中,这样一种时间意识奠定了人们对"发展""演化""形式"等最基础的生命概念的理解。正是"节奏"这一认识论框架,使得无序而混沌的生命具有了可被理解的、对象化的形态结构与时间秩序。换句话说,"节奏的知识型"(rhythmic episteme)并不是用于解读生命的某种外在理论框架或科学假说,而是内在于何谓生命、何谓有机物、何谓演化与发育等问题的初始定义之中的、根基性的知识型。离开了节奏的知识型,现代科学中关于有机生命的整套知识体系将可能是另外一种样貌。[2]

由此,节奏被内化、自然化为人类作为一种生物有机体的生理属

---

[1] 她所考察的对象包括了卡斯帕尔·沃尔弗(Caspar Freidrich Wolff)、歌德、约翰·赖尔(Johann Christian Reil)、多林格尔(Ignaz Dollinger)、海勒(Albrecht von Haller)、潘德尔(Christian Heinrich Pander)、贝尔(Karl Ernst von Baer)等一代现代胚胎学的奠基者,正是他们的研究,奠定了生物学与进化论的基本框架,达尔文、海克尔等人均是在这一框架下开展他们的工作的。

[2] 见 Janina Wellmann, *The Form of Becoming*, Part 2 and Part 3.

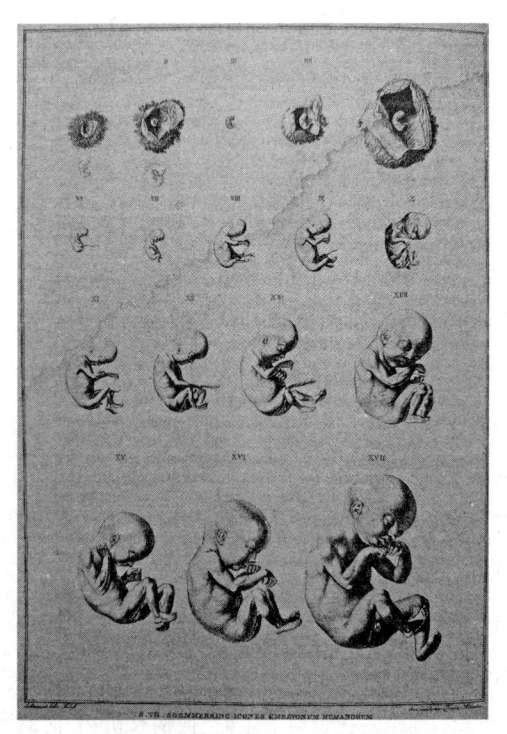

图 2　萨穆埃尔·索默林(Samuel Thomas Soemmerring)的人类胚胎发育图示[1]

性,对节奏的认知,也始终嵌入对生命形式本身的认知中,成为现代生命科学的真理性叙事的一部分。这一认知模式对诗学理论与诗歌写作产生了重要影响。借由对克洛卜施托克(Friedrich Gottlieb Klopstock)、荷尔德林、莫里茨(Karl Philipp Moritz)、诺瓦利斯、奥古斯特·施莱格尔(August Wilhelm Schlegel)等人的考察,威尔曼揭示

---

[1] 转引自 Janina Wellmann, *The Form of Becoming*, p. 246.

第三章　节奏的谱系

出了一种共同的、将诗歌节奏与人类的生理运作机制互相勾连,并视后者为前者之基础的倾向。举例而言,荷尔德林曾将节奏视为诗歌的形式组织的核心原则,在他看来,节奏能够将人类知识的三个基本面向——感官、想象与理性——合而为一,从而打造出一种更高的意义。而节奏之所以拥有这种力量,是因为它不仅是诗歌的组织方式,更是自然本身的组织方式。对荷尔德林来说,正是在节奏中,人类的自然属性敞开了自身,呈显为一种生理的、肉身的存在,并成为诗歌写作的根本原则。类似的倾向也显现在施莱格尔关于"艺术的自然史"(natural history of art)的论述中。施莱格尔认为,文学、舞蹈与音乐不仅是不同的艺术门类,它们更共享着一种诗学的品质:它们都是人类的生理属性——更具体地说,是人类生理过程的节奏机制——的表现形式。正因如此,这些艺术形式(诗学形式)不仅是人类各种具体的文化历史事件与过程的产物,更重要的是,它们内在地蕴含着一种更高的、人性的自然属性的表达——因为节奏本身代表着在各种变动不居的理念的表象之下的,某种恒常的、自然的、本质的属性。[1]

在这个意义上,对诗歌的音响节奏的经营已然成为对这一人类本真的、身体性的、自然的、生理的、有机的节奏的表达或追寻。到19世纪末20世纪初,这一基本认识论框架非但没有遭到挑战,反而愈演愈烈。一方面,节奏被作为人的生理属性,被与各种人类的心理感知与心理现象——注意力、工作、疲劳、时间感、情绪、听力等——联系在一起,并在新的科学技术手段与设备,尤其是生理学与实验心理学实践

---

[1] 见 Janina Wellmann, *The Form of Becoming*, Part 1.

的中介下,衍生出各种"节奏学"知识的生产。另一方面,节奏学又与其他知识门类——如音乐、文学、地质学、人类学、经济学、体育、教育学等——相融合,激发出前所未有的新鲜想象与理论。

第二节　声音技术与人种志：诗歌形式如何回应文明危机的生命政治？

在这些讨论中，节奏学对诗学论述的启发尤其使得我们注意。事实上，正是在节奏的生理学起源中，埋藏着纠缠着 20 世纪诗学形式论辩的种族、民族与阶级问题的核心线索。在《现代主义诗歌与科学中的节奏与种族》(*Rhythm and Race in Modernist Poetry and Science*)一书中，戈尔斯顿着重讨论了庞德与叶芝关于诗歌节奏的思考背后的种族主义动力，是如何历史地生成于当时关于人体节奏的生理实验的。他分析了当时的科学家如何在遗传学、人种志等知识体系的框架下观察、测量不同人群的生理节奏，并按照民族、人种的范畴对其进行分类。在当时的学者——或许现在也是如此[1]——看来,非洲人的心跳节奏与——譬如说——北美印第安人是不同的,而他们又都与欧洲的白种人不同;而在欧洲人内部,日耳曼与法兰西人的脉搏节律又有所差异。因此,这些不同的种族与国家的人民所"自然地"产生或熟习的审美节奏也是截然不同的。比如,非洲人热爱的鼓点节奏和日耳曼人热爱的音乐节奏具有天然的差异,而这种差异在根本上是铭刻在两者的基因差异之中的。[2]

在节奏学话语中,人们的身体从一开始就是国族化、种族化的身体。或者说,人们的生理节奏总是被不断地收编到国族、种族的单位中去。在这个意义上,种族主义事实上内在于当时关于节奏与身体的知识谱系中。更重要的是,戈尔斯顿指出,关于种族化的身体节奏的知识生产,应当被视为对当时的文明危机论的一种回应:"在当时的科学与社会学语境中,节奏总是被当作一种与危机相关的议题。"[3]这里的危机感,戈尔斯顿总结道,源于不断加速的现代性进程。在人们看来,这一进程正不断威胁,乃至摧毁着人们的有机的、天然的身体节奏。而恢复这种节奏感受,对维系文明的健康来说至关重要。[4]

正是在这一点上,诗歌获得了它的当代使命,成为救治国族,恢复

---

[1] 在讨论 Langston Hughes 的朗诵诗表演时,Janet Neigh 依旧认为这种表演复活了一种北美土著文化,一种本土的口头传统。换句话说,一种诗歌的音响与一个特定种族的文化间依旧被认为具有某种本质化的关联。见 Janet Neigh, *Recalling Recitation in the Americas*, p. 76.

[2] 见 Michael Golston, *Rhythm and Race in Modernist Poetry and Science*, Introduction.

[3] Ibid., p. 9.

[4] Ibid., p. 10.

文明的重要媒介。[1] 庞德、叶芝等人激烈地批判晚近以来的诗歌写作早已遗失，乃至放弃了与人类的、自然的、有机的——同时也是种族的——身体节律之间的共鸣，并矢志以自身的创作来重建这种健康、有活力，且未被现代社会所异化的身体—诗歌节奏。在他们看来，通过诗歌节奏的经营与中介，人类将能够重新与身体、自然、历史、文化建立有机的联系。更重要的是，一种正当、公义、健康的政治体制、社会秩序与文化表达，也只有在这种有机的、自然的血脉（blood）关联中才能够被建立起来。诗歌节奏能够把握一种文明/文化的集体脉搏，将其作为自身的形式结构的方式，并由此，把自身锻造成回向纯粹之"血脉"与清洁之精神的文明寻根之旅的道路。

这样一种以节奏为框架，混杂着身体、基因、人种、文明等科学—政治范畴的诗歌理论，与纳粹主义同样基于血脉与文明之修辞所建立的文明等级论与人种净化论之间，业已只有一步之遥——事实上，庞德与法西斯主义之间千丝万缕的联系早已为学者所熟知。但这里更重要的，是这些诗人以何种方式来发掘、确认身体的天然节奏？毕竟，这种节奏的特点正在于它是"不可听的节奏"（inaudible rhythm）；它是深埋在人们的血脉之中的，为日常表现所遮蔽的，不具有外在的、可辨识的形式的节奏。用叶芝的话说，这是一种"幽灵"（ghost）的节奏。那么，诗人们是如何把握它，并将其用于自身的创作的呢？

正是在这个关节上，当时最先进的技术手段起到了重要的作用。

---

[1] 在这里，我们理所当然地会想起鲁迅关于摩罗诗人的论述。事实上，鲁迅早期论文中的科学史，尤其是生物学史的脉络，依旧有待系统地清理，其中埋藏着理解鲁迅的重要线索。

戈尔斯顿讨论了当时在生理学、实验心理学、语言学领域中大量试图测量、研究人们的身体节奏与感官的科学实验与技术装置,并着重探讨了来自法国的实验语音学者鲁斯洛(Jean-Pierre Rousselot)所发明的验声器(见图3)。

Inscription de la parole.

FIGURE 2. Recording speech, circa 1897. From Abbé Pierre-Jean Rousselot and Fauste Laclotte, *Précis de prononciation* (Paris, 1902), 14.

图3　鲁斯洛的验声器示意图[1]

鲁斯洛的这一声音装置一端连接着发声者的鼻、口与咽喉,一端连接着一个金属的鼓桶,它能够将人的发声器官的振动传导到装置上,并且用波状线条的方式记录到纸上。(见图4)

在很多层面上,鲁斯洛的这套装置都可以被视为现代语音学研究

---

〔1〕Richard Sieburth, "The Sound of Pound: A Listener's Guide", in PennSound Archive, URL: https://writing.upenn.edu/pennsound/x/text/Sieburth-Richard_Pound.html, Visited 06/08/2018.

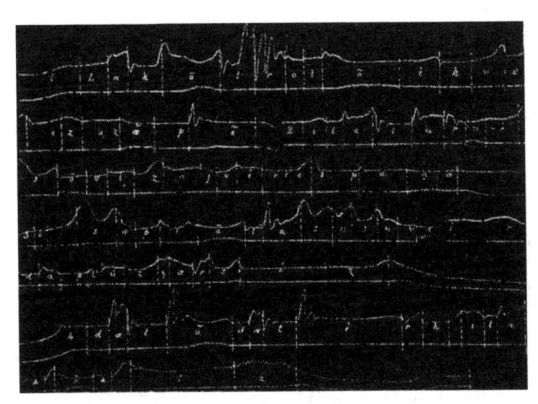

图 4 鲁斯洛的验声器所记录的人声音迹[1]

方法论的先驱。与当代更为复杂的声谱图绘制与声音频率的测量、记录手段一样,鲁斯洛的验声器也是一种将历时的、听觉的现象转译为共时的、视觉的图像的装置。人体发声的生理过程由此获得了一种有形的、对象化的、可量化、可比对的存在形式。人声中的元音、辅音、音调、音速等,不再是多少有些主观的听觉感受,现在,它们可以被记录为一种客观的物理事实,以供进一步的研究。

而这正是鲁斯洛所希望达到的效果。作为一名语音学与方言学研究者,鲁斯洛认为人与人之间在语音上的差别主要是由两方面导致的:地理的(不同区域)与族系的(不同代际)。通过对不同语音记录图的比对,我们将能够辨认出地理与族系的因素在人们的发声过程中留下的痕迹,测量它们对人类语音变化的影响。

后世学者曾将鲁斯洛的语音实验方法对现代语言学的意义比诸

―――――――――
[1] Richard Sieburth, "The Sound of Pound: A Listener's Guide", in PennSound Archive, URL: https://writing.upenn.edu/pennsound/x/text/Sieburth-Richard_Pound.html, Visited 06/08/2018.

伽利略在比萨斜塔上所作的自由落体实验,但对我们在这里的讨论来说更重要的,则是它对庞德等现代诗人的启发。庞德曾抱怨道,要"精确地记录诗歌朗诵过程中的语调和节奏"十分困难,而这正是鲁斯洛所发明的这个"小机器"的用处所在:它能准确地再现口语发声的节奏,以为诗人所用。[1] 换句话说,借助这套装置,原本"不可听的"人体的自然的、有机的生理节奏,第一次显现出了形状。和鲁斯洛一样,庞德也认为人体发声这一生理过程是由地理因素与族系因素——或者用庞德的话说,由土地与血脉——所塑造的。因此,验声器所绘制的波纹图像所记录的,绝非是抽象的、外在的声音"形式",而是"节奏"在种族、地域意义上的"内容"。正如戈尔斯顿所说,如果传统上的诗歌节奏属于诗歌的形式技巧的层面,是对诗歌的语词意义的组织,那么验声器所记录的语音节奏,即便抛开语词的语义维度,其本身也已经具有了意义,本身就表征了那个为血脉与土地所塑造的身体。[2]

借助这一技术装置的中介,(种族化的)人类身体生理运作的节奏具有了物化形式。将这一节奏应用于诗歌写作后,庞德等人希望自己的作品将能够唤醒潜藏于读者/听者身体深处的、自然的、有机的节奏感,唤醒个体与文明、种族的集体脉搏之间的共鸣与呼应,由此超克现代性所带来的异化。

关于生理"节奏"的知识,被本质化为人种之间的血脉、基因之差异的"客观"标识;而这样的"差异",又反过来成为各类人种比较学与

---

[1] Michael Golston, *Rhythm and Race in Modernist Poetry and Science*, pp. 69-70.

[2] Michael Golston, *Rhythm and Race in Modernist Poetry and Science*, p. 68;关于鲁斯洛及其语音实验装置的讨论,参见 Haun Saussy, *The Ethnography of Rhythm: Orality and its Technologies*, Fordham University Press, 2016, Chapter 3.

文明危机论的"科学的"基础,并且更进一步地推动着"节奏"在生理—生物—种族层面的本质化进程。"节奏"话语自身的漫长历史被掩盖、取消,成为一种貌似科学的、客观的、独立存在的身体—种族标记。现代主义诗歌的节奏理论,正是在这一语境下生成、繁衍,并成为现代社会的生命政治的内在组成部分。

毕歇尔的劳动与节奏论,也应被放置在这样一种知识与政治语境中,才能够得到充分地理解。其论述与意旨下,同样回荡着文明危机论与种族主义身体政治的低音。事实上,毕歇尔对"原始社会"的描述,大量借鉴了当时对欧洲之外的"落后"地区的人种志观察。迈克尔·柯文还注意到,毕歇尔关于"原始社会"的劳动歌曲的知识,很多时候都源于当时流行于欧洲大城市的人种展览会(尤其是1889年的巴黎世博会)上的歌舞表演。而这一类歌舞,正是以表演异族的他者性,作为吸引"现代的""文明的"欧洲观众的不二法门。[1]

不论人种志研究还是人种展览会,都是19世纪末20世纪初欧洲殖民主义与种族主义知识生产系统的内在组成部分。其中,欧美与非欧美地区的人民在生活与艺术方式上的差异,被叙述为"文明"与"野蛮"、"现代"与"原始"之间的差异。一种区域的、空间的差异,在此被转译成历史的、时间的差异。各种不同的文化实践方式被以种族、国界为单位划分开来,一面取消族群内部的差异,将其打造为一个个均质、单一、本质化的整体;一面将这些族群布置到一种线性历史叙事的不同时间节点上,成为"原始"社会的活标本,成为"文明"的欧美的"前现代"他者。这种线性的历史叙事,一方面服务于殖民主义政治修辞

---

[1] Michael Cowan, *Technology's Pulse*, pp. 168-169.

对欧美所据有的"文明""进步"的身份与地位的确认,并为以"文明"改造"野蛮"、以"现代"改造"原始"的殖民主义征伐背书;另一方面,对那些现代性的批判者们——譬如这里提到的庞德、叶芝、毕歇尔——来说,对"异族"的人种志观察则为他们提供了一种关于"前现代的""有机的""自然的"生存方式的想象,并以此作为救治欧洲现代文明危机的药方。

然而,不论是将异族视为文明有待征伐的对象,还是用以拯救文明危机的药方,两者所分享的基本认识论框架是一致的。殖民主义人种志的知识生产,为欧美地区提供了空间、时间、身份认同上的他者,两者之间的边界清晰而牢固。更重要的是,在节奏学研究的框架中,这样的种族边界获得了基于人体生理学运作的知识外观。当毕歇尔在"原始社会"与"文明社会"的二元框架中,将(显现在劳动与诗、歌中的)"节奏"作为"原始人"的客观的生理学标记时,殖民主义人种志的知识生产,就已然悄然抹去了自身的政治—历史痕迹,被翻转成为生命科学的真理性陈述。节奏成为一种非历史的、生理的概念与对象,将现代的殖民话语、种族主义、自然观念、诗学形式,与身体科学牢牢地缝合在一起。

第三节 "从生物学到社会学去":普列汉诺夫的唯物主义艺术起源论

现代中国文学领域中的节奏理论,基本不脱上面所述的知识论框架。[1] 洪深在研究人们说话时的"自然节奏"时认为,人们吐音的拍子是由其"神经能力"的起伏决定的,并"为我们脉搏与呼吸底一张一

---

[1] 关于新诗节奏问题的一个综述,可参见王泽龙、王雪松:《中国现代诗歌节奏研究的历程与困惑》,《武汉大学学报》2011年第2期。张建民在他的博士论文《国语语音与现代白话新诗音韵研究》第四章专门讨论了关于胡适的新诗节奏理论(兰州大学博士论文,2014年)。

在艺术领域中的相关讨论,可见滕固:《气韵生动略辨》、《艺术之节奏》,收入《滕固艺术文集》(上海人民美术出版社,2003年);《中国美学小史》,收入《滕固美术史论著三种》(商务印书馆,2011年)。相关讨论见包华石:《现代主义与文化政治》,《读书》2007年第3期;彭锋:《气韵与节奏》,《文艺理论研究》2017年第6期。

弛所影响",于是"人们底说话便不期而然都成为有节奏的了"。[1]朱光潜则将节奏分为"客观的"与"主观的",前者指向自然界的寒暑交替、新陈代谢;后者指向"人体中各种器官的机能如呼吸、循环等等",它们都是"一起一伏地川流不息,自成节奏"。客观的、外物的节奏更常常"逼着我们的筋肉及相关器官去适应它,模仿它",发生"心物交感",于是转化为主观的、身体的节奏而对人发生作用。[2]

与之相比,郭沫若在《论节奏》中的论述则稍显复杂。他引出了四种关于节奏的假说:第一是"宇宙论的假说",即节奏是宇宙万物中存在的客观现象,"譬如成长与衰弱,上升与下降,和合与分离,即是规定万物之发展,与分解的节奏"。在郭沫若看来,这种看法认为节奏完全是外在于"我们人"的客观的存在,"不免过于粗大了"。第二是"僧侣的假说",即节奏是古代僧侣为祈神仪式而创造诗歌时的天才的发明。郭沫若批评道,这种假说将节奏局限于"文艺上考核",而且局限于天才论的范围,同样不足为训。第三是"生理学的假说",即将心脏的鼓动、肺脏的呼吸等认为节奏之起源。与之前的假说相比,郭沫若认为,这种说法"狠能鞭辟进里了",而进一步的问题是,这种"无意识"的生理过程,是如何上升到"意识界",进而"成为一切生理的与非生理的节奏的根源呢"?

于是,郭氏引出了第四种,"观念论的或者二元论的假说"。这一

---

[1]洪深:《戏的念词与诗的朗诵》,美学出版社,1943年,第42页。
[2]朱光潜:《诗论》,北京出版社,2014年,第149—152页。罗念生曾就节奏问题与朱光潜进行论辩,不过其核心是文学节奏中的音韵、轻重的设计。见罗念生:《与朱光潜先生论节奏》《再与朱光潜先生论节奏》,收入《罗念生全集 第九卷:从芙蓉城到希腊》,上海人民出版社,2004年,第505—515页。

假说认为,节奏的起源在于"我们的感情"。节奏是在外界或内界的刺激下,由"我们的感情之紧张与弛缓交互合处所生出的一种特殊的感觉"。在有节奏的情绪中,人们的声音战颤而成音乐,身体摇动而成舞蹈,观念推移而成诗歌,"所以这三者,都以节奏为其生命"。换言之,人的生理运作,在内外的刺激下形成张弛运动,并以情绪为中介,"再输入于外界",外显为人的身体运动(声音、摇动等),这种运动的可听、可见的感官外形,便成为艺术形式的节奏的基础。[1]

郭沫若提到,这种假说是"Wundt 派的主张"。这里的 Wundt,指的当然是德国的实验心理学之父威廉·冯特(Wilhelm Wundt)。有趣的是,冯特与毕歇尔恰是莱比锡大学的同事,两人相交甚密。由于这两人的关系,莱比锡大学成为当时全欧美关于节奏的实验心理学研究的中心,而毕歇尔对冯特的影响也早已为学者所熟知。[2] 和毕歇尔一样,冯特也认为节奏是人的一种身体与生理属性。在他看来,对节奏的感知源于人的自然的运动,人的意识与情感具有天然的节奏倾向,节奏既表达、又产生情绪,事实上,整个有机生命天然地就具有节奏属性。[3] 郭沫若等人的引述,虽然没有将节奏纳入种族的集体框架,但清晰地继承了节奏学研究的生理学谬误,将节奏视为内在于人的生理运作的客观属性,并探究它在各种条件下的外在显现。

与之相比,以穆木天为代表的左翼诗学节奏理论所具有的独特性

---

[1] 郭沫若:《论节奏》,《创造月刊》1926 年第 1 卷第 1 期。

[2] Gerd Spittler, *Founders of the Anthropology of Work*, p. 86‐87;毕歇尔和冯特都是马林诺夫斯基在莱比锡大学念书时的老师,毕歇尔对劳动歌曲的研究对欧洲的文化人种学(Volkskunde)研究具有典范式的影响。

[3] 见 Michael Golston, *Rhythm and Race in Modernist Poetry and Science*, p. 20; Janina Wellmann, *The Form of Becoming*, p. 19.

便清晰起来。穆木天虽然直接引述的毕歇尔的研究,但他在论述过程中,明显对毕歇尔的理论进行了改造。两者的差异在于:究竟是劳动节奏决定身体节奏,还是身体节奏决定劳动节奏?如前所述,在毕歇尔的论述中,正因为原始人的身体节奏决定了他们的劳动节奏,换句话说,正因为他们的劳动节奏源于自然的、有机的生理节奏,他们才能将劳动视为一种与诗歌、音乐、游戏一样的自然活动,才能在缺乏外部激励的情况下,维持长时间的劳动。而现代社会的劳动之所以是异化的,正是因为机器的节奏不是由人的生理节奏决定的,而是对劳动者的一种外加的强制。

而在穆木天的论述中,劳动与身体的这一关系被颠倒了过来。并不是生理节奏决定劳动节奏,而是劳动节奏决定生理节奏,是特定社会生活中的劳动组织方式所具有的节奏,决定了劳动者的生理节奏。节奏成为劳动这一社会过程的属性,而非人的生理属性——生理运动转而成为中介,将劳动节奏转译为可听可见的外在形式,进而成为各艺术形式的基础。(见图5、图6)

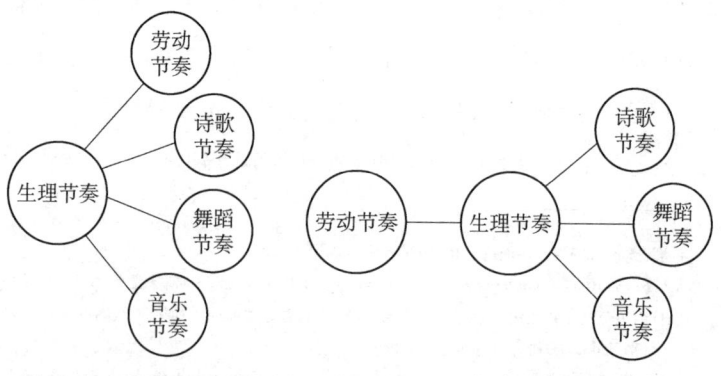

图5 毕歇尔节奏论示意　　图6 穆木天节奏论示意

穆木天与毕歇尔的上述差异所透露的是,他在这里所引述的节奏理论,事实上并非直接源于毕歇尔,而是经普列汉诺夫的唯物主义论述改造过的版本。对1930年代的左翼诗人来说,普氏的马克思主义文艺理论早已为他们所熟知。[1]在鲁迅、冯雪峰等人的译介下,普列汉诺夫在《艺术论》《艺术与社会生活》等著作中从唯物主义视角出发所勾勒的艺术起源论,业已成为当时左翼文论中理解艺术起源的基本知识框架。更重要的是,他对原始民族中的艺术起源问题的讨论,正是以对毕歇尔、达尔文等人的艺术起源论的批判来展开的——用他自己的话说,他试图以一种"社会学"的方式来取代毕歇尔等人所代表的"生物学"路径,将艺术的起源放回具体的社会历史语境中,放回人类劳动过程的组织方式与条件里去。

值得注意的是,普列汉诺夫所批判的并不是生物学的方法论本身,而是某种生物学决定论。他并不质疑生理学与生物学所提供的关于人类身体运作与物种起源、演化的知识及其认识论构形,而是质疑仅仅以此是否能够解释艺术的起源与发展。事实上在他看来,与观念论,乃至宗教论的艺术起源论相比,生物学的解释已经具有相当的唯物论成分,因而可以成为"好的材料",供给"史底('经济学的')唯物论的批判的"。[2]达尔文等人"考察了作为动物种的人类的起源",而唯物论者"是想要说明这物种的历史底运命",所以,他们的研究,"恰恰从达尔文主义者的研究的终结之处,从那地

---

[1] 关于普列汉诺夫著作在当时的译介,见高放、高敬增:《普列汉诺夫著作在中国民主革命时期的传播》,《教学与研究》1982年第4期。
[2] 普列汉诺夫:《论艺术》,鲁迅译,《艺术论》,收入《鲁迅译文集》第6卷,人民文学出版社,1958年,第493页。

方开头"。[1]

具体到节奏的起源上，和毕歇尔一样，普列汉诺夫列举了大量欧洲的人种志研究成果，涉及"非洲黑人""巴苏多族的卡斐尔人""巴西的印第安人""澳洲的土人"等，他们虽然没有音乐体系，但"对于韵律，却敏感得至于可惊"，不论是水手、挑夫、舂米麦的妇女、鞣皮的男子，都会和着自身所做工作的节拍，发出有韵律的声响。先前对此的研究从生物学的角度出发，认为这种"对于韵律的感性"是"成着人类的心理底本性的基本底诸特质之一的"，是"为他们的神经系统的一般生理学底性质所规定"的。在达尔文主义者看来，这种能力被视为是"为人类和动物所通有的"，因而"和他的社会底生活一般的条件以及尤其是他的生产力的状态，是没有关系的罢"。[2]

对此，普列汉诺夫问道："然而原始生产者所依照的拍子，是被什么所规定的呢？为什么在他的生产底动作上，谨守着正是这，而非这以外的韵律的呢？"

他给出的答案十分明确："那是被所与的生产历程的技术底性质，所与的生产的技术所规定的。原始种族那里，劳动的样样的种类，各有样样的歌，那调子，常是极精确地适应于那一种劳动所特有的生产底动作的韵律。……歌谣的韵律，是往往严密地被生产历程的韵律所规定的。不特此也，这历程的技术底性质，对于伴随劳动的歌谣的内容，也有决定底的影响。"[3]因此，一方面，"人类的本性（他的神经系

---

[1] 普列汉诺夫：《论艺术》，鲁迅译，《艺术论》，收入《鲁迅译文集》第 6 卷，人民文学出版社，1958 年，第 500 页。
[2] 同上，第 522—523 页。
[3] 同上，第 524—525 页。

统的生理学底性质)"[1]为歌谣的节奏准备了条件,而另一方面,这种节奏的具体形式,则是被生产者的劳动与技术过程所规定的,对于节奏的研究,由此必须从对特定历史时期的生产技术与劳动过程的研究入手,才能历史地、唯物地认识节奏的起源。

普列汉诺夫对原始生产者的歌谣节奏的研究,是他对艺术起源的总体认识的一个部分,也正是在对这一问题的分析中,他对毕歇尔进行了彻底的批判与改造。在他看来,毕歇尔对劳动与节奏的研究包含着互相矛盾的两个方面。一方面,毕歇尔在论述中清晰地意识到劳动的重要性,甚至在某些场合会将劳动提升到决定性的位置,认为在劳动、音乐和诗歌中,劳动是最基础的要素,其余两者仅仅有从属的意义。在普列汉诺夫看来,这些论述说明,在"诗歌的发生"的问题上,"毕海尔相信,势力底的节奏底的动作,尤其是我们所称为劳动的动作,催促了它的发生,而且这不但关于诗歌的形状,是对的而已,即关于那内容,也一样地对"。[2]

但另一方面,毕歇尔在整体框架上又始终坚持某种艺术的游戏起源说。如我们已经解释过的,毕歇尔认为人类早期不论是劳动还是艺术活动,都是一种自发的、有机的、个人的、无功利的活动,是一种类似于游戏的行为。只有到后来才发展出了有意识的社会劳动。换句话说,在这一论述中,历史地看,游戏要先于劳动,艺术要先于生产,前者

---

[1] 普列汉诺夫:《论艺术》,鲁迅译,《艺术论》,收入《鲁迅译文集》第6卷,人民文学出版社,1958年,第526页。
[2] 同上,第526页。

是器官的本能的活动,后者是有目的地使用体力的活动。[1]

倘是如此,那么早期人类的艺术实践就在原理上脱离了社会生产力与生产关系的规定,成为一种纯粹自发的、生物的活动。正是这样的看法,威胁着普列汉诺夫的唯物主义史观,因而在后者看来,"是犯着大大的错误的"。[2] 普氏认为,原始民族并没有什么自发的、个人的、纯生物、纯器官的自主活动。从最早的部落与血族生活开始,人类就是以社会组织的形式生活着的,就是在经济的、劳动分工的组织中生活着的。他们的所有实践,因而也始终带着某种社会的功利性。通过揭示原始民族各种游戏活动背后所蕴藏的具体的功利性,普列汉诺夫试图翻转游戏与劳动的关系:"功利底的活动先于游戏,前者更'古'于后者,是明明白白的。"人类即便在游戏时,"也是追求功利底的目的的活动,换言之,维持个人和社会全体的生活所必要的活动,先于游戏"。[3]

在普列汉诺夫看来,毕歇尔对劳动的重视和他的游戏起源论之间的自我矛盾是清晰可见的,用他的话说,毕歇尔《劳动与节奏》一书的全部内容,将他自己"关于游戏和艺术之对于劳动的见解,完全地而且出色地推翻了"。[4]

然而,在上述的分析中我们可以清楚地看到,毕歇尔的这种"矛盾",只有在普列汉诺夫的唯物论框架的映照下,才能够被"发现"。普

---

[1] 普列汉诺夫:《原始民族的艺术》,鲁迅译,《艺术论》,收《鲁迅译文集》第6卷,第564—565页。
[2] 同上,第559页。
[3] 同上,第567页。
[4] 同上,第571页。

氏在这里试图给出的,不仅是对节奏之起源、乃至艺术之起源这些具体问题的答案,更是一种整体性的认识论框架的转换,是在理解历史与现实的过程中,以对生产力、生产关系、劳动技术等命题的分析,取代对生物本能、生理运作、器官活动等命题的重视——是鲁迅所谓"从生物学到社会学去"。

对于前文所论的节奏学与文明危机的生命政治来说,这样的认识论转换具有重要的后果。从"社会学"的角度看,"原始"与"文明"之间,以及不同人种之间的边界开始变得游移与模糊:假如节奏并不是某种生物的、生理的属性,而是一种劳动方式与劳动技术的属性,那它就无法以人种来区分。在普列汉诺夫看来,倘若"美的概念,在属于同一人种的各国民,是不同的,则不能在生物学中,探求这样的种种相的原因,是分明的事"。事实上,不论是"文明人"还是"野蛮人",他们的"美的感觉"都是"和许多复杂的观念相联合着的",因而是"为各种社会底原因所限定的"。[1]正因此,能够解释这些复杂的观念的,"并非生物学者,而只有社会学者",而且是唯物主义者,因为这些观念"毕竟为所与的社会的生产力的状态及其经济所限定,所创造"。[2]

从生产力与生产关系出发,原始与文明的对立不再是身体性的、人种之间的生物学区分,也不再本质地规定着人们的艺术形式。如果说种族主义与殖民主义的生命政治,是基于一种生物学、生理学知识及其真理性叙事的,那么普列汉诺夫所给出的,便是批判这种知识垄断的一种可能性。刘禾曾以鲁迅与海克尔的关系为例,讨论了"写实

---

[1] 普列汉诺夫:《论艺术》,《鲁迅译文集》第6卷,第495—496页。
[2] 同上,第499页。

主义的科学再现模式与主观的艺术模式之间的裂痕"。在她看来,现代生命科学的生物模仿技术,尤其是医学写实主义,已经成为我们"确立生命的具象和意义"的基本框架。文学的写实主义也可以被视为"一种广义的生物模仿技术,与科学主义一脉相承"。两者联手,垄断了我们对何谓客观、何谓真实的理解方式。而鲁迅的写作,则因其对这种科学教条的拒斥,而获得了其独特的价值。[1]

普列汉诺夫所批判的,正是类似的科学教条,是生命科学的知识霸权对身体节奏、身体感知的垄断。他反对将人们的身体节奏与感知本质化为人种的、生物学的内在属性,坚持将其历史化,坚持在当代的社会动力学结构中把握身体节奏的起源。人们的身体因而始终是一个在特定的历史环境中,在特定的劳动组织方式中,在特定的生产关系——阶级关系中,不断被各种力量所争夺、塑造的对象。"身体"及其节奏由此从其凝滞的生物学规定中被解放出来,重新成为一种历史中介,成为具有可塑性(plasticity)以及历史能动性的对象——左翼的节奏诗学,正是在这一基础上才能真正介入历史。

当然,这绝不意味着阶级论的身体观本身不存在被重新本质主义化的可能性。一方面,是阶级论与"民族"或"种族"概念的互相纠缠,可能将阶级重新吸收入某种生物学规定中去。在现代文学史上不断出现的关于"民族形式"的论述或许正包含着这样一种症候。当民族革命的理论框架将"民族"视为变革世界历史的中介与动力时,"民族"与"被压迫阶级"便常常在理论上成为一体两面的对象。其结果,是生成于劳动过程(及其背后的生产—阶级关系)的身体—艺术形式,被重

---

[1] 刘禾:《鲁迅生命观中的科学与宗教》,《鲁迅研究月刊》2011年第3、4期。

新装回"民族"的框架中,被赋予人种的、国族的起源,被布置在国族历史的线性叙事("新"与"旧"、"古代"与"现代")中,从而重新成为某种超历史的、本质化的属性。另一方面,实践层面的"阶级"定位与分类本身,也始终面临着被抽空具体的历史动态分析而重新僵滞、板结的可能。而其极端化的形式,在文学上有新民歌运动中重新变得高度定形化的诗歌音响形式及其自我繁殖,[1]在政治上则是"出身论""血统论""成分论"等,以某种生物属性或是经济分析的"客观"的测量术与统计学,来确定人们的身份认同的做法。在这些实践中,种族主义以及与其类似的生命治理术不断重回地表,并成为观察现代中国的文化—政治实践的重要——虽然并不令人愉快——的视野。[2]

---

[1] 关于新民歌运动,见王璞:《"人国"与"人民共和国":鲁迅的"心声"观与毛泽东的"新民歌"运动之间的政治诗学》,蔡翔、张旭东编《当代文学60年回望与反思》,上海大学出版社,2011年。王璞在本文中认为,新民歌运动表达了一种取消了历史中介的革命精神,成为"主观能动性"的"无限饱和"及其"'自我生产'的令人眩目的直接性"。在我看来,取消中介的一个结果,便是其语言形式的无限自我繁殖——语言形式被取消了其与历史运动之间的关联,成为空洞的、不及物的对象,随着主体的扩张而自我复制。又,关于新民歌运动的一个历史研究,见谢保杰:《主体、想象与表达:1949—1966年工农兵写作的历史考察》,北京大学出版社,2015年,第5章。

[2] 从生命政治的视野出发对种族主义与阶级问题的讨论,可参 Sergei Prozorov, *The Biopolitics of Stalinism: Ideology and Life in Soviet Socialism*, Edinburgh University Press, 2016.

第四章

歌谣化新诗

第四章　歌谣化新诗

在普列汉诺夫所改造的劳动的节奏起源论中,身体及其节奏摆脱了其生理学的束缚,被开放出来成为有待塑造的对象。在这一认识论的基础上,我们得以将左翼诗学对诗歌音响节奏的打造,视为一种主动地争夺身体、塑造身体感知的尝试,一种革命文艺的身体技术的建构。为了寻找为劳动者所熟悉的"自然节奏",以使诗朗诵的音响效果能够动员大众,塑造集体的革命主体,左翼诗人转向了一批特殊的文类作为自己的模板:传统的谣曲、儿歌、小调、鼓词、弹词、竹枝词等。为了推动对这些文类的研习,中国诗歌会发起了声势浩大的新诗歌谣化运动,号召诗人们研究这些作品的听觉特征,提取其音响结构,并对其内容进行改造,注入新的社会与政治讯息和阶级意识。在某种意义上,左翼的新诗歌谣化运动可以被认为是一场理论旅行的结果,如果说上文对"节奏学"知识谱系的勾勒,为我们重新理解左翼诗人的诗学理论资源提供了线索,那么这里对歌谣化运动的分析,则将展现这一话语在1930年代中国特定历史条件下的在地衍生与形变。

在《新诗歌》的《发刊诗》中,中国诗歌会便坚定地宣称:"我们要用俗言俚语,/把这种矛盾写成小调鼓词儿歌,/我们要使我们的诗歌成为大众歌调,/我们自己也成为大众中的一个。"[1]《新诗歌》第二卷第一期的"歌谣专号"以近50页的篇幅(之前的《新诗歌》,除第一卷第六、七期合刊外,每期仅8页篇幅)集中展示了歌谣化运动各方面的成果,除了刊载大量歌谣化的新诗外,还以各地歌谣选的形式,搜集整理了来自各个方言地区的民歌与情歌,再加上穆木天、叶流的两篇重要

---

[1]《发刊诗》,《新诗歌》第1卷第1期。

论文,勾勒出从搜集、改编到理论阐述的完整的运动图景。[1]

图7 《新诗歌》第2卷第1期歌谣专号封面

在这一运动中,"小调鼓词儿歌"由于其广泛的普及性而成为"大众歌调"的物化形态,成为大众化的物质中介,对于这些文类的利用由此应当被视为一种政治技艺的创制。事实上,将谣曲、儿歌、小调、鼓词、弹词、竹枝词等各具特点的文类综括入"歌谣"这个单一的衍指符号(super-sign)[2]本身,便是一个文类的创制过程,一次"传统的发明"。这一过程通过压抑、取消这些文化实践方式的内部差异(地域

---

[1] 见《新诗歌》第2卷第1期。在中国诗歌会与《新诗歌》之前,左翼文人中也有零散的新诗歌谣化的实践,如鲁迅和瞿秋白在1931年的《十字街头》等刊物上创作发表的《好东西歌》《南京民谣》《东洋人出兵》《上海打仗景致》《可恶的日本》等。
[2] 关于衍指符号的讨论,见刘禾:《帝国的话语政治:从近代中西冲突看现代世界秩序的形成》,杨立华等译,生活·读书·新知三联书店,2009年,第10—15页。

第四章 歌谣化新诗

的、功能的、历史的),而创制出了一个貌似均质、统一的"歌谣"的概念,并试图将其普及性转化为民众动员的政治潜力。对于歌谣的利用不仅牵连着诗人自身的大众化,更意味着一种面向未来的新形式:"藉着普遍的歌、谣、时调,诸类的形态,接受他们普及,通俗,朗读,讽诵的长处,引渡到未来的诗歌。"[1]

有趣的是,在"歌谣专号"末尾的《我们底话》一文中,中国诗歌会一面标举新诗歌谣化的重要性,一面又反复强调他们对于歌谣这一"旧的遗产"的态度绝非"原封原样的机械地接收过来",而是"采取有意识的批判态度"。更具体地说,是"立意要利用它底长处:能朗读,通俗,大众化"。[2] 也就是说,左翼诗人一方面希望将歌谣的"长处"剥离出来为我所用,另一方面又警惕着为歌谣自身的意识形态倾向所裹挟,因而始终强调批判态度的重要性。换句话说,中国诗歌会一方面视新诗歌谣化为文艺大众化的内在组成部分,另一方面又时刻意识到这两者的联结中所暗藏的某些缝隙和危机。歌谣的"普及性"是怎样一种普及性?什么样的歌谣化新诗,才能起到大众化的效果?考虑到左翼诗人对歌谣小调在内容层面所包含的"封建思想"的警惕,"新诗的歌谣化"同时也必然是"歌谣的新诗化",是以进步的、革命的内容,对旧歌谣的意识形态内涵进行清洗与改写。这种左翼诗人所谓"旧瓶装新酒"的操作,包含着一种独特的内容与新诗的二分法。一方面,与现代文化史上曾经的歌谣运动对歌谣"内容"的重视不同,1930年代左翼诗人对歌谣的兴趣,侧重于歌谣小调的"形式"方面,侧重于其音响

---

[1]《我们底话》,《新诗歌》第2卷第1期。
[2] 同上。

结构与节奏模式。对他们来说，歌谣提供了一个取之不竭的形式宝库，其中贮藏着为"劳动大众"的身体感官经验所熟习的音响节奏模式。通过研究、抽绎出民歌小调的音响结构并将之应用于自身的诗歌创作，左翼诗歌将能够以最为自然/有效的方式，触动大众的身体记忆与生理回应。换言之，"有声"的左翼革命动员不仅指向其读者/听众的意识形态与思想认同，更致力于召唤一个集体的、感官的革命主体及其身体性共鸣。然而在另一方面，如何在保留歌谣的音响形式特征的基础上，掏空并重新灌注新的内容？新酒真的可以免于旧瓶的污染吗？大众在面对"保留"在歌谣化新诗中的旧有音响节奏时所给出的感官反应和身体愉悦，真的无损于他们对文本中的革命理念与意识形态讯息的接受吗？这些问题在在困扰着左翼诗人，不仅导致了伴随歌谣化运动始终的焦虑与自我批评，更成为中国现代文学史中的"民族形式"论争的先声。

第一节 "旧瓶"与"新酒":歌谣的再发现

左翼的新诗歌谣化运动,当然不是"歌谣"在中国现代史上第一次成为知识分子与作家所瞩目的焦点。早在1910年代末至1920年代中后期,以北京大学歌谣研究会为阵地的新文化运动知识人便发起了影响深远的"歌谣运动"。这一运动几乎设定了现代中国对歌谣之意义的基本认知范式,因此,对这次运动的一点简单回顾或许能帮助我们进一步澄清左翼新诗歌谣化运动的历史特点。

在1922年底出版的《歌谣周刊》——"歌谣运动"的官方刊物——第一号上刊载的《发刊词》上,歌谣研究会为他们搜集、整理歌谣的实践划定了两个目的:"一是学术的,一是文艺的"。前者指的是歌谣作为"一种重要的资料",能够为民俗学研究"供给多少材料或是引起一点兴味",促进这一门重要却尚未引起足够重视的学科的发展。后者指的是以"文艺批评的眼光"进行选择,将歌谣编成"一部国民心声的选集"。文章援引《北京儿歌》(Pekinese Rhymes)的编者卫太尔(Baron Guido Vitale)的说法,认为以这些歌谣为基础,"根据在人民的真感情之上,一种新的'民族的诗'也许能产生出来"。因而,这种搜集整理"不仅是在表彰现在隐藏着的光辉,还在引起将来的民族的诗的发展"。[1]

在歌谣运动的论述中,歌谣虽然被标举为"国民心声"的代表,但此处的"声"并不指向歌谣的音响特点,而是作为一种修辞,喻指歌谣在语义层面所保存的本民族"真挚与诚信"[2]的历史经验与思想情感。也正是在这个意义上,歌谣才"代表民族的心情",是"民族的文学"[3]"民族的诗"。也就是说,歌谣是被作为"发掘"——或者更准确地说,是"打造"——本民族之"民族本质"(national essence)的场域而得到重视的,其背后的民族主义冲动昭昭可见。周作人在1930年回顾这场运动时提到,在推动歌谣研究时,"大家当时大为民众民族等观念所陶醉,故对于这一面的东西以感情作用而竭力表扬,或因反抗旧说而反拨地发挥"。[4] 在"五四"新文化运动偶像破坏式的反精英主义动力下,歌谣被理解为平民阶层思想感情的反映,并成为创制一种新的民族主体及其文化的材料。正如学者所早已注意到的,歌谣与民

---

[1]《发刊词》,《歌谣周刊》第1号,1922年12月。
[2] 周作人:《歌谣》,收入《自己的园地》,北京十月文艺出版社,2011年,第44页。
[3] 周作人:《海外民歌译序》《潮州畲歌集序》,收入《谈龙集》,北京十月文艺出版社,2011年,第47—53页。
[4] 周作人:《重刊霓裳续谱序》,收入《看云集》,北京十月文艺出版社,2011年,第114页。

族主义的这一关系,可以被追朔到由赫尔德(Johann Gottfried Herder)所代表的德国浪漫主义传统对德国现代民族主体的文化建构方式中。在李海燕看来,正是在这一思想脉络下,歌谣才被赋予了"清晰可辨的意义,并得以服务于启蒙与民族主义的话语场域",此际对歌谣及其意义的阐释,亦为"现代的自我、性别与'平民'等观念"所铭刻与转译。[1] 由是,歌谣运动应当被理解为"五四"启蒙民族主义对一批特定历史文本的编码,一种面向未来的、对现代国族的政治建构,以返回历史、发现历史的方式呈现自身。

尽管出于不同的政治意识形态议程,但1930年代的左翼新诗歌谣化运动也应被置入类似的分析框架中来理解。左翼诗人对歌谣节奏的发现,应被理解为民众政治及其感官动员的需求对歌谣的重新编码与转译。不同之处在于,当北大的歌谣研究会将歌谣在词意层面所再现的理念、思想与情感内容确立为"真挚与诚信"的"国民心声"时,左翼歌谣运动则将其音响的、节奏的形式特征视为大众的"自然节奏"的展现。

两者的这一自觉的区分,亦成为左翼诗人的自我理解的一部分。石灵写道,"从前研究歌谣的人……例如北京大学有歌谣研究会的组织,出版过《歌谣周刊》……大半用的是民俗学的眼光",与之不同,"我们研究的原则,不妨只定为从他如何表达思想感情那样的深刻着手。

---

[1] Haiyan Lee, "Tears That Crumbled the Great Wall: The Archaeology of Feeling in the May Fourth Folklore Movement," *The Journal of Asian Studies*, Vol. 64: 1 (Feb. 2005), pp. 35–65. Also see Flora Shao, "'Seeing Her Through a Bamboo Curtain': Envisaging a National Literature through Chinese Folk Songs," *Twentieth-Century China*, Vol. 41:3, pp. 258–279.

直言之,就是从他的音韵的形式着手"。原因在于,"这种民间的诗,在音韵方面的成就,往往是很好的,""歌谣几乎有一个很普遍的特色,就是无论那一首歌谣里表现的是什么,他总能够深刻的感动人。"而这一点,"就不得不归功于前面所说的音韵方面的成就了。"[1]类似地,在讨论歌谣的形式特征时,蒲风也写道,歌谣之所以"留传历史之悠久",正因为其"技巧"之"自然":"我们得承认,它的所有的长处,都不是故意弄出来的标新立异,常是最自然不过的合乎中国大众口胃的东西。"[2]

值得注意的是,在这些论述中,对歌谣思想内容的剔除成为发掘其音响形式的政治潜能的前提条件。在提倡革命与进步的左翼诗人看来,旧歌谣所"表现的内容,大半从他们在别方面所受到的,人生的教训假借而来。所以,不外乎麻醉思想的表现,和低级趣味的发泄,以及官能的幻想的满足等等"。[3]其中"很难看见有积极的反抗性的东西"。[4]结果是,被先前的歌谣研究所珍视的内容层面因其错误的思想内涵被视为畏途,对左翼诗人来说,利用歌谣的"正确的一条大路"是应当"踢去了旧的封建思想,通过新的世界观而利用歌谣、时调、小曲、鼓词等等的长处"。[5]

对"内容"的批判和对"音韵"的表彰的并举,暗示着歌谣的形式特征与思想意识之间的不言自明的二分关系。更重要的是,借由这一瓶

---

[1] 石灵:《新诗歌的创作方法》,天马书店,1935年,第78—79页。
[2] 蒲风:《抗战诗歌讲话》,诗歌出版社,1938年,第62页。
[3] 石灵:《新诗歌的创作方法》,天马书店,1935年,第77页。
[4] 蒲风:《抗战诗歌讲话》,诗歌出版社,1938年,第51页。
[5] 同上,第63页。

第四章　歌谣化新诗

与酒的二元论,左翼诗人提出了一种关于歌谣之起源,关于歌谣之时间性(temporality)的全新论述。对他们来说,"旧瓶"与"旧酒"的剥离与切分构成了将歌谣的音响形式挪用到当代动员政治中以发挥作用的前提。换句话说,在这一切分背后,是对"形式"的时间性的掏空与置换——只有将歌谣中的"旧"因素归诸其"内容"层面,"形式"才没有历史包袱地被循环利用,进入当代的诗歌生产。

我在前文中曾经指出,左翼的节奏诗学虽然以"原始社会"中诗歌节奏的劳动发生学为目,其纲宪所系,却始终是以"节奏"所命名的音响—身体之间的关系机制,如何在当代的阶级政治中发挥其革命动员潜能。当这一节奏诗学论述落实到具体的"歌谣"这一文类上的时候,它同样要求重新规定歌谣的时间性,将其当代化。将歌谣的"形式"从"内容"的"旧"的时间规定中剥离出来,正是这一操作的一个部分。

为了说明将歌谣作为当代的劳动大众的"自然节奏"的贮藏库这一做法的合法性,左翼诗人为歌谣的起源重新勾勒了一种与先前的歌谣运动截然不同的历史叙事。当歌谣研究会将歌谣视为传统的产物与历史的遗存时,[1]左翼诗人则将歌谣视为依旧充满活力的当代现象。依据一种马克思主义式的历史分期法——历史发展从原始社会到贵族社会到资本主义社会——穆木天详尽地描述了劳动实践在各历史时期不同的组织方式,是如何决定了这些时期内所产生的诗歌作品的形式特征。他指出:"诗歌作品中的节奏,事实上,是同生活的节奏相一致的。……那一种节奏,是决定诗歌的形态的。诗歌的形态,

---

[1] 这一看法在很大程度上支配着人们对歌谣的理解。1936年,梁实秋依旧认为"平民还保存着对于有音节的文字的喜悦"是一种"野蛮的遗留"。见梁实秋:《歌谣与新诗》,《歌谣》第2卷第9期,1936年5月30日。

就是用语言的声音所表现出来的劳动节奏。"归根到底,它们都是"一定的社会的、阶级的必要的产物"。[1]

重要的是,社会与阶级的组织形态与关系虽然随历史而发展,这种发展却未必是均质的、同步的,而是具有鲜明的地区差异。在回答"在我们的时代里,需要什么样的体裁"的问题时,穆木天写道:"这一点,是只能从我们的时代的社会生活中,去解决的。我们现在中国,一边,是踏进了二十世纪的门槛,而,一边,还是没有脱出封建的、手工业的社会。而且,在我们的国土里,还存在着很多的草昧未开的原始民族。"由于生产力发展水平的不同步,中国各地区的劳动方式与"生活的节奏"也同样千差万别。各种生活节奏共时地并存着,也便同样要求着各种不同的诗歌节奏的并存。正是因为如此,穆木天总结道:"提到运用旧有的民间文艺体裁,有些人会提出一些的反驳来。他们认为那些体裁太陈旧了,而且,没有充分的表现力。事实上,文艺体裁,是社会生活决定的。如果一种体裁,还具有着强有力的生命力,还能健全地生存着的话,那一种文艺体裁,就是活的。"因而,"民谣、通俗诗歌、鼓词、大鼓书词等的制作"依旧是新诗大众化的必要而有益的组成部分。[2]

通过将形式的"新旧"的决定因素从纯粹的历史时期的远近,置换为社会阶级关系的发展程度,左翼诗人为歌谣在当代世界的适切性与"生命力"留出了位置。这样一种论述,正呼应着普列汉诺夫对毕歇尔的改造。歌谣的形式特征不再与某种超历史的、"民族"的共同体绑定

---

[1] 穆木天:《怎样学习诗歌》,生活出版社,1938年,第86—87页。
[2] 同上,第167—169页。杨骚也指出,旧形态的流行是因为"目前封建势力还多少残存着"。见杨骚:《略谈诗歌,音韵与大众化问题》,《急就篇》,引擎出版社,1937年,第123—130页。

在一起,而是与当下社会结构的动态发展相关联。社会生活(及其劳动组织)发展的不同步性,意味着大部分劳动大众依旧生活在与歌谣的节奏相呼应的那种生活与劳动节奏中。歌谣由此被赋予了一种**当代性**,它不仅解释了其流行至今的原因,更为利用歌谣的节奏样式提供了理由。我们或许可以说,名为"旧瓶"的歌谣节奏事实上并不"旧",而恰恰因为它并不"旧",才使得它具有了对当代劳动大众的吸引力,具有了装入"新酒"的潜能。

瓶与酒的二分法既打开了新的可能性,又蕴藏着内在的悖论与困境。一方面,为了征用歌谣的形式特征及其政治潜能,左翼诗人不仅在诗歌文本中实验了各种化用其节奏样式的方式,更为歌谣的历史起源提供了一套理论叙述。不论我们如何看待其文本实验的成败,这些工作都提出了一系列关于诗歌、诗人与读者/听众及其相互关系的新的问题。另一方面,形式与内容的二分法不可避免地包含着对于其合法性的追问,并导致了伴随着歌谣化运动始终的焦虑与自我批评。在某种程度上,正是这些困境迫使左翼诗人不断拓展、深化其形式实验,以此为未来的"大众合唱诗、朗诵诗、诗剧以及一般大众诗歌"[1]作好准备——在后文对作品的细读中,我将对这些形式实验作出进一步考察。而在这之前,我们首先需要回答的是,旧瓶装新酒的新诗歌谣化,在文本实践的层面究竟是如何实现的?左翼诗人如何将歌谣的音响结构剥离出来——或者说,如何在一首表达全新的意识形态讯息的诗歌中重建歌谣的音响结构,以使其能够在大众中召唤出同等程度的感官反应与身体参与?

---

[1]《我们底话》,《新诗歌》第 2 卷第 1 期。

第二节 《新谱小放牛》:节奏作为媒介

在这里,我将以石灵发表在《新诗歌》第一卷第二期上的《新谱小放牛》为例,对此进行分析。自发表之初,这首作品便被普遍视为歌谣化新诗的成功代表作。[1] 和许多在新诗歌谣化运动中创作出的作品一样,标题中的"新"字意味着它是对一首现存民歌《小放牛》的重写。原作起源于河北地区并流行全国,以问答体描述了一位过路村姑向路边的牧童问路的场景。下面是原作《小放牛》中的选段:

---

[1] 任钧:《关于中国诗歌会》,《月刊》,1946年第1卷第4期;佩弦(朱自清):《〈新诗歌〉旬刊》,《文学》第1期,1933年7月1日。

第四章 歌谣化新诗

赵州/桥/什么人/修?

玉石/栏杆/什么人/留?

什么人/骑驴/桥上/走?

什么人/推车/压了一道/沟?

赵州/桥/鲁班爷爷/修,

玉石/栏杆/圣人/留,

张果老/骑驴/桥上/走,

柴王爷/推车/压了一道/沟。

石灵的《新谱小放牛》中,上述段落被改编成了这样:

大工/厂/什么人/修?

花车/机器/什么人/留?

什么人/成天/不住/手?

什么人/享福/硬揩/油?

大工/厂/泥水匠/修,

花车/机器/铁匠/留,

纺纱女/成天/不住/手,

资本家/享福/硬揩/油。[1]

---

[1] 石灵:《新谱小放牛》,《新诗歌》第1卷第2期。

在语义层面,原作《小放牛》中的上述段落主要描写了一个人们耳熟能详的民间传说:匠人鲁班在修造赵州桥时展现出了巧夺天工的技艺乃至某种超自然的神力,因此引起了张果老和柴王爷这样的神话人物的兴趣。[1]而《新谱小放牛》在保留了同样的修造建设这一叙事因素的同时,将"赵州桥"换成了"大工厂","鲁班爷爷"换成了"泥水匠","玉石栏杆"换成了"花车机器","张果老"换成了"纺纱女","柴王爷"换成了"资本家"等。在经过诸如此类的改写后,物质世界的创造不再由传说中的人物以超自然力完成,而应归功于由无名无姓的泥水匠、铁匠、纺纱女等所构造的劳动阶级的群像。劳动阶级所创造的对象,也不可能获得神仙王爷的眷顾,相反,它们的价值只会被资本家迅速榨取。以此,石灵彻底剔除了原作叙事的背景、主题与意识形态,将其转变为对资本主义剥削的激烈控诉。

而在此处更重要的,是《新谱小放牛》如何在改写内容的同时,保留/重构了原作中的节奏样式。[2]在评价新诗歌谣化运动时,朱自清曾特别提到了歌谣的形式组织的问题,在他看来,"歌谣的组织,有三个重要的成分:一是重叠,二是韵脚,三是整齐。只要有一种便可成歌谣,也有些歌谣三种都有"。[3]朱自清的这三项标准,为我们提供了一个系统的比较框架,来衡量改作中的音响控制。首先是"整齐",如我在上面的引文中以"/"号标明的,改作复制了原作的每行三次的音

---

[1] 参见《赵州桥的传说》,宋佳芹编,《中国神话与民间传说》,北方妇女儿童出版社,2014年,第386—387页。

[2] 《小放牛》的乐谱,可以参考张东东:《中国汉族民间音乐》,吉林大学出版社,2012年,第75页。

[3] 朱自清,《〈新诗歌〉旬刊》,《文学》第1期,1933年7月1日。"重叠"和"韵脚"比较好理解,这里的"整齐",是指"每行得有相仿的音数与同数的重音"。

顿,尽管每顿涉及的字数有稍许的出入,但借由语速的调整,每行的音顿数量可以保持一致。其次是押韵,尽管每节第三、四句末尾的"走"和"沟"被改成了"手"和"油",但作者刻意选取了同样的韵脚,由此复制了原作的押韵方式。第三是重叠,这里牵涉到两种重叠,一是如"什么人"这样的短语在诗节中的重复,二是第二节诗在句法结构上对第一节诗的重复。这两种重复在新作中都得到了保留。经由这三方面的控制,尽管"大工厂"或"不住手"这些词在语音上和"赵州桥"或"桥上走"等截然不同,但是,由于音顿的数量、押韵体系和结构性重复的一致,这些语音单位之间的互相应和、重叠、连锁的方式在两首诗中则是基本一致的。由此,石灵基本复制了原作的节奏组织。

在这里,新作中的语词选择和句法排布,不仅是为了以新的意象来编织叙事,传达新的政治讯息,同时也要时时照顾到(受限于)原作的韵脚与音数,以使改作的音响特质能够贴合于某种先在的节奏图示。换句话说,"旧瓶"的打造,或者说,人们在阅读改作时之所以依旧能够感受到"瓶"是"旧"的,本身便是诗人审慎、精心的语言策略的结果。有趣的是,这一策略越是成功——也就是说,改作与原作的音响结构越是一致——其人为操作的痕迹就越是不明显,越是显得"自然"。歌谣化新诗的"诗艺",也因此越是容易为人所忽视。

《新谱小放牛》中所重建的音响结构使它得以在听众中唤起耳熟能详的感官愉悦,在听觉记忆的参与下,其中的叙事与讯息变得易歌、易诵、易记。对于听众来说,尽管他们或许未必能够充分理解或认同诗作的意识形态教诲,未必能第一次便听懂"资本家"这样的新词,但依旧能够感知、鉴赏、融入他们所熟悉的音响律动与节奏,成为某种集体声景中的身体共同体的一部分。蒲风曾回忆道,"多年前,江西的农民接受了旧瓶新酒的《泗州调》《新孟姜女寻夫调》……"几年以后,"直到政府军前往时仍有听到这种灌输进了新意识的歌声",在他看来,这显然是歌谣化新诗"收得了效果的证据"。[1]

因而也就不难理解,这种旧瓶装新酒的策略缘何成为新诗大众化中普遍的创作方式。与《新谱小放牛》同期刊出的署名"流"的作品《新编十二个月花名》,同样在保留了旧有的"十二个月花名"民歌的基本音响结构——尤其是从"正月梅花透雪开"依次唱到"十二月里腊梅黄"的连锁方式——的前提下,装入了"穷人日夜哭哀哀""东省失了榆关亡"等新的时事政治讯息。[2] 之后的《新十叹》《国难五更调》同样显而易见地保留了"第一叹来叹一声""一更一点月初升"等过门,保留了原《十叹》《五更调》等民歌中的典型音响标记。[3] 这些语词组合本身并没有表达与诗歌主旨有关的思想情绪,对它们的保留更多地是出于构造"旧瓶"的需要。在《歌谣专号》上,一系列以"村妇歌""打谷歌""某地民歌"为题的民谣改作集体登场,成为新诗大众化的标志性成果的展现。这些作品中的具体字词选择与音响操作的成败与否容或有进一步分析的余地,但它们所共享的某种以人们所耳熟能详的民歌曲调为样板来进行创作的基本取向已彰显无遗。

歌谣化新诗的音响节奏一方面激活了一种外在于理性认知的、属

---

[1] 蒲风:《抗战诗歌讲话》,诗歌出版社,1938年,第45页。我们并没有关于《新谱小放牛》的朗诵与演唱的现场效果的记录或回忆,但蒲风的这则侧面材料提示了我们左翼诗人在评价歌谣化新诗成功与否时的标准。假如《新谱小放牛》被公认为成功之作并非评价者的夸饰,那么它所达到的"效果",想必也与此类似。

[2] 流:《新编十二个月花名》,《新诗歌》第1卷第2期。

[3] 流:《新十叹——为正太橡胶厂惨案而作》,《新诗歌》第1卷第3期;流:《国难五更调》,《新诗歌》第1卷第4期。

于身体感官的层面;另一方面又意在利用这一层面去形塑、模铸听众对诗歌内容的接收与记忆。正如朱自清所说:"歌谣以重叠为生命……重叠为了强调,也为了记忆。"[1]在这一过程中,诗人、诗作、读者,以及文学传统之间构成了一种复杂的关系。在对口传文化传统的研究中,苏源熙(Haun Saussy)借鉴马塞尔·儒斯(Marcel Jousse)关于节奏的论述指出:"节奏并非剥去了内容的语言的骨架,而是一种为内容赋能的媒介(enabling medium)。"[2]这种媒介使得"信息的记忆与传递变得可能"。[3]基于学者对马达加斯加的人类学观察材料,苏源熙发现,当地人在创作"例言诗"(hain-teny)时的观念与一般诗学创作中对原创性与个体性等概念的强调大相径庭。在马达加斯加人那里,写作例言诗的过程是从现存的成语、习语中选取材料,再以符合当地口头传统中的音律节奏的方式将其组合起来。于是,诗歌的写作意味着在同样的音响节奏的格式下,制作出新的组合。这些组合反过来又将成为新的成语、习语,进入口头传统中。[4]在苏源熙看来,在这一过程中,口头节奏可以被视为一种记忆术,它的运作源自于这样的事实:节奏既深植于文化传统中,又铭刻在人体的生理运作中。一方面,每一种文化都被认为拥有着"成百上千条有节奏感的短语,以及将它们互相串联、并置的习惯"。[5]在这个意义上,文化传统可以被视

---

[1] 朱自清:《歌谣里的重叠》,《华北日报·俗文学》周刊第27期,1948年1月2日,转引自张桃洲:《声音的意味:20世纪新诗格律探索》,人民文学出版社,2014年,第265页。

[2] Haun Saussy, *The Ethnography of Rhythm*, p. 33.

[3] Ibid., p. 37.

[4] 关于"例言诗"(hain-teny)的详细讨论,见 Haun Saussy, *The Ethnography of Rhythm*, Chapter 1.

[5] Haun Saussy, *The Ethnography of Rhythm*, p. 34.

为是一座存有"大量简短的'片段'或'程式'的数据库","一座现成的习语、成语的贮藏室,它向这一传统中的所有诗人的记忆开放"。[1]另一方面,在听众那里,节奏成为一种思维镌刻术:在口头传统和其听众的"循环往返的共同演化"[2]过程中,既存的节奏模式逐渐为听者所习惯而成自然。听众接收、内化诗歌的音响节奏的过程,可以被认为是对"信息接收平台的一种格式化形塑,是对这一平台加以备制,以接收一种具有特定的形态连贯性的信息"。[3]

苏源熙的论述有助于我们进一步理解《新谱小放牛》这一类的作品及其"旧瓶装新酒"的机制。在歌谣化新诗的写作中,既存的歌谣小调鼓词小曲恰恰组成了苏氏所谓的"现成的习语、成语的贮藏室",左翼诗人可以从中调取现成的诗歌"程式"与节奏样板。于是,他们的诗作便能"诉诸听众所已然内在化了的那种格式形态"[4],激活听众所熟习的身体节奏,促使其作品进入记忆,并被不断重述。这里的区别在于,在苏源熙的理论中,听众的身体习惯与这些节奏格式之间的关联机制,是听众与诗歌在同一口头传统中的共同演化的结果。而对左翼诗人而言,这一关联机制的成立,是由于歌谣的节奏和大众的身体节奏两者,都是在有组织的劳动实践中社会地建构起来的,由此歌谣才能成为民众身体节奏的唾手可得的贮藏库。

也正因为此,理论上,在歌谣化新诗的写作中,诗人的任务并不仅仅在于写出一首具有原创性的作品,同时也需要进行类似于数据挖掘

---

[1] Haun Saussy, *The Ethnography of Rhythm*, p. 40 - 42.
[2] Ibid., p. 161.
[3] Ibid., p. 158.
[4] Ibid., p. 160.

与整理的工作。他们需要提取必要的节奏模式,将其作为媒介,来激活诗歌与身体之间的互动。中国诗歌会不断提醒其成员,要真正地到大众面前去尝试朗诵、表演自己的作品,去试试看大众是否确实喜欢,并加以改进。[1] 这样的实践构成了一种校验、反馈的闭环(feedback loop),使得作者能够不断调整他们对诗作与大众身体的节奏侧写(rhythmic profiling)。歌谣化运动中的诗歌节奏因此具有一种特殊的"非个人性"(impersonal),它不是诗人的造物,而是本就属于大众的、未被激活的潜能(potentiality)。正是在这个意义上,在节奏—身体的层面,歌谣化运动召唤集体的大众主体的过程,并不是诗人/知识分子对民众的整编与改造,而更近乎于大众的自我发现与自我实现(self-realization);歌谣节奏成为一种中介、一种关系性平台,在这一平台上,一种原本消极的、被形形色色的表面差异所遮蔽的、隐藏于大众自身之中的身体的集体属性被发掘出来,并被积极地投入到大众的组织中去,由此,大众的集体身体得以遭遇、辨识、形塑、实现自身。[2]

---

[1] 如《关于写作新诗的一点意见》,《新诗歌》第1卷第1期。
[2] 在"五四"现实主义小说中,安敏成(Marston Anderson)辨认出一种"现实主义的限制"。在他看来,"五四"现实主义一方面产生于一种集体主义的民众政治,要求从民众的视角讲述现实。另一方面,它的叙事模式在根本上依赖于一位批判性的观察者的存在,这种观察者必然是脱离,乃至高于大众的。(Marston Anderson, *The Limits of Realism: Chinese Fiction in the Revolutionary Period*, University of California Press, 1990.)而如我在上文所分析的,在歌谣化运动中,诗人的角色发生了转变。就诗歌的形式层面而言,他不再据有高于大众的位置,而是成为一种中介物,服务于大众的自我实现。这种角色变化可以被视为对"五四"现实主义内在困境的一种回应。

第三节 "封建思想"的幽灵与民族形式问题

在左翼诗学话语中,歌谣的"普及性"事实上指向了其音响形式的普及性,歌谣化新诗的"大众化"则必然包含身体感官的大众化——或者说,是以身体感官为媒介的大众化。然而,歌谣的节奏在赋予左翼诗歌以吸引大众的身体参与的能力的同时,亦带来了新的问题与焦虑。大众在聆听歌谣化新诗时所感受的感官愉悦,是否会损害、消解这些作品在内容层面、在政治意识形态价值——譬如《新谱小放牛》中对资本主义剥削的批判——上的严肃性?当诗人以传统民歌小调《十叹》的节奏样式,来书写由于缺乏劳动保护而造成近百工人死亡的正太橡胶厂惨案时，[1]是否会削弱这一惨案的政治紧迫性？诸如《国难五更调》[2]这样的作品，是否会使"国难"这一议题娱乐化、空洞化？此类的作品目录可以不断地开列下去，而萦绕其间的，则是一种"形式"抽空"内容"的可能危险。梁宗岱对诗朗诵运动始终抱有怀疑的态度，在他看来，在群众当中，"无论是集会或赴会，无论是以往或现代，大多数人都是为听故事和听唱歌"，但"能够欣赏抽象的陈述，接受纯粹情感的内容的，恐怕永远占少数"。[3]换句话说，要吸引大众的兴趣，就必须竭力排除抽象的理念与教诲，使其内容尽量戏剧化、其节奏尽量音乐化。然而，戏剧化与音乐化所带来的娱乐效果始终威胁着作品的政治严肃性——不论左翼诗人试图通过他们的诗歌向大众传达的信息有多么急迫、惨烈、悲哀，或严重。[4]

更重要的是，歌谣的形式这个"旧瓶"，哪怕其中已经灌满了"新酒"，依旧有可能在不期然间召唤出"旧的封建思想"。蒲风注意到，"即使是完全旧瓶新酒的东西，即使是套进了新内容，我们的新诗人耳

---

[1] 流：《新十叹——为正太橡胶厂惨案而作》，《新诗歌》第1卷第3期。
[2] 流：《国难五更调》，《新诗歌》第1卷第4期。
[3] 梁宗岱：《谈"朗诵诗"》，高兰编：《诗的朗诵与朗诵的诗》，山东大学出版社，1987年，第73页。
[4] 有趣的是，周作人在论及八股文时，曾经给出过非常类似的表述。在他看来，八股文中的"音乐的分子"所带来的愉悦，使得读者忘记了文辞的内容与意义。换句话说，八股文的形式成功抽空了其意义："他们读这些文章时的那副情形大家想必还记得，摇头摆脑，简直和听梅畹华先生唱戏时差不多，有人见了要诧异地问，哼一篇烂如泥的烂时文，何至于如此快乐呢？我知道，他是麻醉于音乐里哩。他读到这一出股：'天地乃宇宙之乾坤，吾心实中怀之在抱，久矣夫千百年来已非一日矣，溯往事以追维，曷勿考记载而诵诗书之典要，'耳朵里只听得自己琅琅的音调，便有如置身戏馆，完全忘记了这些狗屁不通的文句，只是在抑扬顿挫的歌声中间三魂渺渺七魄茫茫地陶醉着了。"（周作人：《论八股文》，收入《看云集》，北京十月文艺出版社，2011年，第88页。）

里仍然听得出为这是封建情绪浓厚的《莲花落》《五更调》《小放牛》……"[1]穆木天也提到一次听歌咏会的经历,当时,"我们听到了两首用旧调填成的大众歌词;但是,我们从那两首歌里,一点没有感到新的情绪,《莲花落》的调子,我们还是感到是《莲花落》,《小放牛》的调子,还依然是《小放牛》"。[2]在类似的反省中,形式与内容的二分法似乎已经岌岌可危。不论左翼诗人多么努力地将歌谣的形式维度剥离出来,音响节奏和(曾被)这一音响节奏所中介的内容之间,似乎永远无法真正地一分为二。"旧的封建思想"总是笼罩着歌谣化了的左翼新诗,关于它的焦虑,也暗示着歌谣化运动的理论构想在实践中遭遇的困难乃至危机。

袁先欣曾注意到,在"五卅"前后,顾颉刚、瞿秋白就有改造歌谣,保留"形式"而更新"内容"的尝试,并收到了不错的效果。在她看来,顾、瞿的实践代表了在新的历史时期中激活民间文艺形式、打造民众主体的努力。这一努力避免了歌谣征集的文化实践在"五卅"前后逐渐丧失其文化—政治能动性,而沦为空洞、机械的材料整理,失去其改造社会的可能性的倾向。[3]然而,正如前文中蒲风、穆木天等人的反省所提示的,保留形式更新内容的做法远未一劳永逸地解决问题。到了1930年代的新诗歌谣化运动,顾、瞿式的实践方式也已经逐渐暴露出其危机,再度面临着沦为纯粹的娱乐消遣、丧失其文化—政治能动性的可能。

---

[1] 蒲风:《抗战诗歌讲话》,诗歌出版社,1938年,第44页。
[2] 穆木天:《大众化的诗歌与旧调子》,《大公报》,1937年12月8日。
[3] 袁先欣:《文化、运动与"民间"的形式》,《文学评论》,2017年第3期。

在这里,左翼诗人所说的"旧的封建思想",与其说是对某种内在于歌谣形式的意识形态属性的命名与批判,不如说是对歌谣化新诗的去政治化倾向的敏感。左翼诗人一面希望赋予自身作品以感官上的吸引力,一面又警惕其为感官娱乐所彻底收编。穆木天写道:"歌谣之制作,是不宜死板地拘泥着过去的形式。对于旧形式之利用,是不宜'削足适履'的。""诗歌之歌谣化是要去采用活的歌谣形式。如果表现出脱离现实的倾向,卑俗化的倾向,向诗之残骸的形式中之退却的倾向的话,那将会是此路不通的。"[1] 袁勃也批评道,"无批判地接受歌谣遗产,以旧调填新词为一时的风尚"是对形式问题的忽略。[2]

因而,对"旧的封建思想"之回潮的批判,依旧是对形式的批判,是希望再次激活歌谣形式的文化—政治能动性,从而避免其沦为"诗之残骸的形式",沦为"卑俗化的"娱乐与消遣。这一问题的解决方式,则是在利用歌谣时应适当提高灵活性。蒲风指出,与其将歌谣形式"弄成为定形的东西",不如凸显它的"很大的可伸可缩的自由性"。然而他很快就补充道,对于形式的创新,"必得是大众所能接受即大众化了的东西",决不能"丢弃了与民众形式最相接近,即蔑视了民众形式之朗读性,可唱性"。[3] 在这里,对歌谣形式的考量隐含一种微妙的张力,歌谣化新诗既不能过于"新"——要保留歌谣原作的基本音响结构以接近大众——又不能过于"歌谣化"——不能重新成为"定形的东西",弄成无批判地"旧调填新词"。

出于这一目的,蒲风对传统歌谣的形式特征进行了系统的分析,

---

[1] 木天:《关于歌谣之制作》,《新诗歌》第 2 卷第 1 期。
[2] 袁勃:《诗歌的机运》,《一代诗风》,华东师范大学出版社,1996 年,第 357 页。
[3] 蒲风:《抗战诗歌讲话》,诗歌出版社,1938 年,第 42—46 页。

并总结出了其中的若干基本原则：它们是抒情的、歌唱的、故事的、现实的等等。更重要的是，他还归纳出了歌谣形式的一些基本模块，譬如"自然音韵、有韵脚，所以常是方言的""惯用三字句、七字句，最通常普遍的为七字句""对话的，或自问自答的""有形式的连贯性""形式注重整齐""用首段之末句作述二段之开头""叠句"等。〔1〕在左翼诗人看来，对歌谣形式的全盘照搬终究是"暂时的"〔2〕。借助对民众所熟悉喜爱的音响节奏的学习，借助诗朗诵运动的普及与推广，歌谣化新诗的最终目的是要"取民谣而代之"，使自己成为新的民谣。〔3〕由是，上述这些基本形式模块的归纳，便为歌谣化新诗的写作提供了一个实用性的参考手册，通过对这些节奏构造样式的组接，诗人得以在利用歌谣形式的同时，避免全盘照搬某些歌谣原型的整体音响构造，从而以既"旧"且"新"，既熟悉又陌生的节奏走向，在民众动员与进步政治的交合点，打开新的空间。

在这里，歌谣的模块化拼接本身是否有效，在具体作品上容或有讨论的空间，但更重要的恐怕是这些形式实验背后的动力，及其所回应的历史情境。也正是在这样的尝试中，我们可以看出诗歌形式与历史运动之间持续存在的张力与不断的往还互动——这样的动态过程

---

〔1〕蒲风：《抗战诗歌讲话》，诗歌出版社，1938年，第59—62页。蒲风的形式实验引起了很多注意，茅盾称蒲风为学习歌谣"尝试成功的第一人"。（见颜同林：《方言与中国现代新诗》，中国社会科学出版社，2008年，第213页）白羽认为蒲风"爱用叠句重韵"是"在歌谣体的创作上特别值得注意的地方"："民谣便有很多叠句重韵的地方，不过旧形式的叠句重韵有些呆板而固定，新诗歌谣之创作，是不能死板拘泥过去的形式，应要采用活的歌谣形式才不限制内容和发挥现实真实性。"（白羽：《摇篮歌》，《一代诗风》，华东师范大学出版社，1996年，第389页。）
〔2〕同人：《关于写作新诗歌的一点意见》，《新诗歌》第1卷第1期。
〔3〕徐迟：《诗歌朗诵手册》，集美书店，1942年，第21页。

一旦停止,歌谣形式便会迅速固定、冻结,成为"诗之残骸的形式"。

在我看来,这一张力事实上伴随着整个二十世纪中的"民族形式"问题的讨论。现代中国文学的形式问题始终是在两个维度中来定义的,一是"五四"式的,以"新""旧"对立为坐标的进步主义运动,二是以"精英"与"民众"的对立为坐标的阶级话语及其背后关于再现之权力的争夺。既"旧"又"民众"的歌谣形式则恰恰落在了这两重维度的错位之中,它既要求不断返回到既存的、漫长的传统及其所塑造的文化惯习与感知方式中,又始终承载着动员民众政治、打造革命主体的使命。因此,左翼诗学对歌谣形式的反复辨证,事实上没有、也不可能有清晰而固定的答案。它一方面成为日后旷日持久的民族形式论辩在1930年代的隐秘先声,另一方面,又从一开始,就反映出民族形式问题本身所处的错位之位,预演了之后所有围绕旧形式所展开的文学论争的复杂性。[1]

也正是在这个意义上,左翼诗人在讨论这一问题时所表现出的种种游移与往复,恰恰证明了他们直面这一内在困境的诚意与勇气,及其与现代中国文化政治的核心命题的搏战。这种游移正是维系形式的文化—政治能动性——或者用袁先欣的话说,维系"文化"之"运动"态势——所内在地要求的。对"旧的封建思想"的警惕,虽然始终伴随着中国诗歌会对歌谣化新诗的提倡,却从未动摇过左翼诗人对这一实践之意义的信念。形式的张力需要在变动的历史环境下不断地加以调整,也正是这样的拉锯,不断推动着更为激进的歌谣形式实验。重

---

[1] 关于这一问题的研究,参汪晖:《地方形式、方言土语与抗日战争时期"民族形式"的论争》,《现代中国思想的兴起》,生活·读书·新知三联书店,2004年,第1493—1530页;石凤珍:《文艺"民族形式"论争研究》,中华书局,2008年。

要的是,对这些形式实验的研究要求我们超越文本本身,超越纯粹的内容(政治认同、意识形态等)本身,超越对"民族"的偏爱,而走向对"形式"的真正的历史的理解。"民族形式"问题或许从一开始就包含了关于"大众""民众""民族"这些想象的读者/听众共同体的身体记忆、生理反应、感官经验的思索与实践。革命如何面对人们的身体?如何处理、形塑人们的听觉、视觉、嗅觉等感官经验?如何处理身体感知与思想认同的缝隙与张力?对有声的左翼的聆听,将真正为我们打开理解左翼文化运动的身体技术与生命政治的空间。

通过对歌谣的再造,左翼诗人试图在驱除"封建思想"的幽灵的同时,延续其诗歌作品以音响节奏吸引大众的身体性参与的可能性。反过来讲,形式实验的不断推进本身,也印证了新诗歌谣化的内在危机的持久存续。在作品层面,这些可能与危机展现为感官体验与智性理解之间复杂而多层次的互动、协商乃至竞争。为此,让我们进入对具体诗歌文本的讨论。

第五章

诗的 Montage：作为音响的语言

第五章　诗的 Montage：作为音响的语言

以从歌谣中抽取的节奏模块为基础，左翼诗人试图为他们的诗歌及朗诵赋予同样的身体动员能力，以克服他们眼中当代诗歌的重大缺陷：大多数的诗歌作品是"静的""平面的"，它们的意象排布过于"散漫"，不具有紧凑感，无法真正触动读者，无法激发情绪性的回应。为了解决这一问题，穆木天提出了"诗的 Montage"（蒙太奇）的概念。这一概念指向的是诗歌的"结构"与"技术"层面的更新。在他看来，诗歌不应是"韵文的故事或论文"，因为"诗不是哲学，只有思想是不够的"。借由对诗的 Montage 的讨论，穆木天希望为诗歌注入"动的""立体的"特质，激发"思想"内容与情绪、感官之间的更为动态、活泼的互动。[1]

从诗的 Montage 这一概念出发，本章继续讨论左翼诗歌中思想意涵与诗歌语言的技术组织的区分与关联，尤其是诗歌的音响设计如何激活听者/读者的感官、身体的体验，及其与诗歌文本的语义表达之间的复杂互动。这种关联和互动不仅限于为公共朗诵而创作的诗歌；毋宁说，"诗的 Montage"可以被视为贯穿左翼诗歌创作整体的形式原则之一。左翼朗诵诗与非朗诵诗共享着对"动的""立体的"诗学效果的追寻，而对诗歌音响结构的设计与经营，则是实践这一效果的最核心的载体。在我看来，音响结构在诗歌中所构建出的口语语势，尤其是语势的节奏，制造出了阅读与聆听过程中对声音的规律性重复的期待感，而这种期待感则为诗歌赋予了一种结构性的秩序，它可以将驳杂、散乱、缺乏内在关联的语义意象组织入一个高度形式化的秩序中，使它们得以以貌似条理贯通的方式被理解与铭记。由此，当诗歌文本所提供的事实指代、历史意涵和政治意味并不为听众所熟知时，或者说，

---

[1] 穆木天：《一点意见》，《新诗歌》第 2 卷第 2 期。

当语义信息自身无法提供清晰的叙事秩序时,音响节奏所带来的听觉语势能为听众制造出一种感官的整体秩序。在这里,文本的连贯性并非听众的智性理解的产物,而是源于身体性的感官经验。更重要的是,在关露、胡楣、蒲风等人的作品中,通过音响与语义的有机互动,诗人得以进一步深化其作品对感官经验的再现,对资本主义体系的感官剥削的批判,乃至以诗歌的音响操控,创造出一种自我指涉的大众的感官形象。

然而,听觉秩序与语义信息之间的关系并不总是互相支持的,事实上,前者有可能不断地扰动、破坏语义信息的顺利表达,甚至危及其中的意识形态主张。如《耘稻歌》《新莲花》之类的作品便呈现出这样的倾向。"诗的 Montage"由此凸显出在左翼诗歌建构过程中,各种力量的持续协商与竞争。

不过,在进入具体文本前需要事先声明的是,在讨论左翼诗歌音响节奏所创造的感官效应时,我无意断言但凡这些诗歌被公开朗诵,这些感官效应就必然会发生在每一位听众身上。对于诗朗诵这样一种充满偶然性与情境性的文化实践来说,这样的断言绝无可能成立。在我看来,这些感官效应更多地应被理解为卡罗琳·莱文(Caroline Levine)所说的"可供性"(affordances)。这一概念原意指环境和物体在与人发生交互关系时能够给人提供的用途。"可供性"同单纯的"用途"与"属性"这样的概念之间的区别,在于它引入了与主体之间的交互的维度。同一件物品在与不同的主体交互时所呈显的"可供性"是不同的。譬如一张折凳,对于力气比较小的孩子来说,它或许能提供"支撑体重""摆放物品"的功能,而对于成年人来说,它可能还具有"作为攻击武器"的功能。换句话说,物品的"可供性"是由物品本身的能力与主体的能力共同决定的,它只有在发生交互时才显现出来。莱文将这一概念引入了对形式问题的分析。在她看来,我们与其追问"形式做了什么",不如去问"形式**有能力**做什么",去问"在美学与社会组织过程中,隐藏着什么样的可能性——尽管它们并不总是显而易见的"。[1] 从可供性的角度出发,对形式的可能效应的研究便不必是实证性或决定论的,节奏与感官之间的关联既与文本的音响设计有关,又涉及听众本身的构成、背景、经验、认同,乃至阶级。事实上,正如我在之前的分析中提到的,对于听觉主体的想象与分析从一开始就内在于左翼的节奏诗学中,并将不断浮现在具体文本的设计与组织过程里。

---

[1] Caroline Levine, *Forms: Whole, Rhythm, Hierarchy, Network*, Princeton University Press, 2015, pp. 6-7.

第一节　声音的秩序与意义的秩序

在左翼诗歌中最常使用的创造节奏的技巧,当属各种形式的重复。为了理解其不同的功能与层次,让我们来看一段选自焕平的《一·二八周年祭曲》的段落。整首诗以祭奠死于"一·二八"事变中的士兵与平民开头,并试图将屈辱、悲凄与激愤之情转化为反抗敌人的决心与意志。其中的第七、八节写道:

现在我们还可以看见榆关的鲜血,
现在我们还可以听到热河的炮声,
现在我们还可以看到平津的告急,
现在我们更可以看到长江的日舰!

第五章　诗的 Montage：作为音响的语言

> 我们也可以看到国联瓜分中国的计划，
> 我们也可以看到英帝国主义占领西康，
> 我们也可以看到法帝国主义进兵广西，
> 我们更可以看到走狗向帝国主义跪叩！[1]

　　这两节最为鲜明的特征，便是它们在每句句首的重复，即"现在我们还/更可以看见/听到"和"我们也/更可以看到"。事实上，以第一人称复数主语加动词的形式开头，是左翼诗歌最为常见的一种语法。[2]"我们"这一主语将读者置入集体主体的位置中，并从这一位置出发看视、理解外部世界。换句话说，它将读者从分散、孤立的聆听个体转化为以集体之名共同发声的"我们"的一员。由此，在呈现具体的信息之前，诗歌就已经在作者、朗诵者和听众之间构建了一种公共性的团结感：他们将作为一个集体来接收之后的信息。参照穆木天关于蒙太奇的论述，我们或许可以说，这样的集体视—听位置可以被理解为电影的镜头本身（而非其拍摄的画幅），借由这一镜头的推拉移动，图像的拼接与排序才得以完成。

　　此外，以同样的短语开头更在语音—听觉的层面创造了一种重复

---

[1] 焕平：《一·二八周年祭曲》，《新诗歌》第1卷第3期。
[2] 类似的例子见于王亚平《两歌女》、白曙《十年》、任钧《祖国，我要永远为你歌唱!》、关露《故乡我不让你沦亡》、柳倩《我歌唱》，均见《一代诗风》；又，王亚平：《敬告二十九军兵士》、《天桥的风暴》，均收入《十二月的风》，诗人俱乐部，1936年。
　　更多关于"我们"的诗，见艾青《铁窗里》《新诗歌》第2卷第4期）；殷夫《议决》（《拓荒者》第1卷第1期）、《我们》（《拓荒者》第1卷第2期）；穆木天《别乡曲》、马甦夫《祖国》、柳倩《救亡歌》、《五月进行曲》、温流《青纱帐》、蒲风《第一颗子弹》，均见《一代诗风》。

感。"现在我们还/更可以看见/听到"和"我们也/更可以看到"两个短语可以被视为两组固定的声音单位,其物质性音响的规律化重复不仅为诗歌赋予了感官节奏,更制造了一种听觉上的语势,推动着诗歌的递进。对于听众来说,这些声音单位组成了听觉线索,一方面将诗歌的语义要素勾连、组接成一个整体;另一方面又借由对听觉期待的操弄,形塑着听者的信息接收方式。正如苏源熙提示的,"语词和短语的节奏属性是一种造就秩序的方式"。[1] 借助节奏性重复,这两个声音单位制造出一种感官秩序,将诗歌中的语义信息整合为一个结构化的整体。这种秩序化的企图更为鲜明地表现在这两个段落的句法结构和字音数量的重复上——对二者的精确控制体现了形式背后清晰的意图性。尽管左翼批评家在日后讨论听觉节奏的建构时,会认为对音步音顿的控制远比对字数的单纯计量要重要得多,但本诗中的这些策略,依旧展现了诗人试图为诗歌的语义表达赋予一个听觉的、感官的秩序的努力。

借由重复所创造出的听觉秩序,诗歌中零散的语义信息——"榆关的鲜血""热河的炮声""平津的告急""长江的日舰""国联""英帝国主义""法帝国主义""走狗"等——被编织成一个清晰的叙事脉络:山河沦陷、国破家亡的历史画卷随着这样的叙事一步步展开,散乱的意象在语音的波流的层层推进中获得了挤压人心的力量,催逼着情感的回应。尤其对那些或许并不清楚上述这些语词的事实指代、历史意涵和政治意味的听众来说,这些信息之间的关联本身并非是自明的。也正是在这种情况下,音响节奏的功能更为显著。当语义信息自身无法

---

[1] Haun Saussy, *The Ethnography of Rhythm*, p. 46.

第五章　诗的 Montage：作为音响的语言

提供清晰的叙事秩序时，音响节奏所带来的听觉语势能为听众制造出一种感官的整体秩序。在这里，文本的连贯性并非是听众的智性理解的产物，而是源于身体性的感官经验。

更重要的是，听觉秩序并非只是作为一种外部力量加诸语义信息之上。借由两者的有机互动，左翼诗人得以在作品中创造出一系列有趣而重要的审美效果。关露在《夜底进行曲》中通过单词的连续并列使用——如"北风，/雨点，/茫茫，/黑夜。""飞机，/炸弹，/肉搏，/勇敢，/土地，/人民，/强盗，/侵凌。"[1]——创造出了一种短促、密集、湍急的语音效果(甚至"茫茫黑夜"这样的习语都被刻意以逗号断开并分行)，以捕捉短兵相接的夜间战斗的紧张与窒息感。而在胡楣的《马达响了》中，短促的语音单位起到了另一种效果。这首诗所讲述的是对纺织厂工人的压榨与剥削。诗人在文本中密集地重复插入由两个词组成的简短诗行，如"血，汗""一点，一滴""一尺，一寸"。这种短促、有力、不断重复的音响节奏所模拟的，正是吞噬着工人们的日常感官经验的纺织机马达的音响节奏。因而，这首诗对资本主义剥削的批判应当在两个层面上加以理解。在理论层面，"马达响了，/织绸子的机器开动了，/我们千百个人都随着机器开动了"以及"瘦了，/我们瘦了，/血汗变成了绸子，/绸子变成了资本家的资本"[2]这样的诗句清晰地揭示了资本主义生产方式如何将人("血汗")作为劳动力的组成部分纳入资本的再生产("绸子"变成"资本")过程中。资本的增殖直接建立在对劳动者健康状况的损毁上。

---

[1] 关露：《夜底进行曲》，《新诗歌》第2卷第3期。
[2] 胡楣：《马达响了》，《新诗歌》第2卷第2期。

而与此同时，在感官层面上，通过以诗歌的音响节奏仿拟纺织机的音响节奏，诗人在诗学空间中展演了机器化大生产如何入侵、占领工人的日常听觉经验的过程。资本增殖过程对劳动力的抽象占有在原理上并不涉及工人的听觉，但大机器所主宰的工厂环境依旧在无意中侵占了人们的全部感官。资本主义体系对劳动者的戕害的全面性由此显现：任何一种感官经验都无法脱出其整体性支配。诗歌标题中的"马达响了"因此不仅标志着劳动—剥削过程的开始，亦标志着整个生活世界的全部感官的资本主义化。在这个意义上，以诗歌节奏来模拟工厂环境的节奏，大可以被视为对工人的感官经验的争夺——工人们所熟悉的机器节奏，被重新利用来激发、组织对工厂剥削的反思与反抗，一种左翼的机器诗学由此得以生成。

与此类似，蒲风讲述农民觉醒的革命叙事诗《六月流火》中也大量涉及了音响与语义的互动与共鸣。在这首长诗的第十九节《怒潮》中，诗人在叙事中三次以括号形式插入了一模一样的一组三句的诗行：

（听！听！谁的声音在沸腾？——
可不是么？可不是么？
正义与公理的声音在轰！在鸣！)[1]

这里的"声音"的主体，显然是作为整体的觉醒了的农民。但更值得注意的是这一段落的发声方式本身。正如当时的批评家很快意识到的，在《六月流火》中，蒲风试验了一种特殊的朗诵诗文类，即"大众

---

[1] 蒲风：《六月流火（节选）》，《一代诗风》，第 155—160 页。

合唱诗"。它的表演不仅包含一位主诵,更要求几位扮演不同角色的朗诵者之间的互动合作,乃至合唱队的配合。大众合唱诗因此是诗与戏剧的一种混合形态。这一形式的创造具有清晰的政治意蕴。戴何勿在他对《六月流火》的评论中指出,大众合唱诗的创造是对"个人主义的内容和形式"的否弃,对"集团的、大众的诗底内容和形式"的提倡;大众合唱诗"主要的是采用集团底力学的,私演剧的要素而歌唱,用集团的朗读、合唱、音乐、照明、肉体运动等把诗的节奏表现出来"。[1] 类似的论述不仅再度确认了诗歌文本的节奏与各种身体的、感官的节奏之间的关联,更凸显了这一新形式背后的集体主义意识形态。在大众合唱诗的表演中,集体主义不仅为诗作提供了恰当的主体和主题(譬如农民革命),更体现在以合唱为代表的发声方式中。集体合唱的声音时时介入叙事之流,指向匿名的大众的力量与意志。

在这个意义上,括号中的三行内容不仅在语义层面试图将听众的注意力引向一个"沸腾"着的、"轰鸣"着的"正义与公理的声音"的存在;事实上,当这三行诗句被合唱队唱出时,合唱队的声音**本身正是**那个"沸腾"着的、"轰鸣"着的"正义与公理的声音"。在大众合唱诗的表演中,此处的"声音"成为一种自我指涉的符码。借由这一操作,它一方面将自身道德化、政治化为"正义与公理的声音",另一方面又将"大众"在理论上所具有的庞大力量转化为一种真实的听觉体验("轰鸣")。由此,能指的音响物质性的发声技术成为所指的物化形式(reification):音响与语义、感官与理念互相支撑、强化并统一起来。

---

[1] 戴何勿:《关于大众合唱诗》,《一代诗风》,第 386 页。

第二节　（无）变奏及其代价

如果说上面的讨论涉及了左翼诗歌中不断出现的、标志性的音响设计策略，那么在这一节里，我将转向贯穿全诗的更为整体的节奏样式，尤其是节奏的变动（或不动）如何与政治讯息的释放之间互相应和与冲突。在这里，刘流的《伤痕》正是展现两者之间的更为复杂的互动方式的一个绝佳的例子。在整体上，这首诗以一种按部就班的节奏，逐段向读者展示了"穷人"在身体上所遭受的各种残害，它的四个段落分别描写了四个身体部位上的伤痕：屁股、大腿、背脊、臂膊。诗歌的第一段如下：

我要给你屁股看，

第五章 诗的 Montage：作为音响的语言

> 这里是一条条深的伤痕。
> 红的紫的仿佛长长萝卜干；
> 萝卜干，这是穷人该享受的，
> 老爷子们的厚恩！〔1〕

以第一人称单数主语"我"为叙事者，并以第二人称的"你"预设了观众的存在，这首诗将自身打造为一场公共身体展示，由此构筑了一种内在的表演与动员的维度。尽管它以最为私密的身体部分（屁股）开场，但其所表达的内容的公共性与政治关切清晰可见：它所书写的并非伤痕本身，而是造成这些伤痕的宏观的、体制性的原因以及应采取的恰当的回应方式。换言之，出现在不同身体部位的伤痕，不应被理解为分散、孤立的事件，而应追究它们之间的系统性关联。

在本诗中，这种"系统性"的呈现非由诗歌的叙事者直接给出。在很大程度上，它是由诗歌的音响节奏传递出来的。诗的四节遵从着相同的节奏框架（除了最后一段末尾，下文将对此作出分析），不同的仅是其中所描述的具体意象。以第二节为例：

> 我要给你大腿看，
> 这里是一条条深的伤痕。
> 红的紫的仿佛粗粗的赤练蛇！
> 赤练蛇，它喙痛了我的心，
> 使我的心重新苏生！

---

〔1〕 刘流：《伤痕》，《新诗歌》第6、7期合刊。

与第一节相比,第二节中具体意象、短语的更动并没有变更整体的节奏框架,听众可以轻易地识别出两者的基本音响模式的一致性(音响模式的规律性重复本身,就在听觉上起到了标示分节的作用)。这样的形式操作保证了每一节中叙述的身体部位的伤痕,不会在这一节结束后便消散,而是不断在之后的音响的重复中被再度召唤出来,与其他部位的伤痕共鸣。听觉结构的重复维系着不同的意象之间的相关性,这些伤痕由此不再是分散、偶然的事件,而应被理解为对同一具身体的反复毁伤,因而具有共同的、单一的、结构性的责任者。在某种意义上,当结构性剥削的暴力伤害、撕裂人们的身体时,正是听觉所构筑的秩序重新将这些创伤的碎片组合为一个整体,并勾勒出伤痕之间的关联与共同起源。由此,我们得以指认不同的个体("穷人")所遭遇的苦难经验之间的共通性与普遍性,并将个体的反应与力量凝结起来,导向集体的革命实践。换言之,分散的伤痕本身并不具有自明的政治意义,它们必须被辨识为一个整体性的剥削结构在各个具体事件中的显现。而在这首诗里,正是对音响结构的构造,使得这种辨识得以实现。

也正是在这一过程的基础上,本诗最后三句中对"前进的铁心"的号召才更具有力度。这三句并未遵从全诗的节奏框架,而是在变奏中转向了较为直接的对革命决心的宣示:"我靠了它增加了更多的兴奋,/我靠了它知道了更多的事情,/是它,它使我有了前进的铁心。"这里的"它"显然并不单指最后一节所写的臂膊上的伤痕,而是指向了广义的、以伤痕为代表的苦难经验。在这里,被剥削者的创伤经验的展示已经结束,并被引向了对颠覆这一剥削体制的革命行为的号召。于是,末三句在听觉节奏上引发的转换正呼应了全诗在语义内容上的转换。由先前的节奏性重复所建构的听觉习惯与期待被打破,标定了"伤痕"的到此为止。固定节奏的终结由此意味着一种生活态度的终结,并预示了改变与革命的到临。政治上的改变也因此呈现为直接的感官经验。音响秩序的建立与打破,均与其语义内容具有呼应关系,《伤痕》的动员效果也只有在声音与内容的同步变奏中才能得到充分的理解。

然而,诗歌的音响节奏与文本语义之间的互动并不总是带来共鸣。事实上,诗歌的听觉秩序(及其变奏)有可能不断地扰动、破坏语义信息的顺利表达,甚至危及其中的意识形态主张。孤帆的《耘稻歌》就是这样的一个例子。[1] 和《伤痕》类似,《耘稻歌》也具有一以贯之的音响框架。全诗共八节,每一节处理农民在日常生活中所面临的一个问题,如劳动环境的酷烈、贫富差距的巨大、老母亲的病、穷农夫的死亡、日渐衰败的健康状况、自然灾害、苛捐杂税等。其音响框架的重复性主要体现在每节的开头和结尾处——每节第一行都以"耘罢一行又一行"开头,中间部分的诗行处理较为自由,到结尾两行则是"我的妈呀!"加一个反问句(及后半句的重复),如"我的妈呀!/难道我们生来作牛马,生来作牛马?""我的妈呀!/我底心理怎能放得下,怎能放得下?""我的妈呀!/老天为什么要同我们死作对,同我们死作对?"等。和《伤痕》中的效果类似,《耘稻歌》中每节头尾的音响重复,也将它处理的不同议题组织到了一个连贯的整体结构之中,使得这些分散的经验彼此响应、关联,组成了作为一个集体的农民在当下的剥削体制中所遭遇的命运的整体性图景。

---

[1] 孤帆:《耘稻歌》,《新诗歌》第6、7期合刊。

但是，如果说《伤痕》末尾处的音响变奏标志着过去与未来的断裂，乃至革命时刻的到临，那么《耘稻歌》中所缺乏的，恰恰是这样的转换。同样的音响结构贯穿了整个八节诗歌始终，从而营造了一种循环往复的持续感，仿佛时间的自我重复是不可避免的，仿佛苦难的累积成了单纯的经验讲述乃至数量的堆积，不断开始亦不断终结。"难道我们生来作牛马""穷人的命为甚生得这样苦""我们做的到底为谁忙"等酸涩的发问所可能引发的变革激情，迅速地耗散在下一轮的"耘罢一行又一行"中。情绪的层层累积被音响节奏的重复与凝滞所闭锁，始终没有找到一个释放的出口，没有被导向、转化为打破现下的时间循环的革命动力——诗歌的叙事世界中的循环时间预先排除了革命所必须的激进变革。在这个意义上，诗作的节奏模式或许正迎合、乃至固化了它在内容层面所描述的苦难，并为这些苦难赋予了一种不断重复、循环、不可变更的形式，由此取消了潜藏在苦难的讲述中的革命政治的潜能。

文本节奏与政治讯息的冲突，也发生在林木瓜的《新莲花》中。《新莲花》是一首典型的旧瓶装新酒式的歌谣化新诗，它在内容上大可被分为三个部分：第一部分五节，描述了农民生活的贫苦饥馑，及其与地主小姐的穷奢极侈之间令人咋舌的对比；第二部分三节，分别引入了牧师、英雄、财主三个角色，以及他们各自对巨大的贫富差距的解释。他们对穷人的教诲虽然略有不同——牧师和财主认为贫富是"上帝"或"命"所决定的，而英雄认为吃苦是"成家立业"之必须——但他们的核心信息始终一致，即穷人应当听天由命，维持现状，应当继续"尽心尽意服侍人"（牧师）、"忍苦前进"（英雄）、"千万不要多心……安心,安命"（财主）；第三部分三节，描述了"粗笨的农民"逐渐意识到他

第五章　诗的 Montage：作为音响的语言

们的苦难与上帝或命运无关,而是"千年压迫"的奴役体制的后果,要改变这一状况,不应"忍苦前进",而应联合起来打倒"财主""土劣","大家起来做个'人'"。诗的最后两节写道：

"石子也有翻身日,"
何况我们还是"人"?
千年压迫万重深,
如今要负起大众的责任,
天皇皇,地皇皇,
大家起来做个"人"。

靠拢,靠拢!
紧紧地靠拢,朋友们!
不做地主的臣仆,
要做世界的主人。
天皇皇,地皇皇,
要做人类的忠臣。[1]

在这两节中,两句"天皇皇,地皇皇"显得与全诗的叙事内容格格不入。这一表述原本来自民间宗教仪式的祈神咒语,并被广泛地用于各种歌谣小调里。在这个过程中,这句话逐渐失去了其表意的功能,成为某种习用的过门和切口,只起到一种音调上的辅助作用,换句

―――――――
[1] 林木瓜:《新莲花》,《新诗歌》第1卷第1期。

话说，它常常是歌谣的音响构造的组成部分。在这里，"天皇皇，地皇皇"的插入（或者说保留）与诗歌的内容表达没有关系，而是一种新诗歌谣化的策略。和押韵、音步、句法结构一样，它也是新作从其原作中继承的音响节奏体系的一个部分。

然而，在上面所引的两节中，音响节奏的保留付出了意外的代价。这两句切口所引入的思想意识指向了与全诗所要表达的内容截然相反的方向。《新莲花》的意图，显然是要教导农民不再相信超现实力量对他们的命运的宰制，并辨识出在"上帝"与"天命"的修辞术背后隐藏的人为的压迫体系。在这一过程中，陡然出现向"天皇"与"地皇"的乞灵，则严重地削弱、背离了诗作对"人"的尊严的呼唤——"世界的主人"为何竟还需要"天皇""地皇"的帮助？在这里，为了重构歌谣的音响节奏，《新莲花》意外地将它所意图消除的超自然迷信重新带回了诗歌中。"封建思想"的幽灵再度笼罩着旧瓶装新酒的歌谣化新诗之上。

不论是《耘稻歌》还是《新莲花》，在诗的 Montage 的营造上均难言成功。维系节奏的努力多少伴随着一些语义表达上的代价。然而，正是这些"失败"的作品，更为鲜明地呈露出了听觉、节奏的秩序和语义、意识形态的讯息之间的互动与竞争的强度。我们对诗歌的"意义"的追寻与确认总是不断被其音响结构所扰乱、阻断、延宕。从语词到理念的过程总是被语言的物质性所中介，而借由对这一中介过程的分析，我们得以挑战将左翼诗歌视为纯粹的政治意识形态表达的简单化论断，并观察听觉与音响的维度如何作为一种独立的力量参与诗歌的表达与经验的整个过程。

第三节　象声词:"音象"中的双重时间性

在上两节中,我分析了左翼诗歌的声音与意义的秩序之间的各种互动,不论是大众合唱诗中"正义与公理的声音"的自我指涉,还是歌谣化新诗中"天皇皇地皇皇"的自我消解,语言的词汇意义与其音响物质性之间的张力始终构成了这一互动的重要部分。在下文中,我将转向一种特殊的词汇类型,其特点在于它们的语汇意义正是其音响表达本身:象声词。

象声词的使用源远流长,在某种程度上,整部中国诗歌史正是以一个象声词——《关雎》中的"关关"——开始的。而在左翼朗诵诗中,象声词的使用更具有独特的地位。事实上,象声词的频繁出现,构成了左翼诗歌的标志性句法。在其中,我们能够读/听到为士兵所熟悉的枪炮声:"拍,拍……拍……拍,拍,拍,拍,/联珠似的步枪声!/轰隆!轰隆!轰隆!……轰隆!……/雷震一般的大礮声"[1];听到苦工推着独轮车的声音:"车轮音不住的'苛…苛…苛…'"[2];听到铁道夫修筑铁道的声音:"当当当!/叮叮叮!/铁锤敲在铁钉上,/铁锹铲上水门汀。"[3];听到盐场工人熟悉的:"吱吱吱!/风车转。/哗哗哗!/海水流"[4];听到老乞丐的拐杖敲击地面的声音:"冚……冚……冚……唉……"[5];铁匠的"叮当!叮当!"[6];工厂工人的"哗隆!哗隆!/机轮怪叫着"[7]等。

这样的举例可以无限继续下去。王冰洋曾在讨论朗诵诗的音律问题时指出,为了营造适宜于"群众的听觉"的音律节奏,诗人有两种策略可以使用。一是批判地采取"歌谣小调评唱鼓书的音响结构",二便是"尽力摹取抗战中所特有的音响之形象,比如波动、震荡、爆裂、嚎呼、呻唤、汹涌,以及诸如斯类的'音象',唯此它才能得到强烈的共鸣"。[8]在这里,"音象"这一说法清晰地提示了左翼诗歌语言与人们的听觉经验之间的血肉关系。王冰洋的文章写于抗战初期的1939年,当时,他所提及的声音正迅速而全面地侵袭、占据人们的日常生

---

[1] 森堡:《回忆之塔》,《新诗歌》第1卷第2期。
[2] 蒲风:《外白渡桥》,《新诗歌》第1卷第2期。
[3] 亚平:《铁道夫之歌》,《新诗歌》第2卷第1期。在这首诗中,"当当当!/叮叮叮!"两句在每节开头反复出现,从而构造了我们上文所分析过的听觉重复,换句话说,音象同时组成了诗歌的整体音响节奏的部分。
[4] 亚平:《塘沽盐歌》,《新诗歌》第2卷第1期。
[5] 中坚:《老乞者》,《新诗歌》第2卷第2期。
[6] 白杨:《铁匠》,《新诗歌》第2卷第3期;又见克拓:《铁匠》,《诗歌》创刊号,1933年4月16日。
[7] 王亚平:《南北楼》,《都市的冬》,上海国际书店,1935年6月。
[8] 王冰洋:《朗诵诗论》,《诗的朗诵与朗诵的诗》,山东大学出版社,1987年,第75—83页。

活。江克平曾以高兰的作品为例,认为这些象声词构成了一种"声音象征主义"[1],从而使得书面语词具有了表达战争的能力。唐小兵则认为,现代战争带来了一种"音响的创伤和暴力",在这一历史背景下,中国现代诗歌对"怒吼和放声歌唱"的不断强调,正是意在通过对集体的"喉音"的书写来"召唤并加入一个象征意义上的集体主体",以此对抗战争带来的音响暴力。[2]

在这些论述的基础上,我试图进一步指出,左翼诗歌对"音象"的使用不仅意在对抗某种现代声音的暴政,同时也是试图以诗歌语言来征用、转化包括战争在内的现代听觉经验的尝试。在我看来,在左翼诗歌的音响表达中,象声词的布置可以起到唤醒、调用听众在过去生活中的声音、感官经验的效果。在这里,"听众"一词显然具有明确的所指,即作为一个政治范畴的"大众"所试图囊括的、受侮辱与受损害的工人、农民与士兵们。因此,毫不意外地,左翼诗歌中密集使用的"音象"尽皆源于为这一"大众"所熟悉的,尤其是战争与劳动过程中的经验。

由此,借助象声词的使用,左翼诗朗诵得以诉诸、召唤大众在日常的声景环境中被形塑的听觉—身体经验。然而更重要的是,在这一机制中,起作用的并非是这些语词的语汇意义,而是它们的物质性音响

---

[1] 参见 John Crespi, *Voices in Revolution*, p.81。在我看来,蒲风《茫茫夜》《一代诗风》,第 40—46 页)中对风声的反复书写与质问或许可以帮助我们进一步理解"声音象征主义"。在这首诗中,对"风声象征着什么"这一问题的拷问成为驱动诗歌前进的动力。在这一过程中,风声不仅是象征,还提供了对象征关系本身的反思的空间。诗歌由此展现自身重组语言与象征之惯例的可能性——也即朗西埃所谓的文学/审美之政治化的可能性。

[2] 唐小兵:《不息的震颤:论二十世纪诗歌的一个主题》,《文学评论》2007 年第 5 期。

的实现本身,后者总是试图复现一种特定的音响经验。莱文曾提到,在诗歌研究中,学者经常将诗歌的各种节奏形式视为人们在各种社会体制下的生活节律的镜像反映。[1]而在左翼诗歌中,虽然一首关于铁道工人的诗歌的节奏未必严格地对应着他们的劳动节奏,但"当当当!/叮叮叮!"的象声词使用显然试图捕捉、复现出铁道工人的日常感官经验中最为独特的听觉标记。对于一般听众来说,这些标记或许会激发出他们对于铁道工生活的听觉想象,但对铁道工来说,这些音象则在此刻的诗歌时间中唤回了他们在过去的感官经验。

在这个意义上,音象在左翼诗歌中的布置总是携带有一种特定的过去的时间性。或者说,象声词的 Montage 总是将左翼诗歌置入一种双重的时间性,将过去的感官记忆与当下的诗歌经验凝结到一个特定音响的发声中:一方面,左翼诗歌的朗诵(或是阅读中所唤起的听觉想象)使得听众/读者能够在此刻的诗歌时间中重新经历战争与劳动(以及与之相伴的暴力与剥削)中的听觉体验;另一方面,以这种共享的身体经验为基础,它将有可能召唤出听众这一"大集团"之间的身体性的连带感,以此作为当下的集体的革命行动的基础。

需要进一步说明的是,这里的当下的时间性所指的,不仅仅是诗歌的朗诵与聆听总是发生在此刻当下的事件,更重要的问题在于:音象的作用机制总是源于当下的语言与诗学操作之中。换句话说,象声词要起到作用,要被正确地理解,需要一系列诗歌语言的操作的介入。这样一种理解再次将我们带回到诗歌的技艺层面。在讨论语言的声音作为一种模仿机制的运作方式时,德雷克·阿德里奇(Derek

---

[1] Levine, *Forms*, p. 74.

Attridge)提醒我们:

> ……另一种危险在于这样一种诱惑,即直接为诗学语言的声音与运动赋予一种它们本身并不独立拥有的语义价值与语义精确性。对语言特质的理解在语义上是中立的,它们只有借由文学陈规的运作才能参与诗歌的表意过程。[1]

在他看来,语言的声音对过去的、外在于语言的(extra-linguistic)声音的模拟,并非仅仅基于两者在物理上的相似性就能实现,而是将两者联系起来的文学陈规的作用产物。某一个语言的声音与某一个外部世界中的声音之间的联系,从来都不是"自然"的;相反,它所指涉的是这样的联系在文学与诗歌传统中被"自然化"的程度。在很多时候,"文本自身必须以某种方式提示读者,将语言的这一方面纳入他们的阐释行为中去"。[2] 也就是说,这样的联系如果要实现,需要诗歌文本为读者提供阐释线索,由此读者才能:第一,"将声音作为声音"来理解,即将读者的注意力引向字词的音响特质,而非它们的语汇意义;第二,理解这一声音所模拟的对象为何。

也就是说,不论"拍,拍……拍……拍,拍,拍,拍"与"联珠似的步枪声"之间有多么相似,归根到底,前者**并不是**步枪声,它只是在特定的文学成规和文本线索的作用下,才得以**被理解成**步枪声而已。在左翼诗歌中,这样的线索几乎是一种必须,因为它们的目标听众通常

---

[1] Derek Attridge, "The Language of Poetry: Materiality and Meaning," *Essays in Criticism*, Volume XXXI, Issue 3 (1 July 1981), pp. 232 - 233.

[2] Ibid., p. 234.

对文学与诗歌传统中关于战争的声音、机器的声音、劳动行为的声音等意象等的再现陈规一无所知。这类线索有时候是诗歌的标题(《铁道夫之歌》多少提示了"当当当！/叮叮叮！"与铁路之间的联系)，有时候则是象声词周边的语义提示，譬如在"拍，拍……拍……拍，拍，拍，拍，拍，/联珠似的步枪声！/轰隆！轰隆！轰隆！……轰隆！……/雷震一般的大礮声"这四行中，正是第二、四行提供的语义信息将"拍"和"轰隆"与步枪和大礮的声音联系起来了。(同时也防止了这些象声词被阐释为掌声或雷声等。)

辛民的《拷刑》为理解类似的诗歌语言操作提供了一个很好的例子。这首诗大量地实验了音象的运用及其感官效果，下面是其中的两节：

"为什么不说呢？"
"我说过了——"
"我没有加入！"
"劈！"
"唉哟！"
"劈！
劈！"
"唉哟！
"我没有加入！"

"劈！
劈！

劈!"

"唉哟……

我加入了!"

"贱东西!

不打就不说!"[1]

　　以对话体的方式,这两节描述了一位学生如何在警察的拷打下终于承认自己曾加入地下革命组织。进步学生与反动警察之间的冲突当然是左翼文学始终关心的主题,但在这里我们所关注的,则是这首诗如何成功地将"劈"这个词的语音与拷打的声音联系起来。在这里,最明显的线索显然是末句"不打就不说",它提示着读者之前的场景所描述的正是"打"的过程。而除此以外,"劈"字本身的不断重复也凸显出了它的音响特质,引导读者意识到它作为"声音"的面向,而非一个意为"分裂、分开"的动词的词意。换句话说,词汇的重复掏空了这个字的惯常"意义"或**所指**,进而打开了**能指**本身的新的理解空间。与此同时,通过将"唉哟"这一表征身体痛感的自然——或高度自然化了的——人声词汇作为对"劈"的反应,这首诗再度提示了"劈"的声音与疼痛、拷打之间的关系。

　　正是在这些线索的共同作用下,音象才得以在诗歌现场的当下时间中,召唤出特定的、过去的听觉经验。离开诗歌语言的经营与布置,音象将很有可能消散在其无限的潜在模拟对象中,我们亦将无法确定它们所联系的是哪一种外在于语言的声音。反过来说,也正是左翼诗

---

[1] 辛民:《拷刑》,《萌芽月刊》第1卷第3期。

歌激活大众过去的感官经验的意愿，才使得其当下对诗学语言的经营获得了意义。乔纳森·卡勒指出，抒情诗的音响层面的运作，使它成为"一次事件，而非对事件的再现"。[1] 我对左翼诗歌中的音象的分析所试图指出的，则是在诗朗诵这一诗歌"事件"中，一种更为复杂的时间性的联结机制支撑着这些诗歌的感官力量的施展。在其音响层面，左翼诗歌不仅试图捕捉、激活大众过去的感官经验，更意在于当下的诗歌时间中重演这一经验，意在使诗歌的表演自身成为一起感官事件。在这个意义上，诗的 Montage 的双重时间性成功地索回、占据了大众的听觉—身体经验，并启动了将大众过去的苦难经验转化为当下的革命潜能的动员进程。

---

[1] Jonathan Culler, *Theory of the Lyric*, p. 137.

第四节　论"杭育杭育":劳动呼声与身体性团结

在上文对象声词的分析中,我留下了一类特殊的象声词,以便在此作更为专门的讨论,那便是在论述左翼节奏诗学时曾提到过的"劳动呼声":人类在劳动的时候,由于内在的生理机制的运作而下意识地哼出的、只有音而无意义的"咳""嗳""唷"一类的声音。正如我先前的分析所指出的,在左翼诗学的论述中,劳动呼声的节奏以人类集体劳动时的身体节奏为源头,并被视为歌谣的节奏的历史基础,乃至左翼的歌谣化新诗的节奏模式的样板。

而在这一节的讨论中我希望表明的是,劳动呼声不仅在左翼诗学及其节奏起源论中占据了一个重要的理论位置,它自身也在当代左翼诗歌的写作中被广泛地作为一种诗的 Montage 的策略而使用。譬如鲁戈以"啊啊呵,啊啊嘿……"来描述农人打谷时的劳动呼声[1];柳倩以"抗哟～～～嗨呀～～～"记录船夫划舟时的劳动呼声[2];岳浪以"唉浩！唉浩！"反映路工筑地修路时的劳动呼声[3]。根据田洪的回忆,聂耳为歌剧《扬子江暴风雨》写作歌曲《打桩歌》时,曾跑去建筑工地上实地观察工人打桩的过程。歌词中的"拿起来呀哼哟呵/放下去呀哼哟呵"是对真实的打桩工人的劳动呼声的记录。[4]

更重要的是,如果说前文所论的象声词试图再造大众在**外部**世界中所曾遭遇的听觉体验,那么劳动呼声则似乎试图直击劳动者身体的**内在**运作。这样一种企图打开了语言与声音、身体与劳动、诗艺与政治之间的更为复杂的关联。为了充分展开这一问题,我将转向石灵那首著名的《码头工人歌》,在我看来,劳动呼声在这一类作品中的布置,指向了左翼诗歌的身体技术的最为幽微的运作,并对我们的诗学理解提出了有趣且重要的问题。

巧合的是,《码头工人歌》也被选入《扬子江暴风雨》中。在这首诗发表后,聂耳很快为它谱了曲,使它成为了一首真正可唱的歌调。码头工人集体合唱这首歌的场景,也构成了《扬子江暴风雨》——以及1959年拍摄的传记电影《聂耳》——的情节高潮。这首诗—歌共有四节,前三节讲述了码头工人的悲惨生活,其含义清晰明确:尽管码头工人没日没夜地工作,他们依旧遭受着无尽的贫穷与饥饿。第一节

---

[1] 鲁戈:《打谷歌》,《新诗歌》第2卷第1期。
[2] 柳倩:《阻运》,《新诗歌》第2卷第2期。
[3] 岳浪:《路工歌》,《路工之歌》,诗歌出版社,1935年。
[4] 向延生:《拨开历史的迷雾》,收入《聂耳全集·下卷·资料编·增订版》,文化艺术出版社,2011年,第440—447页。

写道：

> 从朝搬到夜，
>
> 从夜搬到朝；
>
> 眼睛都迷糊了，
>
> 骨头架子都要散了。
>
> 搬哪！搬哪！
>
> 唉唻哟呵！唉唻哟呵！[1]

全诗四节均以"搬哪！搬哪！/唉唻哟呵！唉唻哟呵！"结尾，这一重复也构成了诗作的基本节奏结构。同时，与其他的象声词所具有的双重时间性一样，劳动呼声的运作亦在当下的诗歌事件中激活了源自过去的关于苦难的身体记忆。然而在这里，更重要的是两者之间的差别。如我在上一节指出的，"拍拍拍"这一类语汇与外部世界中的特定声音（如步枪声）之间的关联，是经由文学陈规的参与和诗歌语言的设计所构造起来的。与之相对，"唉唻哟呵"这样的劳动呼声的运作，则似乎有可能绕过诗歌语言的中介，造成声音与身体经验之间的直接触达。

在这样一种触达的可能性背后，凝结着左翼诗学对诗歌语言的复杂理解。在《门外文谈》中，鲁迅曾以其独特的反讽口吻提及所谓"杭育杭育派"文学家的存在。这里的"杭育"所指的当然不是"杭""育"二字的字面意义，而是"在未有文字之前""连话也不会说的""我们的祖

---

[1] 百灵（石灵）：《码头工人歌》，《新诗歌》第1卷第3期。

先的原始人"在一起"抬木头"时所发出的劳动呼声。[1]鲁迅在这里对"杭育杭育"的阐发,呼应着左翼诗学对劳动呼声的定位,即它们是劳动者在劳动过程中的生理反应的显现。而更重要的是,在鲁迅的论述中,劳动呼声占据了一个不仅是生理性的,而且是前语言(pre-linguistic)的位置。在他看来,即便在没有语言与文字时,当某个"原始人"发出了"杭育杭育"的声音,"大家也要佩服,应用的"。换句话说,劳动呼声的可沟通性不需要语言系统的中介,它是由共同的身体经验所直接规定与保障的。正是对劳动呼声的这种理解方式,使得它提供了绕过诗歌语言、直击身体的可能。

在这里,劳动呼声的使用,成为一种超越、溢出语言之边界的尝试。作为一类听觉事件,诗朗诵中的劳动呼声将直接作为前语言的音响而运作,去激活听众的神经与肌肉的共鸣。换言之,它意在绕开读者的智性理解的中介,直接诉诸听众对声音的身体反应。在这一过程中的"唉""哝""哟""呵""哼"等声音单位从未进入能指—所指的符号关系(当诗歌作为书写文本被阅读时,这样一种关系似乎是不可避免的)。从一开始,它们就是直接作为**声音**,而非作为**语言的音响**而被经验的。以这样的方式,劳动呼声动摇、重绘(reterritorialize)了诗歌语言的疆域,它打断了诗歌语言的运作,并将前语言的声音引入其中,由此建构了一种溢出语言之沟通功能的、身体性的关系性机制。事实上,在江克平看来,左翼诗朗诵的诗学基础,正在于这样一种以声音绕开语言的可能性。通过声音,国族苦难的情感将能够被**直接地**传达给

---

[1]鲁迅:《门外文谈》,《且介亭杂文》,《鲁迅全集》第6卷,人民文学出版社,2005年,第96页。

大众,而无需通过诗歌文本的中介。[1]

然而问题在于,如我在上文中所提到的,象声词的有效运作始终是此刻的诗学语言操作的结果。阿德里奇曾提醒我们,在诗歌的阅读过程中,我们经常倾向于忽视"诗歌最为直接的模仿资源,即对人声言语本身的模仿"[2]。在这一视野下,劳动呼声依旧是一种语言的建构物,依旧可以被视作语词符号,只不过它们的能指的声音所模仿的,是人们在特定情感与身体状态下所发出的人声。以这样的方式,劳动呼声将劳动者的前语言的、生理性的发声编码进了诗歌语言的内部,固着为一个语言符号,由此为诗歌语言赋予了整合大众的身体感官与情感表达的能力。

类似的理论辨析并非意在呈现某种思维游戏。事实上,恰恰是劳动呼声的这种妾身未明的身份,它在语言与前语言之间的游动,使它在左翼诗歌朗诵中占据了一个微妙的位置。由这一位置出发,我们可以看到左翼诗歌不断试图超越、爆破语言陈规,并在这一过程中扩展语言的表达与动员潜能的尝试。而在这一尝试背后,则是诗歌语言的疆界在新的社会与政治条件,新的表达欲望与文化想象,新的主体塑造与政治能动性的建构中,不断地被拉扯、重绘的历史进程。在诗歌朗诵这一具体的文化实践中,文本性与听觉性的不断协商展现为(前)语言的劳动呼声与大众的身体反应之间的不断互动。

在我看来,正是这样的互动,在诗歌朗诵的听众群体中构造出了一种独特的身体性的团结感。这一团结感之所以是身体性的,正在于

---

[1] John Crespi, *Voices in Revolution*, p. 60.
[2] Derek Attridge, "The Language of Poetry: Materiality and Meaning," p. 240.

它并不建立在听众对某个共同的理念、思想、身份的认同上，而是建立在他们在诗歌的当下时间中所共享的感官的、身体的体验上。一方面，劳动呼声在生理运作的层面召唤、捕捉劳动阶级所普遍具有的、诞生于他们的劳动过程（也即被剥削过程）中的身体经验；另一方面，这种共通的身体经验也反过来带来了一种可能性，即劳动者得以将彼此辨认为同一集体、同一阶级的成员，他们将在对彼此共同的身体经验的觉察中，意识到彼此所分享的同样的苦难与命运。归根到底，左翼诗朗诵是一种动员体制，而劳动呼声则提供了一种诗歌装置，以在诗朗诵中实现阶级认同的塑造。在这里，被劳动呼声所赋形的是一种持续的身体性共鸣，一种超个人的连带感，一种在诗歌朗诵的听觉时间中所建构起来的、公共的身体性团结。

马丁·芒罗（Martin Munro）曾指出，非洲奴隶的音乐具有两种"相互对立的可供性"。一方面，它们为奴隶创造了公共的团结感和身体的愉悦感。而另一方面，奴隶主则发现他们可以利用音乐来提高奴隶的劳动效率。于是，音乐同样也变成了一种控制与奴役的手段。[1]在某种意义上，劳动呼声的使用延续了公共团结感的创造，但翻转了奴隶主对非洲音乐的使用意图。劳动呼声将大众共通的生理经验转化为具有解放潜力的身体性团结，由此产生的情感能量被引向了明确的革命目标。和其他左翼诗歌类似，《码头工人歌》也以号召码头工人团结抗争为结尾：

一辈子就这样下去吗？

---

[1] 见 Levine, *Forms*, p. 49.

第五章　诗的 Montage：作为音响的语言

> 不，兄弟！
> 团结起来，
> 向活的路上走吧！
> 搬哪！搬哪！
> 唉咳哟呵！唉咳哟呵！

正如我在对《耘稻歌》和《新莲花》的分析中指出的，诗歌每节中的音响结构的重复，有可能会阻碍、破坏其意识形态内容的表达。在这里也是如此，在最后一节中再度出现的"搬哪！搬哪！"有可能危及全诗的政治号召——码头工人应当团结起来反抗剥削——毕竟，当工人们已经"团结起来，向活的路上走"以后，为什么还要"搬哪！搬哪！"呢？

或许正因如此，聂耳在对这首诗的歌曲改编中设计了一个音乐形式上的变奏：这首诗的前三节均在音乐伴奏下演唱，而到了最后一节的前三句，音乐停止，歌词由演员大声念诵出来，在此之后，最后一节的后三句再度由音乐伴唱，但此时的音重则明显加强，将全曲引向高潮收尾。在这样的操作中，全诗所逐渐构造、积累的情感力量不再消散于"搬哪！搬哪！"的循环往复中，而是被明确地导引向末尾政治讯息的表达。

聂耳的改编由此提供了一个难得的例子，显示了诗歌形式的可供性是如何在歌剧表演中被实现的。我们之所以能够知道聂耳的形式设计，是因为百代公司曾在1934年9月24日灌制了聂耳等人以"森森唱歌队"名义录音的唱片，题为《扬子江暴风雨》，其中正包括了《码头工人歌》《打桩歌》等曲目。然而，《码头工人歌》的朗诵没有留下足够的资料以供我们分析其中所用的人声技巧。[1]但是,不论是朗诵还是歌唱,《码头工人歌》,乃至所有左翼诗歌的感官效果,均无法脱离其中所涉及的各种形式技巧的使用,无法脱离诗的 Montage 的设计:劳动呼声或是其他的象声词的布置、音响节奏的建构、声音与意义的互动和竞争,诸如此类。在它们的共同作用下,左翼诗朗诵成为一场听觉事件,不仅传递特定的信息与理念,更诉诸听众的身体感受,为之赋予一种听觉的秩序,并将他们的感官体验组织、动员起来,导向革命主体的建构与革命目标的实现。

---

[1] 关于诗歌朗诵的实践性技巧,见徐迟的《诗歌朗诵手册》和洪深的《戏的念词与诗的朗诵》两书。

第六章

尾声：一种左翼抒情主义？

第一节　左翼抒情主义:革命的言、情、身

左翼诗学关于节奏、人声与听觉的论述,为我们提供了理解王德威所谓中国文学的"抒情传统"的另类(alternative)视野。王氏借助陈世骧等人开启的诗学脉络,以抒情主义肇启对"一系列以自我的诗学发端的概念、话语或价值"[1]的讨论,尤其着力于写作主体的自我意识,并意图为现代中国研究别开生面,与启蒙、革命范式三分天下。然而阅读1930年代的左翼诗学论述,"抒情"的力量与潜能未曾须臾离开"革命"的关怀与瞩目,抒情诗歌及其公共朗诵在激发大众情感、兴动革命激情中的莫大作用,在在召唤着一种左翼抒情主义的出现,亦

---

[1] David Wang, *The Lyrical in Epic Time*, p.1.

为我们以更复杂的方式理解现代中国的"抒情"与"革命"的辩证提供了空间。抒情的放逐与重生里,埋藏着中国革命的情动轨迹与生命政治。

有趣的是,作为王德威抒情传统论的重要源头,陈世骧在追溯——或是构造——抒情之谱系时,也曾籍"兴"字之考索,将诗之起源追究至"初民合群举物旋游时所发出的声音"——"兴"字正是这种声音的象声字。"兴"的呼喊产生于"初民的群舞",或是"发乎欢情",或是发乎"合群的劳作",并逐渐成了"初民合群歌乐的基础"。陈氏由此指出,"我们可以断定,'民歌'的原始因素是'群体'活动的精神"。

值得注意的是,陈世骧马上补充道,诗歌起源时的这种"'群体'因素,只能适可而止"。在他看来,不论民歌起源为何,其中的诗情总还是有待于"个人才具的润饰"。在群体的呼声过后,"总会有一人脱颖而出,成为群众的领唱者,把握当下的情绪,贯注他特具的才分,在群众游戏的高潮里,向前更进一步,发出更明白可感的话语。如此,这个人回溯歌曲的题旨,流露出有节奏感有表情的章句,这些章句构成主题,如此以发起一首歌诗,同时决定此一歌诗音乐方面乃至于情调方面的特殊形态"。[1] 于是,从题旨到节奏,从主题到情调,诗歌作品的抒情成分渐次褪去其"群体"因素,重新被收纳至写作主体的"个人才具"的框架中,收纳至"自我的诗学"的严格规定中。

正是在这一方面,左翼抒情主义显示出了其独特性。在主张诗歌的抒情作用的同时,它试图将"自我"的概念由个人的/个人主义的主

---

[1] 陈世骧:《原兴:兼论中国文学特质》,《中国文学的抒情传统》,生活·读书·新知三联书店,2015年,第115—118页。关于这篇文章的一个讨论,见郑毓瑜:《从"姿"到"之"——由"力动往复"诠释陈世骧的诗说》,《清华学报》新45卷第1期。

体及其情绪性表达,扩张为一种集体的主体,其真理价值存在于集体的共同经验以及大众作为一种社会—政治整体的历史中。在回答蒲风关于新时代中抒情诗之作用的问题时,郭沫若指出:"抒情不限于抒个人的情,它要抒时代的情,抒大众的情。要诗人和时代合拍,与大众同流。"[1]于是,"我"的声音必将被"我们"的声音所取代,个人的情绪体验将被民族大众的大悲大喜取代。殷夫在他的诗中宣称,"Romantik的时代逝了",现在,"我们要唱一支新歌"——"只要合得上我们的喉音"。[2]穆木天也将对"小市民的悲哀""都市生活者的虚无"的表达斥为"公式主义的幻影",并号召"我们的诗"成为"民族的乐府,大众的歌谣",成为"全民族的回声",以其"宏壮"的"声音"表达"民族的憎恨和民族的欢喜"。[3]

在集体的喜憎的表达中,左翼抒情主义内在地要求诗人转化为大众的一员,要求诗人的"喉音"成为"一架留声机":"我愤怒了,我欢乐了,/但这并不是我,/乃是大众自己!/在我的诗中,/没有个人的哀乐,/只有集体的情绪!"[4]然而,这样的转换与献身并非易事。在艾青的《群众》中,它被展演成一场"可怕的奇迹":群众的"万人的呼吸"从他自己的嘴中喘急而出。正如肖铁的精彩分析所指出的,"作为留

---

[1] 郭沫若、蒲风:《郭沫若诗作谈》,《一代诗风》,第345页。张松建以围绕徐迟《抒情的放逐》的论争为线索,讨论过大众化与抒情之间的关系,见张松建:《抒情主义与中国现代诗学》,北京大学出版社,2012年,第23—32页。

[2] 殷夫:《Romantik的时代》,《拓荒者》第1卷第1期。

[3] 穆木天:《我们的诗》,《流亡者之歌》,第66—68页。

[4] 任钧:《我歌唱——〈战歌〉序诗》,《一代诗风》,第259—260页。关于革命与留声机问题的讨论,见程凯:《革命的张力:"大革命"前后新文学知识分子的历史处境与思想探求(1924—1930)》第六章《当还是不当"留声机器"与革命思想的更生》,北京大学出版社,2014年,第224—267页。

声机的诗人"这一概念,内含着诗人与大众之间的身体边界的彻底消解,而这首诗所展现的,正是这一过程为诗人带来的令人惊惧的自我异化的体验,以及一种心理—病理性的痉挛症状。[1] 个人向大众的转化之路,由此显现出它的令人不安的一面。与之类似,王德威以"重生的抒情"来探讨何其芳和冯至在转向革命诗学的过程中,于自我与抒情诗两个层面上的调适与再生。通过对何其芳的"梦"和冯至的"蛇"这两个意象的分析,王德威揭示了两者的前世残影如何不断扰动、纠缠着他们转向的过程,以至于一种彻底的自我改造——"重生"——变得遥不可及。[2]

这些研究勾勒出诗人的自我主体在个人与大众之间的游移往复,而本书则将"抒情"的焦点从"自我的诗学"处移开,投向诗歌作品的文本—声音维度,以理解左翼抒情主义对发声技术与音响构造的经营,如何开辟出了以抒情诗为中介,传递身体经验与集体情感,进而构造大众主体,动员革命潜力的方式。在《现阶段的抒情诗》中,蒲风将"抒情"(lyrical)这一概念追溯到音乐与音乐性中,并强调左翼抒情诗应当始终是可歌可唱的作品。[3] 王统照在为中国诗歌会的核心成员之一王亚平的诗集《海燕的歌》所作的序中宣称,诗歌失去其音乐性,便失去了"其所以是叫做诗的特点"。音乐性之重要,正在于它赋予了诗歌以"调谐",于是"便于读,便于歌唱,便于在节奏与韵律的调谐中引起人的情感上的激动与想象"。在这里,音乐性成为区分诗歌与散文的

---

[1] Tie Xiao, *Revolutionary Waves: The Crowd in Modern China*, Harvard University Press, 2017, pp. 162 - 172.
[2] David Wang, *The Lyrical in Epic Time*, pp. 113 - 153.
[3] 蒲风:《现阶段的抒情诗》,《抗战诗歌讲话》,诗歌出版社,1938年,第25—33页。

第六章 尾声:一种左翼抒情主义?

关键所在:散文只能"说理明了,叙事得当",而诗歌能够"感人于不自觉,将原是诗人的悲、欢、忧、乐,如电流似的,传染病菌似的,立刻送到读者的全身,立刻在读者的精神上发生强烈的反应"。[1] 换句话说,借助音乐性的作用,左翼抒情诗获得了在"不自觉"中触及、影响听众的情感与精神的能力。

也正是在这个意义上,我们才能理解蒲风对左翼诗歌中公式化的意识形态宣教的警惕。纯粹的"概念",尽管它或许是"事实的本质"的抽绎,依旧不足以成诗。左翼抒情诗应当"像触动着五官一样的,包含自己眼耳等所晓得的复杂姿态,新鲜活泼地表现出来"。[2] 徐迟曾在《诗歌朗诵手册》中批评欧美19世纪末到20世纪的诗歌:"只有智力始能理解,而心肠已不能感受。"[3] 他甚至建议诗歌朗诵者向成功的演说家学习,以使朗诵也成为一种催眠术。[4] 林庚曾指出,朗诵诗的形式是从戏剧那里借来的:"朗诵诗之所以富有一种激动的效果,正是因为它是戏剧性的。"[5] 作为对朗诵诗的批评,林庚意在表明朗诵诗对戏剧表演的借重减损了它作为"诗"的一面。然而对左翼诗人来说,此种戏剧性正构成了左翼抒情诗必不可少的组成部分。

贯穿着这些零散的论述中对音乐性、五官、心肠、戏剧性等不厌其烦的强调的核心线索,正是对左翼抒情诗在前叙事、前再现的身体层

---

[1] 王统照:《王序》,王亚平:《海燕之歌》,上海联合出版社,1936年,第1—12页。
[2] 蒲风:《关于抒情诗写作法的意见》,《抗战诗歌讲话》,诗歌出版社,1938年,第34—38页。
[3] 徐迟:《诗歌朗诵手册》,集美书店,1942年,第13页。
[4] 同上,第26页。
[5] 林庚:《再论新诗的形式》,《新诗格律与语言的诗化》,经济日报出版社,2000年,第40页。林庚认为新诗节奏源于语言的自然节奏,而戏剧化显然是非自然的。

面上所能起到的兴动作用的彰显。也只有在这样的意识中，左翼诗朗诵关于听觉与声音的所有琐碎讨论才获得了真正的意义。对歌谣节奏模式的研习、对诗的 Montage 的推敲、对音响秩序与语义秩序的平衡——连带着它们所有的局限——将左翼抒情诗转化为身体感官与智性理解之间不断协商与冲突的场域。左翼诗朗诵对语言的理解，越出了其沟通与交流的功能，而将其视为一次身体的、物理的事件。此间，能指的音响发声中凝结着语言的物质性和外在于语言的声音之间的勾连与拉锯。在左翼抒情主义中，语言的声音维度由此成为一种准独立的力量，被有意识地投入对诗歌经验的建构与经营中。

与此同时，由于左翼诗歌的音响结构在根本上是由社会劳动的组织、由大众在劳动过程中的身体节奏所规定的，[1]因此，通过恢复抒情诗与音乐的历史关联，左翼抒情主义打开了以诗歌（更准确地说，以诗声）来吸引、动员、塑造大众的身体性参与和团结的可能性。正如我在对歌谣节奏的讨论中所指出的，左翼诗歌的节奏机制构成了一种校验、反馈的闭环，一种原本隐藏于大众的身体经验之中的集体属性被发掘出来，并被积极地投入大众的组织中去。诗人、诗作与节奏在这一过程中所起到的是一种中介性的作用，辅助着大众的自我发现与自我实现。

但值得补充的是，尽管这一过程在理论上对身体的连带感与关系性的建构作出了清晰的阶级区划，但在实践中，左翼诗朗诵依旧具有超越其理论上的政治—身体边界、超越劳动阶级的范围的兴动能量。举例而言，朱自清曾回忆过他参加诗歌朗诵活动的经历。在这一过程

---

[1] 蒲风：《现阶段的抒情诗》，《抗战诗歌讲话》，诗歌出版社，1938年，第25—33页。

第六章 尾声:一种左翼抒情主义?

中,他逐渐从诗朗诵的怀疑者转变了过来,开始意识到诗朗诵的听觉效果的作用,开始"觉得听的诗歌跟看的诗歌确有不同之处;有时候同一首诗看起来并不觉得好,听起来却觉得很好"。在他看来,正是朗诵诗对顿挫节奏的审慎排布与经营,使得一首读起来显得无趣的诗作能够变成引人入胜、富有力量的听觉经验。[1]

朱自清的经验提供了一个有趣参照,表明了左翼诗歌的音响节奏对工农阶级之外的听众所可能具有的影响。这样的影响绝不会是个例。阿维拉姆认为,诗歌节奏的效用发生在**身体本身**:发生在未经社会与历史所建构与中介的身体层面,发生在先于任何身份认同(种族的、阶级的、性别的等)的赤裸的身体层面。[2] 依照这样的理解,诗歌节奏的力量将有可能超越任何对其听众的身份的预先设定,超越不同的意识形态背景与思想立场的差异,成为一种具有高度包容性的,形塑身体经验的力量。

当然,当时的左翼诗人或许不会赞同超历史的"身体本身"这样的观念。他们念兹在兹的,是如何使自身的抒情实践触及历史运动中大众的身体与感官,将他们的苦难与死亡,转化为推动大众革命的力量。于是,他们毫不犹豫地拥抱由"节奏"之话语所打开的,连接生物学与艺术形式、连接生理感官与政治实践的可能空间,拥抱这一话语给出的所有承诺与陷阱,并以此为基础,不断打磨自身诗作的音响结构与朗诵方式。归根到底,抛开其对革命意识形态的直白宣教,抛开其对"理念"的表达、对大众的智性理解的要求,左翼抒情主义在根本上是

---

[1] 朱自清:《论朗诵诗》,《诗的朗诵与朗诵的诗》,第97—105页。关于此文的详细分析,见 Crespi, *Voices in Revolution*, Chapter 5.
[2] Aviram, *Telling Rhythm*, pp. 21-22.

一种关于身体、声音及其兴动性(affectivity)的抒情主义，它所指向的，是以人的生物—生理性存在(以及社会—政治历史对它们的组织与塑造)为基础、以位于语言与前语言之间的、不断游动的声音为媒介、以人们的感官体验为平台，在大众的身体之间所建构起来的一种连带与团结。在这里，抒情终究无法被放逐，大众的身体之间的血肉相关与声息相通，他们在身体与感官层面所共享的被剥夺与压迫的经验，将在左翼抒情诗的音响节奏中被唤醒、动员，成为构造集体的革命主体的肉身基础，开启"新的世纪"的时间进程——最终，实现革命的言成肉身。

第二节 "理想型"和它所没有完成的：一点自我批评

论述至此，本书为自身所设定的任务已经基本完成。归总说来，通过对一个社团（中国诗歌会）、一种诗歌实践方式（诗朗诵）、一次文学运动（新诗歌谣化）、一个知识谱系（节奏学）、一批诗歌文本的考察，本书完成了对1930年代左翼诗歌的某种理论"理想型"（ideal type）的建构和分析：从当时留下的诗论文章和作品书写中，我试图抽绎出它们所蕴含的某种自洽的历史动力及其在实践中的展开。左翼诗歌对诗歌语言的音响形式的经营，内含着一种身体感官的动员技术，并由此关联着革命主体的肉身经验和情感兴动。换句话说，革命主体的形塑不仅涉及对思想理念的改造，它同时也并行着——有时候是依赖于——对于人的感官方式与身体感知的改造。对于这些问题的关注，或将在已有的政治意识形态论述之外,为左翼诗歌,乃至左翼文学打开更多的话题空间——或者至少是以更复杂的方式,介入1930年代左翼文化政治与文艺形式的辩证。

关于这些,上文中都已经说过太多,而在文章结束前,还有一个问题值得作一些补充:那便是,这一左翼诗学理想型的建构的边界在哪里?或者更直白地讲,我的讨论欠缺、回避了什么?它没有,乃至不能回答哪些论题?

首先,是一个可以做,而没有来得及做的工作:对左翼诗歌中的声音与空间之关系的分析。在本书所包含的对诗歌文本的解读中,我将重点放在了对时间意识的呈现和理解上,尤其是在集体身体动员过程中的双重时间性所起到的核心作用。然而,左翼诗歌的朗诵同样与空间的想象及其不断重构密不可分。以诗歌朗诵的"声景"覆盖、占领、再造都市空间,在高度板结的地景秩序里打开缺口,制造紧急状态下的张力和冲突,重新分配空间栖居者的感官地图,这些都是左翼诗朗诵——乃至集体歌咏、游行示威、口号呐喊、飞行集会等——这类围绕声音展开的激进文化实践的意图与价值所在。若有机会,我将以单篇论文的形式继续推进这一方向的研究,为左翼的声音诗学,补完其空间的面向。

顺着这一话头,本书的另一处缺失,便是对上面提到的"集体歌咏、游行示威、口号呐喊、飞行集会"的研究。1930年代的左翼文化运动,在各种书面文本的创制之余,异常鲜明地将各种形式的人声展演和身体实践提升到了核心的位置。那么,我们如何在左翼文化运动这一整体的"声音转向"——假如它存在的话——中把握其中各个具体文类与实践形式的特殊性和普遍性的辩证?如何理解这些实践在之

第六章 尾声:一种左翼抒情主义? 159

后历史中的左翼文化中的赓续——譬如七月派、延安,乃至新中国成立后? 对于相关的以人声为基础的文化—政治方式的研究,将是对本书的最直接的补充和拓展。

其次,如我在本书开头所提到的,左翼诗学的论述,始终是在一个对话、竞争,乃至批判的语境中展开的。左翼诗人不仅在创办中国诗歌会伊始,便自觉地以对"一般人在闹着洋化,一般人又还只是沉醉在风花雪月里"的当下诗坛、尤其是以对新月派和现代派的批判开启对自身任务的定义,在其发展过程中,也始终保持着对同代诗人诗作的关注。(譬如我所分析的柳倩对戴望舒的批评。)同样地,非左翼的诗人也不免或明或暗地对左翼诗朗诵及其音响追求作出回应。我在文章中提到的梁宗岱、林庚对左翼诗朗诵的批评仅仅是其中两个例子。因此,对左翼诗朗诵的研究就不可避免地要求关于它的对话者,乃至于对立面的研究:他们关于诗歌音响问题的看法如何? 关于诗歌与身体感官的关系如何界定? 其理论来源与文本特征中又有哪些值得注意的问题? 我曾在文中提到过现代中国文学领域中的几种比较重要的节奏理论,但这还远远不够。这些问题不仅要求对更多个案的审慎分析,背后更牵涉到整个新诗格律论争在不同历史时期里的演变,而这些都是本书所力所不逮的部分。

第三,如果说本书抽绎出一种左翼诗歌朗诵的理想型,是为了充分打开其中可能涉及的理论脉络和文本复杂性,那么接下来不可避免的问题就是,这些理论设计与文本实验在实际的公共朗诵实践中,究竟发挥了什么样的效应? 听众的反馈如何? 它们对革命主体的感官经验的动员与塑造,在大多程度上可称成功? 又在何时、何种情境下遭遇阻碍与失败?

对这些问题，本书始终没有办法给出令人满意的回答。我在文中曾提及个别对诗朗诵效果的评估的例子（积极的与消极的都有），包括艾青对徐迟的《最强音》的朗诵效果的赞美、蒲风回忆中"旧瓶新酒的《泗州调》《新孟姜女寻夫调》……"在为江西农民"灌输进了新意识"方面取得的成功、穆木天对在歌咏会中听到"《莲花落》的调子，我们还是感到是《莲花落》，《小放牛》的调子，还依然是《小放牛》"，于是在"用旧调填成的大众歌词"里面"一点没有感到新的情绪"的抱怨，诸如此类。虽然由于现场记录的缺乏，从听众角度出发的评价很难找到（诗朗诵的听众很多时候不具有书写能力，或者说，诗朗诵的价值，部分地正在于它希望去动员那些不具有读写能力的观众——一个令研究者头疼的困局），但随着材料的爬梳，相信还可以发掘更多的从朗诵者、组织者角度出发对现场效果的评价与反思。虽然对诗朗诵这样一种充满现场偶然性的文化实践来说，若干个例的分析无法取代对于其整体效果与核心理念的全面研判，但更多"现场"报导的积累，依旧会为我们评估其实践效果与困难，提示新的方向。

更何况，作为一种文化—政治动员形式，左翼诗朗诵内在地要求对它的动员效果作出评估，并以此为据调整自身的实践方式。在本书中，我试图以两种方式回应——或者更多地是绕开——这一内在要求。一方面，是在第五章开头的对诗歌形式的"可供性"的说明，以此将对"形式做了什么"的追问，转化成了对"形式**有能力**做什么"的追问。尽管我始终相信这两个问题的重要性不相上下，但对后一个问题的分析，事实上依旧无法取代对前一个问题的回答。

另一方面，在对"封建思想"的幽灵的讨论，以及对具体的诗歌文本的分析，尤其是其内部的自我矛盾和自我张力的分析的过程中，我

第六章 尾声：一种左翼抒情主义?

试图将左翼诗歌形式的演进本身，视为左翼诗歌在对动员效果的自我检视中不断进行自我调整的一个过程。换句话说，左翼诗歌自身的形式变化及其相关讨论，多少留下了其自我评估的痕迹。那么，通过对其方向调整过程的辨析，或许我们可以从答案倒推问题，从中看出它在实践中所曾遭遇的困难。

第四，如果说上面这个问题更多地指向具体的朗诵诗在实践中的效果，那么这里提出的，可以说是一个与之相关，但更为理论化的问题，即左翼诗朗诵作为一个整体，所遭遇的可能危机及其克服危机的努力。这一方面是一个历史问题：在本书所讨论的历史时段以后，左翼朗诵诗在各个地方的具体实践、遇到的批评，以及对批评的回应、自我的调试。另一方面，这更关涉到本书所论的左翼朗诵诗的兴起背后的某种历史动力的曲折演进。抽象地讲，这一历史动力可以被视为以"文艺大众化"为名的、将革命理念转化为感官经验，并在感官经验的展演与动员中塑造革命的集体主体的理念。我在本书中的讨论，更多地是对它的形成、对它在诗朗诵这一特定实践形式中的展开方式的分析，而对它可能遭遇的危机，或者更准确地说，对它由于自身内部的辩证因素而可能遭遇的危机的分析，则暂付阙如。

一般地讲，左翼诗朗诵既有可能在被掏空了上述历史动力的情况下继续作为一种文类、一种表演形式存在（江克平书中的第六章对"毛时代"诗朗诵的讨论，或多或少地涉及这方面的倾向[1]）；也有可能恰恰是因为要继续推进这一历史动力的实现，而要求抛弃"诗朗诵"这一形式本身。我在文中曾简单地说明，左翼诗朗诵中的"封建思想"的幽

---

[1] John Crespi, *Voices in Revolution*, pp. 142-167.

灵并非源自过去的文化残留的阴魂不散,而是产生于大众化逻辑内部的、革命理念与感官形式的转化与对峙之中的危机的表现。而这一危机的持续衍生与发展,则有可能进一步要求对朗诵诗这一实践方式本身的改造与扬弃。当然,这些都不过是一些粗率的演绎。对于这一问题的彻底的分析,需要一种跨文类、跨形式——听诗、唱歌、看戏、跳舞等——的综合的研究,要求在不同文类的具体兴替变动中,在游动往返的不同地域和文化空间(尤其是都市与乡村的跨越与冲突)中,指认其一以贯之的文化逻辑的演变,及其与各种历史要素之间的扭结。而这一论题,确是本书所远远无法涵盖,也是我个人的能力尚远远不能厘清的。

幸运的是,本书这些没有、乃至无力完成的论题,或多或少都已经有出色的成果可以参照借鉴(正如我在注释所列出的),也有对此怀有关心的优秀的同行友人正在着力推进。或许也正是由此,我才斗胆将这部分远谈不上成熟的工作拿出来,公诸师友之前。左翼与声音/听觉的纠葛所涉及的问题绵长而宏阔,以这本小书的体量所能做的,无非是发其一端,抛砖引玉。我愿带着这些疏漏与不足继续推进,并期待在微光之下,或有友声。

2019 年 11 月 30 日　改定

附录一

"四条汉子"是怎么来的?

"四条汉子"是怎么来的?
《懒寻旧梦录》与左联组织结构的危机

对这个问题,鲁迅在那篇著名的《答徐懋庸并关于抗日统一战线问题》里说得很清楚,是坐汽车来的:"……去年的有一天,一位名人约我谈话了,到得那里,却见驶来了一辆汽车,从中跳出四条汉子:田汉,周起应,还有另两个,一律洋服,态度轩昂,说是特来通知我:胡风乃是内奸,官方派来的。……"[1]寥寥几笔,从体态到着装,跃然纸上,读来似是鲁迅亲眼所见,那么,四条汉子是坐汽车来的,当无疑议了。

而四十多年以后,作为"还有另两个"中的一个,夏衍在《一些早该

---

[1] 鲁迅:《答徐懋庸并关于抗日统一战线问题》,《且介亭杂文末编》,《鲁迅全集》第6卷,人民文学出版社,2005年,第546—558页。本文所引鲁迅文本均据此版本,下不再注。

忘却而未能忘却的往事》（下称《往事》）一文中却提出了另外的说法。[1] 在他看来，鲁迅这短短一句话，就犯了四个错误。首先，鲁迅此文写于1936年，那么前一年就是1935年，而此时阳翰笙、田汉已经被捕，不可能去看鲁迅，因而"去年的有一天"是错的。其次，内山书店所在的北四川路底，"既有工部局巡捕，又有国民党警探"，危险得很，他们不可能在那里直接下车，所以他们的车是"过了横滨桥，在日本小学前停下来，然后四人分头步行到内山书店"，而此时鲁迅是在书店里间等待，绝无可能看到他们坐车同来，所以"从车中跳出"云云，也是错的。第三，在服装上，夏衍穿的是一件深灰色骆驼绒袍子，"因为一进内山的日本式会客室，在席子上坐很不方便，就把袍子脱了，所以我还能记得"。那么"一律洋服"也就不那么准确了。第四，双方谈论的话题，远不止"胡风乃是内奸"一项。据夏衍的说法，在会谈中，阳翰笙和周扬各自报告了文总和左联的近况，而胡风问题则是田汉"忽然提出"的，由于意识到鲁迅对此的不快，阳翰笙很快将话题转开了，因此这一节也至少可以说是误记。至于"态度轩昂"，倒是不错，概因"那时我们都是三十上下的人，年纪最大的田汉三十六岁，身体也没病，所以'轩昂'了一点可能是真的"。然则这"既不是觐见，也不是拜谒"，所以即便"轩昂"了一点，"也不至于犯了什么不敬罪吧"。[2]

"四条汉子"究竟是分头步行的还是坐车来的？由于其他三人的回忆均未涉及这点，事实大概已不可考。本文的意图也不在以夏衍的

---

[1] 夏衍：《一些早该忘却而未能忘却的往事》，《文学评论》1980年第1期。此文收入中华书局新版《懒寻旧梦录》（2016），令人赞叹编者的用心——本文中的夏衍回忆材料，除非特别注明，均引自这个版本，下不再注。

[2] 同上。

回忆,纠正鲁迅的表述。对历史记忆的不同建构背后,从来渗透着不同的立场与动机,对于细节的反复辨证,也始终牵连着更大的企图,夏衍在之后紧接着说道:"以上这些事情虽小,也不涉及到政治问题,但说明了一点:在这样一封政治性严重的信里,其中特别是涉及到鲁迅所说'我甚至怀疑过他们是否敌人所派遣'等等,夹杂着一些不正确或者错误的东西,那就会造成不好的影响。"[1]

指出"小事"上的"艺术夸张",暗示了"大事"上的指责或许也不那么严谨。那么,对于"不涉及政治问题"的细节的着力纠正,最终也还是指向了"政治问题"。

第一节 "四条汉子"与"两个口号"

这里所谓"政治问题",显然意指围绕着"两个口号"的论争所展开的各种是是非非。有趣的是,夏衍对鲁迅的纠正,不论其是否确实,都已提示了一个非常微妙的"时间差"的存在:"四条汉子"拜访鲁迅是在1934年秋,而论争则发生在1936年。1934年,阳翰笙是文委书记,周扬是左联党团书记,田汉是剧联党团书记,夏衍则主要负责电影小组的活动,各有具体工作,与鲁迅的关系也各不相同——夏衍还曾对田汉的参与感到奇怪,因为当时田汉与鲁迅的关系并不融洽。对照鲁迅1936年的描述,"汉子"且要"四条",着装且"一律",谈话内容也被缩减为通知胡风是内奸这一项,一下子抹除了这四人之间的诸多内部差异,将他们改造成了一个立场一致、任务单一的集体对象。这一改造

---

[1] 夏衍:《一些早该忘却而未能忘却的往事》,《文学评论》1980年第1期。

所勾勒的鲁迅VS"四条汉子"这一图式,与其说是对1934年的状况的描写,不如说是1936年"两个口号"论争双方的镜像。换句话说,1934年的"四条汉子"这一集体形象,是1936年的这场争论的发明。1936年的论争重写了1934年的会面,而对1934年的细节辨证,则意在摆脱1936年的历史阴影。

然而谈何容易,"两个口号"的论争,往前可以溯及1920年代末起的左翼文化运动的曲折进程,往后则牵连到政治身份与革命历史的确认与书写,尤其是"反右"时对冯雪峰的"罪状"的认定,以及"文革"中对以周扬为首的"文艺黑线"的批判,内中头绪错综复杂,种种人事关系、理念分歧盘根错节,更与政治运动乃至党内的路线斗争彼此纠缠,成为中国现代文学文化史上最为难解的历史关节。无怪乎《往事》一文本身,尤其是其中关于冯雪峰的记述,也在发表之后立刻引起了一场巨大的风波。[1]新时期以后,冯雪峰《有关一九三六年周扬等人的行动以及鲁迅提出"民族革命战争的大众文学"口号的经过》(下称《有关经过》)[2]这一材料的重新发表,茅盾、胡风等关键人物的回忆录的刊布,以及《左联回忆录》《"两个口号"论争资料选编》等史料的搜集出版,似乎非但没有彻底澄清这段历史,反而勾起了更大范围内的争议乃至对立。关于这一节,徐庆全在《新时期"两个口号"论争评价的论争述实》[3]这篇长文中有详尽的还原,此文虽然以"两只锦鸡"(即周扬与冯雪峰)的某种和解作结,但其中提到的各方表态与角力,依旧让

---

[1] 巧合的是,王德后、李何林等人对夏衍此文的批评,也正是从同样的"小事"入手的。
[2] 冯雪峰:《有关一九三六年周扬等人的行动以及鲁迅提出"民族革命战争的大众文学"口号的经过》,《新文学史料》1979年第2辑。
[3] 徐庆全:《新时期"两个口号"论争评价的论争述实》,《鲁迅研究月刊》2003年第8期。

人感受到和解背后的暗流涌动。

后世对这场论争的研究,多集中于史实考订、人事纷争的梳理(即所谓周扬派与胡风派的宗派问题)、以及立场观念的理论化,而对于左联作为一个社团组织的特殊的组织结构注意不够。然而,抽去组织结构这一"中间层",将人事的纷争与思想的对立直接关联,便很容易使人失去一种必要的历史感觉,从而放过一些看似琐碎,实则关键的问题,而这里的核心,则是如何处理左联内部的党的组织领导与鲁迅之间的关系问题。在某种意义上,"两个口号"的论争可以被视为这一关系的结构性危机的一次爆发。

第二节 谁能将鲁迅"据为私有"?

1991年,夏衍接受周健强访问,谈及"两个口号"的论争,有一段有趣的对话。周问及"民族革命战争的大众文学"究竟是谁提出的,夏衍举出了鲁迅授意和冯雪峰授意两种说法。周进一步追问道:"同是一个口号,谁提的有什么关系呢?"夏衍答道:"当然有关系。假如知道是鲁迅提的,就不会有这场风波。"周借聂绀弩的说法问道:"假若这口号是对的,谁提的又有什么关系呢? 为什么鲁迅提就没关系,胡风提就要批判呢?"夏则继续强调,"鲁迅究竟跟胡风不同",并举出了三条理由:第一,当时"国防文学"的口号已经提出并广为接受,"民族革命战争的大众文学"是否能为人接受则尚存疑问;第二,鲁迅不是党员,无法知道党的方针变化;第三,胡风与周扬合不来。[1] 然而逐一分析就

---

[1] 周健强:《夏衍谈"左联"后期》,《新文学史料》1991年第4期。

会发现,这些理由几乎都站不住脚。第一条对鲁迅胡风都成立;第二条,胡风也不是党员;第三条,鲁迅对周扬也有所不满。换句话说,这三条理由都无法说明这个"究竟不同",是不同在哪里。

然而,这并不意味着"鲁迅是不同的"这一历史感觉本身的错误,而恰恰要求一种更有说服力的理论解释。事实上早在夏衍撰写《往事》一文时就已经强调过:"假如这个口号不是胡风首先提出来,而是鲁迅用自己的名字发表出来的话,那么,也许就不会引起这次论争了。"[1]同样的意思,在周扬那里也能找到类似的表达。在回答赵浩生关于"两个口号"的问题时,周扬再三强调他们"不知道这篇文章是鲁迅让他(胡风)写的"、"不知道是鲁迅叫他提的","因为是胡风提的,所以就要跟他争论"。[2]这些说法一方面证明了"宗派主义"的存在,另一方面也提示了鲁迅所据有的某种超越宗派、立场之差异的结构性位置。

鲁迅这一独特位置,构成了左联本身得以成立的基础。与一般的同人社团不同,左联的创立并非源于一群志同道合者推广自身文学理念的需要,它更多地是以组织化的方式,对自1927年以来的文坛震荡,尤其是"革命文学"论争的结算,以在此基础上展开新的文化政治运动。换句话说,左联的成立不仅是一个开始,更是一个结束,它一面试图在"左翼"这一符号下整编原有的文学与政治力量,一面则试图以"联盟"的方式抹去历史冲突的痕迹,抹去之前三年,甚至更久时间内所积累下来的私人关系、利益纠葛、政治分歧与思想异动所造成的内

---

[1] 夏衍:《一些早该忘却而未能忘却的往事》。
[2] 赵浩生:《周扬笑谈历史功过》,《新文学史料》1979年第2辑。

部裂痕。左联的这一诉求,一方面必须依赖于中共党组织的协调与组织力量,另一方面也必须依靠鲁迅在文坛上的强大号召力与凝聚力,中共(即文委与左联党团)与鲁迅之间的良好协作,是左联得以成立与运作的基础。用任白戈的话说,左联是在"双重领导下工作:一方面要接受鲁迅先生的指导,一方面要接受党的领导。这两方面的领导要做到一致、不发生矛盾,主要是靠党的组织如何与鲁迅先生通气和协商,而且善于听取和尊重鲁迅先生的意见,同时也依靠'左联'向鲁迅先生汇报请示工作的人能够如实地反映情况,并善于领会和疏通双方的意见"。[1]

事实上,夏衍之所以一开始被纳入左联管理层,正是因为他既与创造社、太阳社、鲁迅等各方面人士相熟识,又没有参与"革命文学"论争,恰好适合承担居间协调的工作。徐懋庸也回忆道,自己之所以被选任为左联行政书记,也因为他是当时少有的"可以同鲁迅谈得拢"的人,"周扬虽然和鲁迅关系不好,但还要团结他,要有个人去同他联系"。团结鲁迅并不是一种个人姿态,而是一种根本要求。在徐懋庸给鲁迅的信被发表后,周扬等人一致认为徐"惹了大祸","'破坏了'他们'同鲁迅的团结'"。而徐则辩解道,自己在信中所述的内容,正是周扬等人"向我灌了又灌的那一套"。[2] 在这里,徐懋庸没有理解的是,个人思想立场层面上的差异乃至对立,与组织原则层面上的协调与"团结",属于两个问题:在个人层面上,鲁迅与左联领导间容或有各种

---

[1] 任白戈:《我在"左联"工作的时候》,收入中国社科院文学所编:《左联回忆录》,中国社会科学出版社,1982年,第370—387页。
[2] 详见徐懋庸:《徐懋庸回忆录》第七章《我和鲁迅的关系的始末》,人民文学出版社,1982年。

差异,但在组织层面上,鲁迅则必须被展现为超越宗派立场的"盟主"。

换句话说,在左联的历程中,我们可以分辨出两个"鲁迅"形象。一是作为个人的鲁迅,他以自身的思想决断与写作实践,能动地引导着左翼文化运动的发展,也由此避免左联成为一个行政主导的官僚组织。他关于"奴隶总管"的批评,正是出于对左联的官僚化所形成的新的权力关系的警惕。二是作为符号的鲁迅,其在文化界所拥有的象征资本,成为左联所具有的影响力与号召力的最重要的基础。反过来说,左联的成立与运作,建立在鲁迅对其自身的象征资本的让渡之上,自此之后,双方将共同协调管理那个作为符号的鲁迅。而左联的运作成败,则直接系于这一共管体制能否维持。

在1930年代的左翼文学运动中,这一共管体制构成了一种特殊的"感觉结构",各种人事对立与宗派冲突,都必须在这一感觉结构中来理解与展开,才能将其充分地历史化。在讨论鲁迅的《答徐懋庸并关于抗日统一战线问题》时,徐懋庸给鲁迅的信往往被人忽视,然而在我看来,这封信中的某些细节,正透露出这一感觉结构的运作。徐懋庸指责鲁迅没有细察胡风之诈与黄源之谄,结果是"永远被他们据为私有"。胡风与周扬之间的宗派对立人人皆知,但真正的问题在于前者"有先生作着他们的盾牌",也正是在这个意义上,徐才指责鲁迅"无意地助长着恶劣的倾向"。跳出双方意见的对立,徐懋庸的这一描述,事实上与鲁迅的自我感觉颇为契合。早在"五四"时,鲁迅就有过"听将领"的说法,1927年,鲁迅再度意识到自己成了"公物",且不禁"打了一个寒噤"[1],1930年左联成立时,又提到自己"势又不得不有作梯

---

[1] 鲁迅:《厦门通信·三》。

子之险"[1],再加上左联中后期的"工头"与"苦工"之喻[2],无不指向各种外部力量对自己的侵占或是"私有"。不论自愿与否,"鲁迅"这一符号所具有的巨大象征资本都早已使其成为各方力量争夺的战场。

不同于1927年的惊觉自己已成"公物",鲁迅与左联的合作,更是一种对自身的象征资本的自愿让渡,是他与进步政党之间基于共同的抗争诉求而达成的某种契约。徐懋庸的信所透露出的信息是,左翼文学运动的真正危机不在于周扬派与胡风派的对立——这可以通过"实际解决与文字斗争"来处理——而在于这一契约是否依旧有效,左联党团是否依旧有权与鲁迅一起统筹其符号资本的管理权:谁有权合法地"私有"鲁迅?谁可以将鲁迅作为自己的"盾牌"? 站在徐懋庸的立场上,左联党团对这一权力的垄断是理所当然的,亦是1930年代左翼文学运动的必要基础,也因此,胡风派对鲁迅的"据为私有",以及鲁迅对此的默认,已经威胁到了共管体制的运作,从而构成了一种"恶劣的倾向",并将导致左翼文学战线的分崩。

第三节 "陕北来人"

张大伟在对左联的组织结构的研究中指出,左联党团与鲁迅之间的沟通机制的缺失,成为其最终解体的决定性因素。[3] 这一判断敏锐地捕捉到了左联自身的结构性问题。事实上,左联内部的沟通不畅

---

[1] 鲁迅:《300327致章廷谦》。
[2] 鲁迅:《360405致王冶秋》。
[3] 张大伟:《"左联"文学的组织与传播》,复旦大学2005年博士论文。

问题，几乎伴随着整个左联中后期的全部历史。尤其是瞿秋白、冯雪峰于1933年离开上海之后，鲁迅与左联领导层之间的联系更是日渐稀少。再加上在白色恐怖的背景下，中共地下党组织屡遭破坏，阳翰笙、田汉、杜国庠等被捕，周扬与夏衍等左联党团成员纷纷被迫隐藏减少活动，沟通就愈发成为问题了。

除了客观环境外，周扬等人的一些做法，也引起鲁迅的不满。茅盾回忆，左联1934年的工作报告事先都没有同作为盟主的鲁迅商量，"甚至连一个招呼也没有打，这就太不尊重鲁迅了。"[1]夏衍也承认，"鲁迅对左联的不满，当时在文化界已经是公开的秘密。"之后的"萧三来信"及解散左联，更使得矛盾走向尖锐。左联解散以后，鲁迅明确表示不愿意加入新组建的文艺家协会，周扬曾对茅盾抱怨："鲁迅不愿加入这个新组织，使他们十分为难，因为鲁迅是文艺界的一面旗帜，理所当然应该领导这个新组织。而且，由于鲁迅不肯加入，也使得一大批作家对这个新组织表示冷淡，这就使他们的工作遇到了很大困难。"[2]这样的表述一方面再度向我们确认了鲁迅这一符号的象征资本对组织化的文学运动所具有的作用，另一方面也指向了共管体制的岌岌可危。

然而，这一时期的危机尚未导致公开的分裂，周扬之所以找到茅盾，也依旧是希望以内部调解的方式解决问题，从而维系一个继续以鲁迅为盟主，以左联（以及之后可能的新的左翼文学团体）为组织核心的左翼文学运动。重读夏衍回忆录可以发现，这一分裂的公开化，恐

---

[1] 茅盾：《我走过的道路》，人民文学出版社，1997年。
[2] 同上。

怕还要在冯雪峰回沪之后。(在《夏衍谈"左联"后期》中,夏衍甚至借任白戈之口提到,"两个口号之争就是冯雪峰搞出来的"。[1])根据现有材料,冯雪峰约于1936年4月下旬作为中共特派员到达上海,首先找到了鲁迅、胡风、茅盾等人。五六月间,冯雪峰、鲁迅、胡风酝酿成立文艺工作者协会并提出新的口号,6月1日,胡风的《人民大众向文学要求什么》发表,提出"民族革命战争的大众文学"的口号;6月7日,文艺家协会召开成立大会并发表宣言;6月15日,《中国文艺工作者宣言》发表,此间,"两个口号"论争逐渐公开化,一直到鲁迅的公开信,乃至《文艺界同人为团结御侮与言论自由宣言》的发表后,才慢慢得以平息。[2]

在上述时间线中,冯雪峰与周扬、夏衍是否接触、何时接触成为一个关键问题,也正是这一点,成为夏衍回忆中反复致意的对象。根据冯雪峰与胡愈之的回忆,冯五月下旬就见了夏衍,周扬则拒绝与冯见面。[3]而夏衍却一再强调冯"先找党外,后找党内",一直到七月中下旬双方才通过王学文得以见面。这一说法,从1957年的"爆炸性发言"一直坚持到1990年代的各种访谈与文章。在这种反复重述背后,不仅透个人关系层面的对立(周扬晚年曾叫夏衍一起去看望病中的冯雪峰,夏拒绝了),更不难令人感到一种持续的、政治性的焦虑。这里的关键是,冯雪峰并非以个人身份回沪,而是作为中共特派员,作为"钦差大臣"来"管一管"上海文艺界的工作的,因而代表着党中央的巨大权威。在这个意义上,夏衍所寻求与焦虑的就绝非冯雪峰的个人认

---

[1] 周健强:《夏衍谈"左联"后期》。
[2] 程中原:《关于冯雪峰1936—37年在上海情况的新史料》,《新文学史料》1992年第4期。
[3] 冯雪峰:《有关经过》;胡愈之:《我所知道的冯雪峰》,《新文学史料》1985年第4期。

可,而是党中央对上海地下组织在失去中央指导的这段时间内所作的一系列工作的认定,是对自身在革命历史进程中的作用与位置的认定。也因此,即便在五十年以后,夏衍依旧不无激动地写道,"我们这些人"在1935年与上海局和江苏省委失联之后,"在极端困难的情况下保存了组织,团结和扩大的外围群众,"甚至还在"文化的各条战线上打开了局面,取得了巨大的成绩"。而当他们"盼星星盼月亮地盼了近一年,盼望中央能派人来领导我们,这个人终于盼到了",这个人却"不理睬我们",此时,"我们这些人的凄苦和愤懑,实在是难以言喻的"。[1]

这些"凄苦与愤懑"源于对"巨大的成绩"的政治认定,而这些成绩中无疑包含了提出"国防文学"这一口号并推动国防文学运动。然而问题在于,"国防文学"这个口号是上海地下党自己根据"八一宣言"和季米特洛夫报告提出的,"是上海地下党决定的,没有中央的指示"。[2] 在政治形势与路线斗争瞬息万变的1930年代中期,中央如何看待这一口号,便始终成为一柄悬剑。夏衍强调自己一再追问冯雪峰对"两个口号"论争的意见,并要求后者请示中央,正是这一焦虑的直接展现——后来对王明路线的斗争,也似乎在某种程度上证明了他的担忧不无道理。

在另一个层面上,对当时的上海左翼文学组织来说,作为中央特派员的冯雪峰的出现真正动摇了前文所叙的共管体制的运作。假如说之前左联党团尚可作为中共意志的代表而与鲁迅共同领导左翼文

---

[1] 详见夏衍《懒寻旧梦录》中关于"两个口号"的论争的回忆。
[2] 赵浩生:《周扬笑谈历史功过》。

学运动，那么冯雪峰则作为"陕北来人"而切断了左联党团与中共的代表关系，甚至有取代左联党团成为中共意志在上海文学界的代表，与鲁迅相合作，接掌，乃至重新组织共管体制的可能。虽然冯雪峰提出新口号时"没有向党中央请示"，但对于鲁迅、胡风等来说，冯雪峰的身份本身就代表着某种党中央意志的在场。冯雪峰曾回忆，胡风等人在宣传新口号时，就有人提到这是由"陕北来人"提出、批准的。这也从侧面证明了"陕北来人"所特有的象征权威。[1]

茅盾曾提醒冯雪峰，"战友"之间的争论容或有之，但"在组织上不能分裂"。[2]冯雪峰自身或许没有这样的意图，但他的身份与权威、夏衍等人面对这种权威的焦虑感、胡风等人在这种权威上发现的更新左翼文化组织机制的潜力，均构成了左翼内部危机公开化，也即"两个口号"论争的历史前提。

第四节　懒寻旧梦？

"两个口号"的论争虽然常常被归结为一场基于个人立场对立的宗派斗争，但内里有其"不得不然"的结构性源头。周扬派与胡风派的对立、冯雪峰的回沪及其后果，均暴露出内在于左联、内在于1930年代上海左翼文化运动组织的结构性危机，这一危机可以被归结为两个问题：谁能"私有"鲁迅及其象征资本？以及，谁能代表进步政党的意志？徐懋庸给鲁迅的信，以及他对鲁迅被人"据为私有"的指责，虽然

---

[1] 冯雪峰：《有关经过》。
[2] 茅盾：《我走过的道路》。

言辞激烈，却依旧可以被视为试图将鲁迅重新拉回原有共管体制的一次努力。只不过在新的历史条件下，这样的尝试只能遭到更为激烈的抵抗。

1934年秋，周扬找到夏衍，转告阳翰笙的建议，说"好久没有向鲁迅报告工作了"，要夏衍与鲁迅约定时间，一同去报告工作并听取意见。正是这次报告，在1936年鲁迅答徐懋庸的公开信中，成为"四条汉子"出场的原本。一次左联内部的沟通尝试，自此成为左翼文学运动的分裂与对立的公开表征，以及反反复复的政治审查、检讨与斗争的核心议题。这使得夏衍在五十年后叙述这段历史时，笔下依旧时时隐现着某种紧张与焦虑。"懒寻旧梦录"这一标题，取自李一氓赠与夏衍的一副集宋人词的对联："从前心事都休，懒寻旧梦；肯把壮怀消了，作个闲人。"较之这副对联，整部回忆录，却似乎透露着完全不同的心境。

2016年9月9日　改定

附录二

方言如何成为问题？

方言如何成为问题？

方言文学讨论中的地方、国家与阶级（1950—1961）

　　1950年中，语言学家邢公畹在《文艺学习》第二卷第一期（1950年8月1日）上刊载了题为《谈"方言文学"》的文章，作为当时起到政策指导作用的权威报刊，《文艺报》于1951年3月10日出版的第三卷第十期"问题讨论"栏目中对这篇文章进行了介绍，同期组织刊发了刘作骢、周立波的讨论和邢公畹对刘作骢的回应，并号召"语言学的专家、文艺工作者和广大的读者同志能对这一问题发表自己的意见"。[1]之后的1951年第三卷第十期、第三卷第十二期、第四卷第五期、第四卷第七期、1952年第一号和第二号共九期《文艺报》集中刊发了十三篇

---

[1]《编辑部的话》，《文艺报》，1951年3月10日第3卷第10期。

相关文章,相关讨论一直延续到1961年。除了《文艺报》外,《人民日报》《中国语文》《语文知识》《长江文艺》等杂志也登载了相关文章。在一轮接一轮的文学批判运动中,这次讨论表现出了难得的广泛与深入,其中涉及了对"五四"白话文运动的批评、抗战文艺经验、国家与地方的关系、方言的"审美"价值、阶级问题与平等政治等诸多文学史中的关键概念,对于这些概念的分析,构成了对于整个20世纪中国文学,尤其是"十七年文学"的历史理解的重要前提。

第一节　从"五四"到抗战:方言文学讨论的历史前提

《文艺报》在"编辑部的话"中概括了邢公畹发表于《文艺学习》第二卷第一期上的文章:

> 这篇文章的主要内容,是指出他自己在一九四八年五月三日在天津的一个纪念"五四"的文艺晚会的讲话中,曾经提到了关于"方言文学"的问题,那时他复述了茅盾同志在当时所发表的对于"方言文学"的意见,大致说:"……方言就是某一地区的白话,离开方言的白话,在理论上是不通,在事实上是没有……理论上的大众语言正如理论上的国语,今日并不存在;今天有的是实际上的大众语,就是各地人民的方言。把今天实际的大众语,就是各地人民的方言用作文学的中介,就是方言文学。"但到后来,当他读过了斯大林的《论马克思主义在语言学中的问题》后,觉得他过去的意见"有仔细检讨的必要",他指出了方言文学这个理论至少有两个错误的倾向:第一:方言文学这个口号不是引导着我们向

前看,而是引导着我们向后看的东西;不是引导着我们走向统一,而是引导着我们走向分裂的东西。第二:方言文学这个口号完全是从中国语言的表面形态的基础上提出了的;不是从中国语言的内在的本质的基础上提出了的。[1]

其中提到的茅盾的关于"方言文学"的意见是指茅盾写于1948年2月1日,并发表于一个月后出版的《大众文艺丛刊》第一辑上的《再谈"方言文学"》。这篇文章是茅盾对开展于1946年到1948年的华南方言文学运动[2]的一篇总结。1940年代中后期,随着国内战争形势的日趋明朗,毛泽东的延安文艺讲话已经普遍成为文艺界指导自身前进方向的理论指针,一批居留香港的南方文艺工作者受到这一"时局的开展"的"强有力的刺激",开始思考"如何有效地配合人民的胜利进军而发挥文艺的威力",然而他们发现,"摆在作家们面前的第一个问题,竟是作品的语言和人民的口语间的距离有如英语之于法语。如果要使作品能为人民所接受,最低限度得使用他们的口语——方言"[3],华南方言文学讨论由此展开。

自晚清以降关于语言与文学的历次讨论,不论是白话文运动、国语罗马字运动、拉丁化运动、文艺大众化讨论或是抗战期间关于民族形式的讨论,方言问题始终是聚讼纷纭之所。与之前的历次讨论不

---

[1] 《编辑部的话》,《文艺报》,1951年3月10日第3卷第10期。
[2] 1949年6月23日第8期《文艺报》刊发了钟敬文《华南的方言文学运动》,比较全面地介绍了这一运动的过程。对这一运动的研究,见刘进才:《从"文学的国语"到方言创作——四十年代方言文学运动的合理性及其限度》,《文学评论》,2006年第4期。以及黄万华:《1945~1949年的香港文学》,《中国现代文学研究丛刊》,2004年第2期。
[3] 茅盾:《杂谈方言文学》,香港《群众》周刊,1948年1月29日第2卷第3期。

同,作为对《讲话》的自觉实践,此时讨论中的各方旗帜鲜明地聚拢在"大众化"的口号之下,在"'大众化'的观点"中,茅盾写道:

> 新文学之未能大众化,是一个事实。我们要承认这事实。而大众化要求之迫切,未有如今日之甚者,这也是事实。我们也要承认这事实。……我们得坦白承认:理论上的"大众语"正如理论上的"国语"一般,今天并不存在。今天有的是实际上的"大众语"。此时此地的人民的口语就是"大众语"。换言之,各地人民的方言就是今天现实的大众语。
>
> 因此,从"大众化"的观点来看今天的"文学语言"这问题,不但北方语正宗的观念必须抛弃,并且要把理论上的"大众语"的观念也抛弃;今天新文学"大众化"的"语言"问题,应当从此时此地大众的口语——即天天在变革的方言入手。[1]

"大众化"这一概念源自毛泽东《在延安文艺座谈会上的讲话》,其中讲道:"许多同志爱说'大众化',但是什么叫做大众化呢? 就是我们的文艺工作者的思想感情和工农兵大众的思想感情打成一片。而要打成一片,就应当认真学习群众的语言。如果连群众的语言都有许多不懂,还讲什么文艺创造呢?"[2]

《讲话》所暗示的是文艺工作者(知识分子)通过"学习的群众语言"而转换阶级立场的潜在可能,对于当时的知识分子来说,这一转换

---

[1] 茅盾:《再谈"方言文学"》,《大众文艺丛刊》,1948年第1辑。
[2] 毛泽东:《在延安文艺座谈会上的讲话》,《毛泽东选集》第3卷,人民出版社,1991年,第851页。

正是他们所自觉追求的。黄绳就曾说:"方言文艺运动是居留香港的南方文艺工作者在自我改造和执行战斗的迫切要求之中发动起来的。"[1]孺子牛也说:"知识分子的文艺工作者首先要改造自己,把自己的思想情绪和工农大众的思想情绪打成一片。"[2]茅盾通过在"大众化"的主题下讨论方言问题,提示了方言所具有"人民的语言"的身份。正如沙鸥所说:"我觉得方言诗的问题,不是一个用方言土语的问题,而是一个深入到人民生活中,使诗歌成为人民大众自己的声音,自己的语言,反映广大人民各式各样的生活,诗歌大众化的问题。"[3]

在1930年代的文艺大众化讨论中,瞿秋白就曾应用过这一阶级论的论述框架。然而,这一论述并不必然地导向对于方言的肯定,譬如黄药眠就曾问道:"李大钊先生曾经提到,如果要真正做到大众化和中国化,我们必须更多的应用地方土语,这是完全对的。可是在这里有人说,如果作家们都用他们家乡的土语,那么结果他们的作品只有他们的同乡能懂得完全,而别的地方的人就很难懂,这样一来,岂不是反而不大众化吗?我想在这里的确存在一个矛盾。"对此,黄药眠提出了两个解决之道,首先"是以目前所流行的普通话为骨干,而不断的补充以各地的方言,使到它一天天的丰富起来",其次也"不妨以纯粹的土语来写成文学,专供本地的人阅读"[4]。

在这里,实质上的矛盾双方已经从"群众语言/知识分子语言"转

---

[1] 黄绳:《方言文艺运动几个论点的回顾》,《方言文学》第1辑,香港:新民主出版社,1949年,第12页。
[2] 孺子牛:《旧的终结,新的开始》,香港《正报》第65期,转引自刘进才:《从"文学的国语"到方言创作》。
[3] 沙鸥:《关于方言诗》,《新诗歌》,1947年2月15日第2号。
[4] 黄药眠:《中国化与大众化》,香港《大公报·文艺副刊》,1939年12月10日。

换为"本地土语/全国普通话",方言的身份也已然从"群众语言"转变为"本地语言"。而在黄药眠看来,普通话显然在价值上先于方言,因此通过以方言补充普通话,两者之间的矛盾可以得到解决。这一态度实际上是"五四"白话文运动对于方言问题的看法的回响,譬如胡适对于方言问题的经典表述:

> 将来国语文学兴起之后,尽可以有"方言的文学"。方言的文学越多,国语的文学越有取材的资料,越有浓富的内容和活泼的生命。如英国语言虽渐渐普及世界,但他那三岛之内至少有一百万种方言。内中有几种重要的方言,如苏格兰文,爱尔兰文,威尔士文,都有高尚的文学。国语的文学造成以后,有了标准,不但不怕方言的文学与他争长,并且还要依靠各地方言供给他的新材料,新血脉。[1]

可见,两者之间的逻辑是一脉相承的,统一的国语始终被置于方言之上,方言则成为民族共同语"标准"统帅之下的"取材的资料"。这一态度之所以为众人所共享,则是由白话文运动背后的现代性逻辑所决定的。中国现代意义上的方言问题,是20世纪之后现代民族国家建立过程中的历史产物[2]。现代中国几乎继承了清帝国的大部领

---

[1] 胡适:《答黄觉僧君折衷的文学革新论》,《新青年》,1918年9月15日第5卷第3号。
[2] 作为形成民族认同的重要资源,现代民族国家的形成与地方性语言之间的历史关系早已为学术界所认知。在欧洲民族国家形成历史中,普遍存在着以方言为基础创造书写语言来对抗拉丁文统治的事实,这一过程在本尼迪克特·安德森的《想象的共同体》一书中得到了极为出色的分析(特别见第五章"旧语言,新模型"。本尼迪克特·安德森:《想象的共同体——民族主义的起源与散布》,上海人民出版社,2005年)。同样在亚洲,日本和韩国的语言运动也是根据本国的历史状况选取某种方言,并在此基础上创制统一的民族书面语和标准语音,在与汉语的支配地位的对抗中逐渐建构自身的民族认同。

土,也就是说,在中国所发生的不是在帝国解体的过程中建立民族国家的过程,而毋宁说是由帝国自我转化为现代民族国家,以此进入世界民族国家体系的过程。在寻求统一、富强的民族目标的召唤下,对于统一的民族共同语及其所提供的民族认同的渴求决定了对于普遍语的召唤始终压制着地方性的口语的生长。在这一现代性逻辑的支配下,中国的白话文运动并不是在"方言/帝国语言"(如拉丁文、汉语)的对峙关系中提出的,而是在"古/今""旧/新"的对峙中,在现代"白话文"与古代"文言文"的对抗中逐渐成形。[1] 在实践层面,其成果便是以方言、古语和外语为素材,以西方语言的语法特征为模版而形成的所谓"欧化白话",以此达到"言文一致"和"统一国语"的目的。然而,在这个历史过程中被压抑的方言及其所包含的地方性认同始终是统一的现代民族国家的潜在威胁。

在这样的背景下,茅盾的论述就显示出了他的特点,他写道:

> "五四"以来的"白话文学"却有一个不成文的定义:此种取得了"文学语言"的地位的"白话"应是北中国通行的口语(就是北中国的方言),或者是以北中国口语为基础的南腔北调的语言——即所谓"蓝青官话"。三十年来,不知不觉中流行着一种错误的观念,凡以北方语而外的地方语写作小说诗歌等等的,都被称为"方言文学"。"白话文学"这一名词,为北方语文学作品所独占。而且北方语(或蓝青官话)亦隐隐然成为新文学的"文学语言"的正

---

[1] 对这一过程的较为详尽的讨论,参见汪晖:《地方形式、方言土语与抗战时期"民族形式"的论争》,《现代中国思想的兴起》,生活·读书·新知三联书店,2004年,第 1493—1530页。

宗。广东、福建以及其他和北方语差异甚大的方言区的人们先得学习北方语或蓝青官话,然后能从事于新文艺的写作;甚或仅从书本子上"学习"新文学的"文学语言",结果是,蓝青官话能"写"而不能口说,写的和说的依然分离,和从前流行文言的时代,一样情形。在他们手里,北方语(白话)竟成了新文言。[1]

在这里,茅盾将北方语界定为特定地区的方言,从而质疑了它作为"国语"的不言自明的身份。这一质疑背后是对于方言和国语的价值顺序的颠倒。站在方言的立场上,他清算了"五四"白话文运动"言文一致"的口号,揭示了这一口号之下对于地方性的压抑,并且严厉地指责这一运动所推重的"白话"由于忽略地方性,甚而"成了新文言",彻底走向了这一运动自身的目标的反面。更为严重的是,"国语/方言"这对概念命名方式,暗示着一种不同语言间——乃至不同的表述体系、不同的语言使用者之间——的权力关系,对于以普遍解放为目标的中国社会革命/战争而言,这样一种不平等关系,必须是有待克服的对象。

茅盾对于地方性的重视显然与抗日战争的经历有关。在 1949 年 1—12 期的《文艺报》中刊发了一大批以改造地方上的民间文艺形式为主题的文章,其中康濯《冀西农民戏剧活动史话》甚至连载了七期[2],详尽地介绍了文艺工作者跟随部队进入农村地区,以抗战动员为目的对当地的民间艺术形式进行改造的过程。这一系列的文章说明,地方

---

[1] 茅盾:《再谈"方言文学"》,《大众文艺丛刊》,1948 年第 1 辑。
[2] 1949 年《文艺报》第 2 期到第 8 期,分别题为:《农民的光辉·新的世纪》《农民的光辉·深入一步》《大进军》《翻身时节》《穷人乐》《赵玉山和杨家巷的大秧歌》《柴庄村剧团》。

性问题实际上出现在抗战动员的要求下。战争使得大批的文艺工作者"下乡"、"入伍",然而进入基层之后,"摆在作家们面前的第一个问题,竟是作品的语言和人民的口语其间的距离有如英语之与法语"。为了完成战争动员的任务,"使作品能为人民所接受",作家必须站在地方性的立场上,"用他们的口语——方言"。[1]

为了以方言来执行普及教育、动员抗战的任务,拉丁化新文字得到了普遍使用,这一汉语拉丁化实践为新中国成立后的语言文字改革积累了大量的经验。其中一个值得注意的影响是,在这一实践中,书写文字始终被作为纯粹的记音符号加以使用,口头语是第一位的,书面语是第二位的,这不仅解决了"方言没有对应的汉字"的问题,使得方言能被作家直接利用。更重要的是,在这里,对"表达"的权力与实践的关注,超越了对语言的形式化问题的重视,超越了对传统意义上的"文学"创作的重视。也正是在这个意义上,方言问题不仅是一个文学书写的语言选择问题,同时更是一个文化—政治的问题。

战争使得许多同茅盾一样从"五四"走来的作家第一次深入地熟悉、运用方言来进行文艺创作[2],这些最为切近的经验促使他们重新反思"五四"白话文运动的思想内涵,并提出自己的批评。换句话说,茅盾的论述的真正重要之处,在于通过对于战争文艺经验的总结,将

---

[1] 茅盾:《杂谈"方言文学"》,香港《群众》周刊,1948年1月29日第2卷第3期。值得注意的是抗战对于文艺形式的改变,在地方的抗战动员过程中,鼓词、歌词、说唱、对口词、街头剧、话报剧、地方戏等口头文艺形式取代了以报纸期刊为中心的印刷文艺,都市与乡村环境的差异正是通过这样的方式呈现在文艺工作者面前,这一转变对于方言文学是至关重要的。

[2] "五四"时期也存在着以方言创作的作品,譬如刘半农的诗歌,但这一取向始终没有成为主流。

方言文学的问题放置在阶级性与地方性的双重话语之中加以讨论,这一立场为当时许多文艺工作者所共享[1],而阶级性(人民的语言)与地方性(地方的语言)的结合,使得茅盾最终得出了以下的结论:

> 由此可知北方语在"五四"以来之新文学中隐隐然自居于正宗的地位,一方面无非是因袭了旧传统,另一方面则是"五四"初期的"国语的文学,文学的国语"这一不正确的观念所造成的。而"国语的文学,文学的国语"这一说法,其根源实为大一统的思想,并且和政治上的所谓"法统"乃至武力统一的思想,有不可分离的血缘的关系。这样不正确的观念,现在应当加以纠正。[2]

我们看到,正是茅盾的这一论述方式引起了邢公畹的警觉。首先,"五四"白话文运动以建立统一的现代民族国家认同为其主导倾向,并在这一过程中致力于克服地方性带来的差异。然而,站在地方性的立场上,茅盾却将"大一统的思想"视为"不正确的观念,现在应当加以纠正"。这一论述内在地与建立统一的现代民族国家的目标相冲突,也就是说,茅盾对方言文学的强调,可能会导致对于现代民族认同的否定。其次,将阶级话语作为方言文学合法性来源这一观点,似乎

---

[1] 譬如,孺子牛在《旧的终结,新的开始》中写道:"只有运用工农大众的语言才能表达工农大众的思想情绪,而工农大众的语言在他们自己的地区里是地方性的方言,因此表现在地方性上的普及工作,就是普及的方言文艺。"

钟敬文在《华南的方言文学运动》中也写道:"这个运动产生的主要意义,是一个企图在特定地区,实践为工农兵的文艺方针的努力。它是'文艺大众化'这个原则在特殊文化(主要的是语言)状态下必需要采取的途径。"(钟敬文:《华南的方言文学运动》,《文艺报》,1949年6月23日第8期)

[2] 茅盾:《杂谈"方言文学"》,香港《群众》周刊,1948年1月29日第2卷第3期。

暗示着国家与阶级之间可能存在的裂缝。问题在于,这两者都与国家在1949年之后的历史目标——一方面迅速实现工业化,建立现代民族国家;另一方面致力阶级改造,构建阶级政治——有所冲突。这些冲突表明,从一开始,矛盾就在三个截然不同但彼此相关的方向上展开:国家、地方、阶级。从后面的讨论中我们也可以看到,三者之间关系的冲突与重构,构成了整场讨论的核心内容。

第二节　国家与地方:"地方色彩"的文化政治起源

从《文艺报》"编辑部的话"所引邢公畹的文章以及他同期发表的《关于"方言文学"的补充意见》中可以发现,从一开始,对于方言文学的质疑就不是从文学语言的选择或者是美学的角度上,而是在文化政治的层面,在"国家/地方"的关系中提出的。邢公畹强调,这一关系建立在新的历史时期:"当革命力量没有进入大城市或刚刚进入大城市的时候,我们提出'方言文学'的口号,这是正确的;当革命在全国范围内取得了胜利之后,我们要求以正在发展中的民族共同语(全民语)来创作,这也是正确的。这两个不同的口号适应于两个不同的时代,但这两个口号本身却是互相矛盾的,要求它们不矛盾是不可能的。"[1]

通过对革命的不同阶段的区分,邢公畹暗示了茅盾的观点在特殊的战争的历史条件下才能够成立,而在新的历史时期内,"中国人民的任务是要在政治上、经济上、文化上完成新民主主义的改革,实行民族

---

[1] 邢公畹:《关于"方言文学"的补充意见》,《文艺报》,1951年3月10日第3卷第10期。

的统一与独立,由农业国变成工业国"。[1]在这个过程中,整个国家面临着改造传统社会政治结构,建立现代民族国家的历史任务(即所谓社会主义改造)。这一过程要求重新构造传统中国的社会经济结构,为早期工业化提供足够的原始积累。具体而言,就是将个人的生产力从家族、地方以及其他生产关系中抽离、解放出来,并重新组织到以国家的现代化目标为中心的生产关系中去[2],这一民族目标的实现要求语言能够提供民族认同,从而有助于实现现代化目标。正是在这个任务下,他提出了"我们是应该以正在发展中的统一的民族语来创作呢?(那就是说在我们的创作中要适当地避开地方性土话)还是应该用方言来创作呢?(那就是说我们的创作中特别去使用并且强调那些地方性的土话)"[3]的问题。

此处所谓"发展中的统一的民族语"指的就是北方话,而这一"标准语"的选择"并不由于这一方言本身内部的原因,而是由于一些外在的非语言的原因……是由在经济和政治的集中的条件下,人民自觉自愿的选择和决定"。[4]这一选择和决定,取决于这样一个条件:"在这一语言区中,无论是'标准语'的说者还是'非标准语'的说者,大家都主观地承认这一个方言是标准形式,是'好的',或者'正确的';而别的一些方言则非标准形式,是'坏的'、或者'不正确的'。"[5]这里,"大家"的主观意愿,或者说,语言能否有效地为使用者提供民族认同,成

---

[1] 邢公畹:《关于"方言文学"的补充意见》,《文艺报》,1951年3月10日第3卷第10期。
[2] 对于这一过程的一个概括性描述,参见温铁军等:《解读苏南》,苏州大学出版社,2011年,第11—18页。
[3] 邢公畹:《关于"方言文学"的补充意见》,《文艺报》,1951年3月10日第3卷第10期。
[4] 同上。
[5] 同上。

为判断的最终标准。

在论述民族语言与民族国家的建立时,哈贝马斯写道:"精神科学的世界观给出了一个视角,由此出发,我们可以把德国的统一看成是长期以来形成的民族文化同一性的进一步补充。文化和语言所确立起来的文化躯体,还需要一件合适的政治外衣。语言共同体必须在民族国家当中与法律共同体重叠起来。因为,任何一个民族看起来似乎从一开始就有权要求在政治上保持独立。"[1]与此同时,他也指出:"语言共同体的同质性不是先天就有的。它也要求为了建立一种书面语言而忽视不同方言之间的差别。"[2]

同样,在1949年之后的中国,现代民族国家的政治经济建设要求文化的同一性来提供强大的民族认同。正如邵荣芬所说:"经济、政治的集中便需要语言的统一和集中。"[3]创制文化同一性的过程包含着以国家主导的现代文化为标准对于地方性及其所代表的多样的地方文化的改造与过滤,方言改造正是其中一环。因而,对方言文学的强调有可能成为这一过程的障碍。也正在此时,"地方性"才真正成为一个问题,"方言文学这个口号不是引导着我们向前看,而是引导着我们向后看的东西;不是引导着我们走向统一,而是引导着我们走向分裂的东西"这一论断正是在这个逻辑下的自然结论。也就是说,方言与共同语的对立是国家现代化过程中的历史产物,离开这一历史条件,我们就无法理解,为什么在这次讨论中的各方都将民族共同语视为不证自明的前提存在,而从未站在方言立场上否认民族共同语的必要

---

[1] 哈贝马斯:《何谓民族?》,《后民族结构》,上海人民出版社,2002年,第12页。
[2] 同上,第13页。
[3] 邵荣芬:《统一民族语的形成过程》,《中国语文》,1952年9月第9期。

性,也即从未站在地方文化的立场上对现代文化提出质疑。[1]

正是由于各方都是在现代化的逻辑内部展开讨论,对方言文学的捍卫就呈现出一个奇怪的特征:通过对于方言的使用加以种种限制,使得方言在新的历史条件下的使用合法化。在《文艺家是民族共同语的促进者》一文的开头,邢公畹对"方言文学"问题中的"方言体系(完全以某地方言所写的文学作品)"和"方言词汇(在作品中使用方言词汇)"作出了区分,并指出,"方言体系"是公认不可接受的,而"方言词汇"则可以有条件的接受[2],因此,存在的实际问题是如何改造"方言词汇",也即,如何在现代化的过程中改造地方性的问题,而改造方言的标准,实际上正是改造、收编地方性的标准。

首先出现的当然是民族认同的标准。在《我对"方言文学"的一点意见》一文中,通过引述鲁迅的话("我说要在方言里加入新的进去,那新的来源就在这地方,待到这一种出于自然又加入人工的话一普遍,我们的大众语就算大致统一了。")刘作骢几乎复述了胡适对于方言的看法:方言只是作为形成共同语的材料才得以取得它的地位。同期刊出的周立波的《谈方言问题》则更为直白:"采用方言,不但不会和'民族的统一的语言'相冲突,而且可以使它语汇丰富,语法改进,使它更适宜于表现人民的实际的生活。"[3]"因此,我们愈下苦功夫来学习各地方言区人民的语言,就愈能使我们的语言丰富有味。"[4]它是"经济

---

[1] 这一立场在之前茅盾的论述中隐约可见,譬如他提到了吴语口头文学的长期存在以及《海上花列传》等优秀长篇小说,并在这一基础上提出"任何地方语都具备作为'文学语言'的资格"以对抗北方语的"正宗"地位。参见茅盾:《再谈"方言文学"》。
[2] 邢公畹:《文艺家是民族共同语的促进者》,《文艺报》,1951年4月10日第3卷第12期。
[3] 周立波:《谈方言问题》,《文艺报》,1951年3月10日第3卷第10期。
[4] 邢公畹:《关于"方言文学"的补充意见》,《文艺报》,1951年3月10日第3卷第10期。

和政治集中统一的纽带,使全国各民族、各地区称为一个大家庭"[1]。"在文学作品中如有必要采用方言,应该以全国读者都能了解的为原则"[2],而那些与北方话相差遥远的吴语、粤语,由于"叫外乡人看了,简直好像外国话",故"这样的方言,不宜全部的采用"。[3]吴士勋也提到,"其他地区的人很难理解,甚至根本看不懂"的方言,"还是不提倡的好"。[4]《文艺报》记者撰写的《关于方言问题的讨论》总结了读者的观点:"必须以方言中的词汇来丰富民族共同语。"[5]

其次,进步主义的话语始终伴随着方言文学的讨论,其特点是将民族想象成为一个"稳定的向上运动的坚实的共同体"[6]。宋谋玚写道:"在进步的统一的民族共同语的指导下,提高与发展各地方言,使其成为进步的民族文化的一部分。"[7]也就是说,改造之前的方言以及地方文化不仅是"分裂"的,而且是"落后"的。而"现在全国通行的统一的民族语言,无论从事实上说,从理论上说,都是比各地区的方言更高级、也更丰富和完备的语言"[8]。刘作骢在他的文章中将方言视为"旧形式",通过对于"旧形式"的删除与增益,作为"新形式"的共同语才得以出现。[9]这一"新/旧"对立的建构几乎是"五四"白话文运

---

[1] 记者:《关于方言问题的讨论》,《文艺报》,1951年7月25日第4卷第7期。
[2] 李如:《关于语言问题的意见》,《文艺报》,1953年12月30日第24号。
[3] 周立波:《谈方言问题》,《文艺报》,1951年3月10日第3卷第4期。
[4] 吴士勋:《我对"方言问题"的看法》,《文艺报》,1951年6月25日第4卷第5期。
[5] 记者:《关于方言问题的讨论》,《文艺报》,1951年7月25日第4卷第7期。
[6] 本尼迪克特·安德森:《想象的共同体——民族主义的起源与散布》,上海人民出版社,2005年,第23—36页。
[7] 记者:《关于方言问题的讨论》,《文艺报》,1951年7月25日第4卷第7期。
[8] 李如:《关于语言问题的意见》,《文艺报》,1953年12月30日第24号。
[9] 刘作骢:《我对"谈方言文学"的一点意见》,《文艺报》,1951年3月10日第3卷第10期。

动对于文言与白话的观点的重申。

　　这一进步主义取向给方言文学的改造提供了价值基础。在改造地方文艺时,方言被视为"传统"的形式,而民族共同语则是"现代的"。《重视传统戏曲语言的清理工作》一文中,马少波将方言的使用归结为传统戏曲的特征,而现代的新戏曲则"严格服从全民语言的规律"[1],由此,"方言/共同语"的共时性图景被转换为"传统/现代"的历时性过程,如果历史从传统向现代的进步是无可质疑的,那么方言作为被改造的对象,当然也就是天经地义的。

　　同时,方言问题的讨论具有鲜明的科学主义特征。近百年以来,科学主义始终与中国的现代化实践相伴而行[2],在这次讨论中也表现得极为显著。在讨论方言词汇的取舍问题时,几乎所有人都认同以"科学"为标准,去"洗炼""加工"方言,"采摘中外古今一切语言的简练、生动、新鲜、科学的字汇和语法"[3],"看它的思想是不是健全、科学"[4]。在科学主义的视角下,不合标准的方言被视为"庸俗的和迷信的语言"[5]而加以"扬弃"。而这一过程决不仅仅发生在语言领域,在标榜着"价值中立"的科学视角下,几乎大部分地方性的传统文化都被视为封建与迷信,而在现代化过程中被抛弃。[6]

―――――――――

[1] 马少波:《重视传统戏曲语言的清理工作》,《文艺报》,1953年5月30日第10号。
[2] 对于中国现代思想史中的科学主义的探讨,参见郭颖颐:《中国现代思想中的唯科学主义》,雷颐译,江苏人民出版社,1989年。以及汪晖:《现代中国思想的兴起》下卷第二部,《科学话语共同体》。
[3] 周立波:《谈方言问题》,《文艺报》,1951年3月10日第3卷第10期。
[4] 吴士勋:《我对"方言问题"的看法》,《文艺报》,1951年6月25日第4卷第5期。
[5] 杨堤:《关于方言文学的几个问题》,《文艺报》,1951年6月25日第4卷第5期。
[6] 时至今日,这一进程仍在继续,并且由于资本主义的全球扩张而急剧加快。与现代文化相冲突的种种地方性文化几乎都不同程度地面临危机,这种通常危机并不表　(转下页)

在方言讨论中，除了对于"科学"概念本身的不断强调之外，科学主义特征主要表现在对于"语法"问题的讨论中。1951年6月6日，《人民日报》发表题为《正确地使用祖国的语言，为语言的纯洁和健康而斗争！》的社论并于同期开始刊登吕叔湘、朱德熙的语法修辞讲话。社论指出"只有学会语法、修辞和逻辑，才能使思想成为有条理的和可以理解的东西"。并反驳了对于中国语言"不科学"的指责，这提示了语法问题与科学之间的关联。"语法"问题的特征，即在于通过对于语言的规律的发掘与强调，为当下所有的语言使用者提供确定的规范，大量操持着专业话语的语言学家（被国家组织）在讨论中发言本身即是这一倾向的表征。1951年4月10日出版的《文艺报》刊登了文怀沙的《大众语与文法》，文中写道："一种新的语汇的获得往往是一种新的世界观的获得。新词汇恰如其分的运用，必须用过对于文法的注意。"[1]在方言问题的讨论中强调"语法"，表明对方言语汇（及其背后的世界观）的使用必须经过规范化的改造，使其不违背科学的前提。

从一个细节中，我们大可窥见当时对于"语法"的重视。文怀沙的文章中写道："文法应该活用，不可死守。"[2]在后附的吕叔湘的跋文中特地对这句话作了补充："如果承认某一条文法规律是正确的，即符合实际情形的，那就非遵守不可。"但"抛开活语言而依据主观的意见去'制定'。那就岂但'不可死守'，根本不该承认"。[3]文怀沙在吕文

（接上页）现为直接消灭，而呈现为一种"知识化"的过程，割裂其与原乡原土的情感与实践关系，进入中学的历史教科书，进入大学的人类学教程，进入旅游手册上的景点介绍，进入"文化遗产"名录，并最终进入博物馆。

[1] 文怀沙：《大众语言与文法》，《文艺报》，1951年4月10日第3卷第12期。
[2] 同上。
[3] 吕叔湘：《跋》，《文艺报》，1951年4月10日，第3卷第12期。

的附记中又强调了"抛开活语言而依据主观的意见去'制定'。那就岂但'不可死守',根本不该承认"。[1]一句。然而这一强调引来了吕叔湘的不满,并在《关于口语和文章里的新词新语》一文中表示,对于这一句的"重言以申明之"是"不大妥当的","不免有断章取义的嫌疑",并表明自己的主旨是反对"文法应该活用,不可死守"。[2]在这里,对于遵守"语法"的不厌其烦的强调,表明对于方言的运用始终处于科学话语的监控之下,而方言词汇正是在这个过程中不断从地方性中抽离,被纳入整个民族共同语的框架之内。

在方言文学讨论中体现的民族主义、进步主义与科学主义的三重逻辑之下,方言文学问题最终只能成为民族共同语文学中的"地方色彩"的问题:运用方言的"形象性及譬喻性"能够使得文学描写"更有力,更生动",从而形成"地方色彩"[3]。然而,只有在接受了民族共同语的前提之下,我们才能够理解对这一"地方色彩"所作出的种种限制,譬如"对某些方言土语不妨采取反复使用,联系上下文而文意自明的方法"[4]、"在运用方言时……一般适合用在对话上,可以不必用在叙事里"[5]等。

值得注意的是,这里的"地方色彩"不应被纳入某种自律的美学范畴中来理解,而应当被视为一个新的文化—政治空间,用以收纳包括地方的土语词汇、修辞手法在内的,无法被民族主义逻辑所改造的语

---

[1] 吕叔湘:《跋》,《文艺报》,1951年4月10日,第3卷第12期。
[2] 吕叔湘:《关于口语和文章里的新词新语》,《文艺报》,1951年6月25日第4卷第5期。
[3] 记者:《关于方言文学的讨论》,《文艺报》,1951年7月25日第4卷第7期。
[4] 同上。
[5] 杨堤:《关于方言文学的几个问题》,《文艺报》,1951年6月25日第4卷第5期。

言"剩余物"。更进一步说,"地方色彩"这一概念的提出,一方面构成了方言改造这一现代性工程中的一个部分,借由这一概念,方言词汇得以被容留在民族共同语文学中,而又不对共同语构成威胁。另一方面,它又是这一工程本身的内在张力的体现,是地方语言无法被彻底国家化的标记。换句话说,"地方色彩"这一概念指向了一个斗争的场域,指向了现代性本身的"未完成"性,其中所蕴含的紧张关系,一直延续至1980年代的寻根运动。审美形式与文化政治在这一层面上再次呈露出了两者之间的复杂关系。

1955年10月26日,《人民日报》发表题为《为促进汉字改革、推广普通话、实现汉语规范化而努力》的社论,社论重申了"国家/地方"的二元关系,"普通话是为全民服务的,方言是为一个地区的人民服务的。"同时对作家和翻译工作者在两者的取舍上提出了明确的要求:"语言的规范化必须寄托在有形的东西上。这首先是一切作品,特别重要的是文学作品,因为语言的规范化主要是通过作品传播开来的。作家和翻译工作者们重视或不重视语言的规范,影响所及是难以估计的,我们不能不对他们提出特别严格的要求。"

之后,对方言文学的讨论迅速被纳入汉语规范化运动中,通过将"以北方话为基础方言,以北京语音为标准音"的语言命名为"普通话",国家彻底取消了地方性语言的合法地位。论者普遍接受了邢公畹的方言的差异是单纯的语音的差异的观点:"就在这一套一套的音韵系统的差别之间,我们才有了方言与方言的差异。换句话说,方言的差异主要地也只是表面形态上音韵系统的不一致。"[1]这一简化使

---

〔1〕 邢公畹:《关于"方言文学"的补充意见》,《文艺报》,1951年3月10日第3卷第10期。

得在"地方色彩"问题上,也已经失去了方言存在的空间,"地方性"所能体现的某些美学特征与方言之间的联系被彻底切断,正如茅盾所说:

> 也有些作者是为了某种理由而有意地多用方言、俗语的。理由之一是使得作品富有地方色彩。我们不反对作品有地方色彩,尤其不反对特殊题材的作品不可避免地需要浓厚的地方色彩;但是地方色彩的获得不能简单地依靠方言、俗语。而要通过典型的风土人情的描写,来创造特殊的气氛。[1]

通过这种方式,国家最终完成了以民族共同语改造、收编地方语言的历史任务,尽管在实际的文学创作过程中,作家不可避免地会继续采用方言[2],但此时的方言运用,必须时刻被置于国家话语的监视之下[3]。"文学的国语,国语的文学"这一"五四"口号,在经历了近半个世纪的沉浮之后,重新成为主导共和国文化—文学实践的支配性标准,而它此次的回归背后,却隐伏着更为错综的问题。

---

[1] 茅盾:《关于艺术的技巧——在全国青年文学创作者会议上的报告》,《文艺学习》,1956年4月号。
[2] 讨论中的各方基本上是在规范层面上展开论述,关于当时的具体创作实践中的国家与地方关系,参见蔡翔:《国家/地方:革命想象中的冲突、调和与妥协》,《当代作家评论》,2008年第2期。
[3] 譬如1958年《人民文学》发表了周立波的长篇小说《山乡巨变》,其中使用了大量的方言词汇,从而招致了各方面的批评,其中不乏严厉之辞。如1959年5月《中国语文》上刊出了周定一的《论文艺作品中的方言土语》,全篇以周立波为典型展开批评,甚至将方言文学问题上升到了"在文学中与'地方主义'进行斗争"的高度。见周定一:《论文艺作品中的方言土语》,《中国语文》,1959年5月号。

第三节 国家与阶级:谁才是"人民的语言"?

方言文学问题之所以会引起持久的讨论,不仅仅是因为它牵涉到民族国家的现代化过程中地方性改造的问题,正如上文所指出的,在这一点上,各方几乎没有分歧。使得方言文学聚讼纷纭的另一个、也是更重要的原因,是因为在当时的历史条件下,方言并不仅仅被视为"地方的语言",同时,它还具有"人民的语言"的身份——这一点,恰是后"五四"时期的左翼文艺运动中所留下的遗产。

《文艺报》所发表的第一篇讨论文章是刘作骢的《我对〈谈"方言文学"〉的一点意见》,其中写道:"我们就拿中国的实际情况来讲,是百分之八十的文盲,而不是百分之八十的知识分子,目前是普及第一,并不是提高第一,而我们的提高,也是在普及的基础之上提高。"[1]在方言文学讨论中重申普及与提高的问题,提示了方言与阶级问题的关系。

普及与提高的问题显然出自毛泽东《在延安文艺座谈会上的讲话》。在《讲话》中,毛泽东通过对于普及与提高问题的分析,强调了文艺为工农兵的方针,"所谓普及,也就是向工农兵普及,所以提高,也就是从工农兵提高……只有从工农兵出发,我们对于普及和提高才能又正确的了解,也才能找到普及和提高的正确关系"。"无论高级的或初级的,我们的文学艺术都是为人民大众的,首先是为工农兵的,为工农

---

[1] 刘作骢:《我对〈谈"方言文学"〉的一点意见》,《文艺报》,1951年3月10日第3卷第10期。

兵而创作,为工农兵所利用的。"[1]

　　文艺为工农兵的方针内在地要求学习"人民的语言",在《反对党八股》一文中,毛泽东说:"我们是革命党,是为群众办事的,如果也不学群众的语言,那就办不好。……要向人民群众学习语言。人民的语汇是很丰富的,生动活泼的,表现实际生活的。我们很多人没有学好语言,所以我们在写文章做演说时没有几句生动活泼切实有力的话,只有死板板的几条筋,像瘪三一样,瘦得难看,不像一个健康的人。"[2]周立波在《谈方言问题》中引述了上文并写道:"方言土话正是各地人民天天使用的活的语言,从学校里出身的,脱离生产的知识分子,对于这种活的语言都不大熟悉。"通过例举一些农民谈话中出现的陌生词汇,周立波说:"知识分子不查字典,还不认得……长久地脱离生产,或是从来没有参加生产的人,不大熟悉这个动作,因此也就不大熟悉这个字。"[3]

　　值得注意的是,这里的"方言"并非在"方言/共同语"的二元关系中提出以指称"地方的语言",而是在"方言/知识分子语言"的二元关系中提出的,由此,方言与阶级问题的历史关系被建立了起来,横亘在"五四"与共和国之间的延安,重新出现在了回归"五四"的道路上。

　　在这一脉络中,对于这一关系的理解必须被纳入一个重要的历史进程,即革命的阶级主体的生成过程。这一方面指向工农兵阶级向无产阶级的转化;另一方面,它同时也包含了知识分子的改造问题,也即

---

[1] 毛泽东:《在延安文艺座谈会上的讲话》,《毛泽东选集》第3卷,人民出版社,1991年,第851页。
[2] 毛泽东:《反对党八股》,《毛泽东选集》第3卷,人民出版社,1991年,第837页。
[3] 周立波:《谈方言问题》,《文艺报》,1951年3月10日第3卷第10期。

"一切革命的文学家艺术家"通过"联系群众,表现群众,把自己当作群众的忠实的代言人"进而"由一个阶级变到另一个阶级"[1]的过程。而居于这一主体生成进程的核心位置的,则是社会主义的平等政治,换句话说,方言作为"人民的语言"的具体化形式,是由社会主义的平等政治所历史地赋予的。

在这里,"阶级"的概念始终是一个"转化"的概念,也就是说,个人的阶级身份并不单向地、决定性地取决于其在社会的结构与生产关系,它同时受到个人在具体历史情境中的行为的影响。[2] 在前一个进程中,自然状态下的农民阶级并非本质化地等同于无产阶级[3],作为革命主体的无产阶级,是在由先锋政党主导的农民运动与土地革命的过程中逐渐生成的,也就是说,这是一个由农民阶级向无产阶级转化的过程。具体在语言的问题上,则是从"方言"向"人民的语言"的转化过程。这绝非单纯的概念游戏,毋宁说是文化政治层面上的一次"翻身",是围绕着语言的权力、自我表达的权力而展开的漫长斗争。

---

[1] 毛泽东:《在延安文艺座谈会上的讲话》,《毛泽东选集》第3卷,人民出版社,1991年,第851页。

[2] 黄宗智在《中国革命中的农村阶级斗争》中将前者称为"客观性现实",将后者成为"表达性现实",并将"文革"的悲剧归结为两者之间的严重脱节的结果。见黄宗智编:《中国乡村研究·第2辑》,商务印书馆,2003年。

[3] 乔治·卢卡奇在《历史与阶级意识》中就写道,农民阶级"人数众多,他们的生活条件相同,但是彼此间并没有发生多种多样的关系。他们的生活方式不是使他们互相交往,而是使他们互相隔离。……每一个农户……取得生活资料多半是靠与自然交换,而不是靠与社会交往。……既然数百万家庭的经济条件使他们的生活方式、利益和教育程度与其他阶级的生活方式、利益和教育程度各不相同并互相敌对,所以他们就形成一个阶级。由于各个小农彼此间只存在有地域的联系,由于他们的利益的同一性并不使他们彼此间形成任何的共同关系,形成任何全国性的联系,形成任何一种政治组织,所以他们就没有形成一个阶级"。乔治·卢卡奇:《历史与阶级意识》,杜章智、任立、燕宏远译,商务印书馆,1996年,第117页。

在这个过程中,底层工农所使用的日常语言,以及以这种语言表达的种种文学艺术形式被认为是真正有价值的、合法的表达。相较于"五四"时知识分子以"国语"为他们代言的情况,此时,他们历史性地获得了自我表达的权力,这种权力的赋予背后,则是社会主义平等政治在文学/表达上的历史实践。

与此同时,在知识分子改造问题中,"向人民群众学习语言"也被视为是自我改造的一个部分,因此对知识分子来说,"我们自己国家几万万劳动人民天天使用的活的语言,各地的方言土语,将是我们学习的主要的对象,营养的重要的源泉。""采用方言……更适宜于表现人民的实际的生活。"[1]《文艺报》记者在总结方言文学的讨论中写道:"正确地描写出人们活生生的姿态,离开了人民丰富的、生动活泼、切实有力的语言,也是难以想象的。""学习群众语言,更好的从群众语言中提炼并丰富文学的语言,使我们的作品得以更真实生动地反应人民的斗争生活。"[2]

也正是在平等政治的层面上,我们才能理解为什么在方言文学的讨论中会不断有论者重申普及与提高的问题[3],它绝非是一个文学能力的普及、表达水平的提高的问题,在我看来,它事实上涉及什么样的语言是合法的语言、什么样的表达是合法的表达、谁有权表达自我

---

[1] 周立波:《谈方言问题》,《文艺报》,1951年3月10日第3卷第10期。
[2] 记者:《关于方言文学的讨论》,《文艺报》,1951年7月25日第4卷第7期。
[3] 除了刘作骢、周立波外,杨堤在《关于方言文学的几个问题》中更是明确地指出"我们的创作要为广大的劳动群众服务,特别是要为占人口大多数的农民服务。我们不只过去曾经而很需要的去描写农民,而现在,仍是(也应该是)继续着而又很需要的去描写农民"。"在普及的阶段中,我们必须认清,文学创作不应当局限于一小部分文艺工作者,主要的是在于培养更多的工农作家。这样,才能切实的打下普及的基础,并进一步提高。"杨堤:《关于方言文学的几个问题》,《文艺报》,1951年6月25日第4卷第5期。

等一系列的社会主义文化—政治的核心命题。作为对这一问题的回应,"方言"作为"人民的语言",成为了这一时期社会主义文化政治的表达方式。

如上文所说,在从抗战到延安的历史过程中,方言与"人民的语言"之间的对应关系被逐渐建立起来。底层的自我表达的权力,作为社会主义革命的目标之一,在之前的大众语运动和华南方言文学讨论中都已经提出并被强调过,然而历史的吊诡之处恰恰在于,当革命政党已经夺取政权并且建立了统一的现代民族国家之后,方言与阶级问题的关系不仅没有得到强化,反而被迅速重构甚至颠倒。对于这一现象的理解,要求我们重新进入新中国成立后的社会主义历史,特别是阶级问题在其中的复杂遭际。

在对于民族主义的研究中,安德森注意到这样一个现象:"第二次世界大战后发生的每一次成功的革命,如中华人民共和国、越南社会主义共和国等,都是用民族来自我界定的;通过这样的做法,这些革命扎实地植根于一个从革命前的过去继承来的领土与社会空间之中。"[1]借由民族主义话语,现代民族国家被表述为一个稳定的共同体,并由此形成民族认同,整个社会被组织在现代化进程中,对于"民族共同语"的需求是这一过程的有机组成部分。

新中国的建立一方面继承了近代以来的民族主义话语及其种种制度表现,另一方面也具有自身鲜明的特点,它是"一个阶级推翻另一个阶级"的暴力革命的结果,是"马克思主义的普遍真理与中国革命的

---

[1] 本尼迪克特·安德森:《想象的共同体——民族主义的起源与散布》,上海人民出版社,2005年,第2页。

具体实践"的结合。对于领导革命的先锋政党来说,国家不仅是民族革命的产物,也是阶级革命的产物,因此,在理论上,革命政党在夺取政权之后所面临的任务不仅是迅速实现现代化,同时还必须建立阶级政治,对包括农民、工人、知识分子等各阶层进行阶级改造,形成工农联盟和统一战线,建构社会主义中国的特殊政治形态。

阶级话语指向不同阶级之间的斗争与转化,而对于民族共同体的强调则重在各个社会阶层的统一认同,这潜在地具有阶级和解的威胁。安德森问道:"如果以生产关系来界定,资产阶级明明是一个世界性的阶级,那么,为什么这个特定部分的资产阶级(民族资产阶级)在理论上是重要的。"[1]这一问题揭示了阶级话语与民族国家话语之间的可能的矛盾冲突,具体在我们所讨论的问题上,即:民族国家话语要求"民族共同语"的产生与推广,而阶级话语则要求重视作为"人民的语言"的(各各不同且互相平等的)"方言"。因此,在这个意义上,"民族共同语"与"方言"之间的分歧,其背后是阶级话语和民族国家话语之间的冲突,换句话说,是在语言表达的层面上,社会主义的平等政治能否继续,以何种方式继续的问题。

通观整场讨论我们发现,两种话语之间的冲突并没有持续太长时间,在意识到矛盾存在之后,讨论各方随即提出了种种调和的方案。大体而言,这一调和是在两个不同的方向上同时展开的:一方面是取消方言的阶级基础,另一方面是构筑民族共同语的阶级基础,简单地说,就是将方言所具有的"人民性"逐渐地转移到民族共同语中去——如果说

---

[1] 本尼迪克特·安德森:《想象的共同体——民族主义的起源与散布》,上海人民出版社,2005年,第3页。

方言的合法性、方言使用者的自我表达的权力,是在战争与革命的进程中历史地赋予的,那么此时,我们看到的则是它被历史地重构——或者说是剥夺的过程。

首先,在讨论中,胡天风质疑了方言与"人民性"之间的关联,他提出:"学习群众语言只是与群众生活、战斗在一起,及从思想感情上去群众化的一种副产物,不是单纯为了文学创作而去学习群众语言的。否则,群众语言不过是用作装饰作品的纸花纸叶,而不能成为整个文学作品的血肉组成部分之一。"[1]在这里,对方言的应用已经无法天然地等同于对"人民性"的强调,因为如果"对当地群众思想感情没有深刻体会的话,那他运用的方言,就不相称,就是形式主义"[2]。作为方言的使用者,"农民的实际生活不会跟方言平行,不会因为方言差别到什么程度,生活也差别到什么程度"[3]。吴士勋甚至将"代表一个地区的特点"的方言与"劳动人民在实际的劳动生活中,提炼出来的生动活泼的语汇"区分开来,并将后者归入"全民语"[4],也就是民族共同语的范畴。

进而,民族共同语得以分享方言原本具有的一些特征,"统一的全民性的共同语必须是以它所包括的各个地区的方言土语为基础的"[5]。"以北方话,特别是以北京方言为基础,吸收各地方言中的优秀因素。"[6]在经过这样的重构之后,本属于方言的"人民性"现在反

---

[1] 记者:《关于方言文学的讨论》,《文艺报》,1951年7月25日第4卷第7期。
[2] 同上。
[3] 周定一:《论文艺作品中的方言土语》,《中国语文》,1959年5月号。
[4] 吴士勋:《我对"方言问题"的看法》,《文艺报》,1951年6月25日第4卷第5期。
[5] 记者:《关于方言文学的讨论》,《文艺报》,1951年7月25日第4卷第7期。
[6] 同上。

而需要通过进入民族共同语的方式才能够获得,就像粟丰所说,"方言只有在被吸收并溶化于全民语言、成了全民语言的一部分时,才能成为人民共同的语言"。[1]

1952年第1号与第2号的《文艺报》翻译连载了苏联《文学报》的专论《文学语言中的几个问题》。在编者按中写道,这篇专论"根据斯大林的语言学说,对于文学语言与作品的思想内容、文学语言与人民口语的关系等重要方面的问题,都做了正确、精辟的论述。……这篇论文对于我们丰富与发展文学语言,争取祖国语言的健康和纯洁,都是很有帮助的"。[2]

通过译介苏联文论的方式来指导国内文艺活动的方向是《文艺报》的一个重要特征,而这篇社论事实上也规定了认识方言文学问题的基本方向。在阶级问题上,文章重申了斯大林的看法:"语言的创造不是为了满足某一阶级的需要,而是为了满足全社会、满足社会所有阶级的需要。正是因为如此,所以创造出来的语言是全民的语言,对于社会是统一的,对于社会全体组成员是共同的。"[3]因此,"作家语言的人民性,决不是摹仿什么农民的可以达到的,也不是过度地堆砌方言、土语可以达到的;作家的语言达到人民性的条件是:明确、普遍为人理解、善于使用那无限丰富的并且不断在丰富着的全民语言所给予作家的一切资料。……丰富的全民语言在作家语言中显示得愈是深刻而全面,他的作品的语言也就愈是人民性的"。[4]

---

[1] 粟丰:《文学作品中的土语方言问题》,《长江文艺》,1955年6月号。
[2] 《编者按》,《文艺报》,1952年1月10日第1号。
[3] 苏联《文学报》专论:《文学语言中的几个问题》,《文艺报》,1952年1月10日第1号。
[4] 同上,1952年1月10日第2号。

至此,方言与阶级性之间的关系被完全颠倒。知识分子基于自我改造的要求而使用方言进行创作的行为反而被视为"非战斗的、非改造的态度"。[1] 随着1955年汉语规范化运动的全面推行,普通话正式取代方言成为"人民的语言",方言的阶级论基础彻底瓦解,此时,对于方言的使用非但与无产阶级立场无关,甚至被斥为"资产阶级的猎奇思想"[2],至此,方言使用者的自我表达的权力已经荡然无存。

民族共同语与无产阶级之间的历史连接的过程背后,是民族国家话语与阶级话语相互融合的过程。一方面,如前所述,自晚清以来,中国实质上处于一个不断被卷入世界民族国家体系的过程,而这一体系与资本主义的发展存在着内在的联系;另一方面,1949年之后的社会主义中国又试图在西方的资本主义道路之外尝试属于自身的现代化方案(社会主义现代化),以此规避西方资本主义所带来的种种弊端。实践中,这两种话语之间不断发生冲突并导致争论的发生,同时在争论中找到相互融合的方式,其结果是这两种话语最终都需要借助对方来表述自己,形成共谋[3],而在这融合的裂缝之处,则填满了方言使用者无法"言说"与"表达"的文化放逐。

---

[1] 李如:《关于语言问题的意见》,《文艺报》,1953年12月30日第24号。
[2] 焦菊隐:《现代汉语规范化与舞台语言》,《文艺报》,1955年11月15日第21号。
[3] 譬如蔡翔就观察到,在当时的农村题材小说中,"民族敌人"与"阶级敌人"往往被设计为同一人,"'民族敌人'同时必须是'阶级敌人',或者,反过来说,'阶级敌人'势必成为'民族敌人'"。见蔡翔:《国家/地方:革命想象中的冲突、调和与妥协》。

汪晖将这一融合过程称为"党—国体制"向"国—党体制"的转化:"一、政党自身处于一个'去价值化'的过程之中,政党组织的膨胀和政党成员在人口中所占比例的扩大并不能代表政党的政治价值的普遍化;二、政党日益向常规性的国家权力渗透和转化,进而在一定程度上成为'去政治化的'和功能化的国家权力机器。"汪晖《去政治化的政治、霸权的多重构成与六十年代的消逝》,《开放时代》,2007年第2期。

第四节　结论：汉语规范化运动与文学的平等政治

1955年10月26日,《人民日报》发表题为《为促进汉字改革、推广普通话、实现汉语规范化而努力》的社论,之后,关于方言文学的讨论基本上被纳入汉语规范化运动的轨道。1956年,全国范围内开始有领导有组织地开展以县为单位的方言普查,这显然是配合着推广普通话的需要,"方言之间的语音的变化是有一定的规律的,只要掌握了那些规律,互相间的转变就比较容易。"[1]短短几年间,共完成1849个点的调查,写出了1195种调查报告,学习普通话手册305种。[2]随着汉语规范化运动的展开,方言以及方言文学问题也逐渐失去了讨论的空间。

1959年11月26日,吕叔湘在《人民日报》上发表总结汉语规范化运动的文章《谈谈现代汉语规范化工作》,文中将《文艺报》组织的这场讨论视为对"书面语的规范化"的讨论,从而将其正式收编为汉语规范化运动的一部分。[3]

值得注意的是,汉语规范化运动同时包括了简化汉字与推广普通话两方面的内容,也就是说,它是以汉字拼音化为中心,同时重塑口语和书写语言的运动。这一特点实际上延续了中国近代语言运动的主导方向："言文一致"和"统一国语"。[4]然而,汉字简化并不是文字改

---

[1] 郭沫若：《为中国文字的根本改革铺平道路》,《人民日报》,1955年10月25日。
[2] 周振鹤、游汝杰：《方言与中国文化》,上海人民出版社,2006年,第10页。
[3] 吕叔湘：《谈谈现代汉语规范化工作》,《人民日报》,1959年11月26日。
[4] 清朝雍正八年,由于闽粤地区不通官话,清廷下令在四个城市设立正音馆,教　（转下页）

革的最终目标,而是汉字拼音化进程中的一个阶段。在讨论中,汉字始终被作为纯粹的记音符号加以使用,从而使得口头语(不论是方言还是共同语)能被直接记录在纸面上。在这一"音本位"压倒"字本位"的观念中,不论是方言的捍卫者还是共同语的推广者,都认为文字与文字之间形象上的差别无关意义的表达,字词之间意义的差别来自于其所记录的语音之间的意义差别。周立波更是提道:"文字,方言,是'我能往,寇亦能往',敌我双方都能利用的。"而当时的论者也普遍认为,能被方言表达的内容自然而然地也能被普通话加以同等的表达,这一论述背后所体现的语言文字与使用者的思想感情之间的分途,正是晚清以降工具论语言观的响亮回音[1],也只有当语言被作为一种工具时,语言表达的实践,才会仅仅被视为一种技术性的操作,从而逐出文化政治与权力斗争的领域。在这一脉络下,方言及其所承载的、方言使用者的整个生活世界的表达被去合法化,底层民众需要重新学一门新的语言,来重新结构、重新形式化自己的经验。

从晚清的《海上花列传》、"五四"刘半农的方言诗歌、新中国成立后赵树理的小说直到目下莫言、韩少功对方言的运用,方言文学的创作伴随着中国20世纪文学史的绵延发展,而对于方言文学的讨论本身,事实上也构成了进入20世纪中国文学的一条隐暗的通道,并提供

(接上页)学官话发音,并规定举贡生童不会官话者不得参加考试,以三年为限。雍正十一年又展限三年。民国建立之后相继出现的"注音字母"方案、"国语罗马字"运动等,都是这一历史过程中的产物。而汉语规范化运动也正是将自己视为这些历史实践在"全国人民已经团结、组织起来,在人民掌握政权、国家完成统一"(吴玉章:《文字必须在一定条件下加以改革》,《人民日报》,1955年10月24日)的新时期的延伸。

[1] 参见郜元宝:《音本位与字本位》以及《现代汉语:工具论与本体论的交战》,《当代作家评论》,2002年第2期。

了重新思考一些基本的文学概念与范畴的契机。借由对这次讨论的分析我们可以看到,"方言"与"国语"的二元对立并非自然存在,相反,它是中国在建立现代民族国家的进程中的历史产物,也是国家与地方之争在语言与文化领域内的回响。一方面,这一论争使我们有机会观察到现代性的暴力是如何吞噬、压抑丰富而多元的地方性因素及其美学表达,并将这过程描述为统一的、进步的、科学的历史运动。另一方面,它更要求我们跳脱出国家与地方对立关系,在具体的历史语境中追问"国家"与"地方"这两个概念的创制过程,以及这一过程所导致的各种美学产物。尤其重要的是,当"地方色彩"这样的概念在1980年代以后逐渐被去政治化,将自身打造成一个自律的审美范畴时,重新还原审美范畴与文化—政治之间的历史联结,就显得尤为重要。在这场讨论中我们可以看到,审美意义上的地方性,事实上是作为文化政治的剩余物而出现的,在这一认识的基础上,地方性在1980年代是在一个怎样的文化政治结构中的重新浮出历史地表的,或许是一个需要进一步审视的问题。

在以往关于方言文学的讨论中,国家/地方的关系已经得到了相对较为充分的重视与理解,然而在我看来,阶级话语,及其背后的社会主义平等政治的介入,或许是一个更值得讨论与反省的问题。作为民族革命与阶级革命的双重结果,共和国同时建立在这两种话语的基础之上。在战争期间,尤其是在延安时期,"方言"与"人民的语言"的历史关系被成功建构起来,它构成了工农兵群体,即未来的无产阶级的自我表达权力的合法性来源。然而,在新中国成立之后,这一合法性与民族主义话语对方言的排斥之间发生了潜在的冲突,其结果是,恰在这场关于方言的讨论中,方言文学/表达的阶级基础被逐渐拆毁。

更重要的可能是,在民族国家话语与阶级话语的这一冲突、调适与融合的过程中,不仅"工农兵"失去了(以方言来)自我表达的途径,同时,阶级话语也或多或少丧失了其历史能量。

由此,在文化政治的意义上重新打开这场讨论,分析其从"五四"的"文学的国语　国语的文学",中经战争与社会革命的重重运动,直至在新中国成立后所呈现出来的复杂面向,不仅能够描摹出方言作为一种文学语言的命运沉浮,更呈现了现代中国围绕着语言与表达之权力所展开的激烈斗争及其历史动力。惟其如此,我们才能超越个人/国家、政治/文学这些简单的对立范畴,进入社会主义文化政治的内在逻辑,反思在所谓"十七年"的短暂历史中于意识形态领域内开展的大量的文学批判运动,是如何深刻地嵌入到整个 20 世纪中国现代性的逻辑之中的。

当然,对方言文学的关注并不意味着重新提倡方言写作,毋宁说,它试图提醒我们重新反思自身关于何谓"文学"以及"文学"何为等一系列最为基本的命题,尤其是当"自我表达的权力"作为一个问题出现在我们面前,当"文学"内部的平等问题以"底层写作""打工者文学"等不同的形式不断浮上水面,我们能否从自身的文学实践的历史出发,有力地回应这些焦虑,或许才是我们在今天重提这场六十年前的方言文学讨论的意义所在。

2014 年 7 月 29 日　第六稿

附录三

广播员本雅明

广播员本雅明
新技术媒介与一种听觉的现代性

第一节 本雅明是怎么当上广播员的?

本雅明不太乐意别人提他在广播站工作这事儿,他觉得,这活儿有点上不了台面,挺跌份儿的。

也难怪,本雅明的爸爸是个有钱的古玩绘画商人,早年间在巴黎开银行发了财,转行开始买卖艺术品,也是挣得个盆满钵满。有了这样的家境,本雅明也乐得优哉游哉,从弗莱堡晃到柏林,从柏林跑到慕尼黑,又从慕尼黑转到伯尔尼,这才定下心,结了婚,生了个儿子,并在1919年写完了博士论文《德国浪漫主义的批评概念》。

论文写完,好日子到头,本雅明要出去找工作了。可当时的德国刚打完仗，工作不好找，兜兜转转没有结果，老婆孩子又得吃饭，本雅明没办法，只好拖家带口跑到柏林去啃老，在老父家住下。但柏林的情况也好不到哪里，市面一天天坏下去，通货膨胀倒越来越厉害，1923年，本雅明老爸的生意终于折了本，撑不下去了。

更糟糕的是，到了这会儿，本雅明还没找着工作。又要养家糊口，又要买书读书，又要结交朋友，偶尔还要搞搞婚外恋，没钱就成了大问题。于是，本雅明想着去大学里谋个教职。1924 年，他将刚完成的《德国悲苦剧的起源》送到法兰克福的歌德大学，作为教授资格论文提交（在德国，只有通过教授资格评审，才能当大学老师）。然而 1925 年结果出来，评审委员会的评语是"一片泥淖，不知所云"，没有通过，这下老师算是彻底当不成了，只得另找出路。[1]

说来也是运气，本雅明做学生时候交的好朋友恩斯特·肖恩（Ernst Schoen）这会儿正在法兰克福电台工作，位子坐得挺高，帮他开了个后门。1925 年 2 月 19 日，本雅明从法兰克福给索勒姆（Scholem）写信，信里说："我一直都在这里盯着看有没有什么机会，最后去申了一份电台杂志（其实是本副刊）的编辑工作。这是个临时工，但也有点难度，因为我们对报酬还没谈好。但好在肖恩在法兰克福广播电台当上了经理，已经干了几个月了，他帮我说了几句好话。"[2]

肖恩后来在法兰克福电台一路做到了艺术总监，靠着他，本雅明

---

[1] 本文关于本雅明生平的描述，依据 Howard Eiland and Michael W. Jennings, *Walter Benjamin: A Critical Life*, Belknap Press, 2016.
[2] Lecia Rosenthal, "Introduction," in Walter Benjamin, *Radio Benjamin*, Lecia Rosenthal ed., Verso, 2014, p. xviii. 出于篇幅考虑，下文中出自《本雅明电台》一书的引文仅在正文中注出页码，不作脚注。

总算在电台有了份活儿干。阿多诺后来说:"从学术计划失败,到法西斯主义兴起的这些年里,本雅明能有一份相对体面、自在的生活,在很大程度上要感谢肖恩的无私帮助。他当时是法兰克福电台的节目指导,为本雅明提供了稳定的工作。"(p. xix)

从1925年起,到1933年两人受不了政治压力离开电台为止,为电台写稿和播音成了本雅明的主要收入来源之一。在当时的德国,广播可是个新事物。地区性的电台广播于1923年10月才进入德国,而一年多以后本雅明就操持起这个职业,说来也算是元老了。

1927年3月23日,本雅明拿起话筒,在法兰克福电台播送了他的第一次广播,是个讲座,名字叫《青年俄罗斯诗人》。自此,他算是正式干上了广播员这个新行当,从此一发而不可收拾。1929年,本雅明进行了至少13次广播:8次在法兰克福,5次在柏林的儿童电台。1930年,播音数量达到至少37次,这也是他最高产的一年。1931年的数量稍微减小了一些,21次。1932年1至9月,13次;1933年,2次。(p. xix)

归总算来,自1927年到1933年,本雅明统共在柏林电台和法兰克福西南德意志电台写作、发表了有八、九十篇广播稿,而在绝大多数情况下,这些作品都由本雅明亲自播送。这些广播稿里,有一大半是为儿童节目写作的,其中的一些故事类作品可以长至20—30分钟。在这些儿童节目里,本雅明向孩子们谈起了柏林的城市变迁、谈起了自己的童年记忆,谈起各种真真假假的小把戏小骗局,也谈各种自然灾害,比如维苏威火山喷发啦、密西西比河水灾啦等等。在这些作品中,本雅明完全摒弃了艰涩、缠绕的哲学写作风格,转而开启了一种充满细节、形象与速写的生动的叙述文体。

除此以外，本雅明的作品还涉及如何向老板要求加薪（《涨工资？亏你想得出！》）这样的"实用"生活指南、谈论启蒙运动中关于文学品位与阅读普及性的论辩（《德国古典作家们写作的时候德国人读什么》）这样的知识性的讲座，以及利用广播特有的声音技术创作出的广播剧。

正当本雅明的广播员事业干得热火朝天时，愈演愈烈的纳粹运动使得公共媒介中的言论空间日益收紧。1932年7月，他写信给索勒姆提到："反动活动……已经影响到了我在电台的工作。"言下所指，则是当时巴本政府对广播的接管。这一年秋天，他又给索勒姆去信抱怨言路控制之严，表示自己"由于这些事件，这些最黑暗的思想，而完全被剥夺了我赖以生存的柏林电台的收入"。(p. xx)

在急转直下的政治情势中，本雅明的广播员生涯逐渐告一段落。1932年3月23日，本雅明结束了在柏林电台的最后一次播音，内容是一个儿童广播节目《1927年的密西西比水灾》。次年1月29日，他在法兰克福电台播出了最后一次节目，《未发表文集〈1900年前后的柏林童年〉选段》。而就在第二天，1933年1月30日，希特勒被任命为总理大臣，纳粹的火炬游行第一次向全国直播。

第二节　本雅明的广播文献

除了《1900年前后的柏林童年》外，本雅明的许多最终完稿或未完稿的重要工作，包括《打开我的图书馆》《拱廊计划》《德意志人》等，最初都曾以电台播音的形式发表过。但除此以外的广播作品，很少为人所知。事实上，本雅明当时的音频资料早已散失，我们已无缘"听到"

他的广播作品,而他的部分广播稿之所以得以保存下来,则完全是一个幸运的意外。1940 年本雅明逃往巴黎时,在自己的公寓遗留下了一部分档案,其中就包括了一部分广播稿的打字稿。盖世太保抄没了这些档案后,错误地将它们同《巴黎每日新闻》的档案装订在了一起,从而躲过销毁,幸免于难。后来,它们又被送往苏联,并于 1960 年左右运回东德。一开始被保存在波茨坦中央档案馆,后又于 1972 年转移到东柏林艺术学院的文学档案馆。而直到 1983 年以后,本雅明全集的编者才被允许接触这批档案。(p. xvi)

换句话说,要不是当初盖世太保一念之间的错误,本雅明的广播员生涯就将被一笔抹除了。1985 年,本雅明的儿童广播剧的打字稿首次结集出版,题为《儿童启蒙》[1],后来以《儿童广播剧》为名,收入《本雅明全集》的最后一卷。然而,本雅明所产出的与广播相关的文献材料远不止于此。希勒·雷格(Schiller-Lerg)曾将这些材料分为八类:故事、讲座、书话、对话、广播剧、样板剧、青年广播、校园广播。(p. xvii)这些材料四散在卷帙浩繁的全集中,使得一个作为"广播员"的本雅明形象始终淹没不彰。不仅他本人的广播实践及其对早期广播发展史的贡献不为人所知,他对广播这一新媒介的理论思考,也竟长期落在研究者的视线以外——尽管对新技术时代诸媒介形式的批判反思,始终是本雅明研究的重中之重。[2]

当然,这与本雅明本人对广播的消极态度也脱不了干系。他好像始终觉得,自己去干广播员这行,"仅仅是为了挣钱而已"(p. xix),算不

---

[1] Walter Benjamin, *Aufklärung für Kinder*, Suhrkamp Verlag, 1985.
[2] See Jaeho Kang, *Walter Benjamin and the Media: The Spectacle of Modernity*, Polity, 2014.

得什么体面的事业。1933年2月底,本雅明离开电台之后,索勒姆曾让他把自己的"广播作品"搜集起来,本雅明回信道:"我没能把它们收齐。我说的是广播剧,不是那堆数不清的讲座什么的。很遗憾,现在这些都结束了,除了解决点财务问题,它们没什么作用,但这也已经是过去的事儿了。"(p. 220)

一方面受到档案的限制,另一方面又受本雅明自身态度的影响,后世学界从图像复制讨论到电影媒体,独独跳过了他关于广播的理论与实践。在德语世界中,希勒·雷格的《本雅明与广播》是目前为止最为重要与详尽的研究;而在英语世界中,杰弗里·梅尔曼(Jeffrey Mehlman)的《孩子们的本雅明:论本雅明的电台岁月》[1]一书也触及了本雅明的儿童广播作品。然而除此以外,研究本雅明与广播的专著与论文屈指可数。

2014年,雷奇亚·罗森塔尔(Lecia Rosenthal)出版的《本雅明电台》一书终于首次汇集、编译了本雅明所有与广播有关的文献材料。借助这部文集,我们终于得以大致看清"广播员本雅明"的全貌。在这部近400页的文集中,罗森塔尔将所收录的44篇作品分成了四类:一、儿童广播故事,共29篇;二、儿童广播剧,共2篇;三、其他广播作品,包括谈话、广播剧、样板剧等,共8篇;四、本雅明在"线下"所写的关于广播的讨论文章,共5篇。在每篇文章之后,编者都附上了背景介绍与文献来源。此外,编者还整理了一份详尽的《本雅明广播作品编年目录》,共收条目100条(实际播出者87条、播出而日期不详者6

---

[1] Jeffrey Mehlman, *Walter Benjamin for Children: An Essay on his Radio Years*, University of Chicago Press, 1993.

条、未播出者7条),并提供了目前所能搜罗到的相关信息,包括作品标题、节目类别、播音时间、播出电台,以及档案存世情况。这份编目不仅再度证实了本雅明广播作品数量之庞大,同时也为之后的研究者绘制了一份可靠的地形图,以待进一步地探索。

尽管本雅明从未赋予这些作品以重要的地位,但通读这些作品我们依旧能够发现,本雅明在其中清晰地展现出了他对广播这一全新媒介所具有的形式与技术潜力的认知,尤其是内涵其中的政治性。对于本雅明来说,广播这一全新的社会传媒技术提供了一种特殊的社会教育形式。由此,他自己的广播实践可以被视为某种社会教育实践。在这一目标下,本雅明借助广播这一媒介进行了一系列叙事形式的实验,并试图创制出一种"参与式"的听觉实践与具有能动性的听觉主体。然而,这一听觉主体本身的结构性矛盾,以及1930年代德国的政治语境使得本雅明的实践不可避免地遭遇失败。但重要的是,通过对本雅明的广播实践的勾勒与思考,我们得以在"听觉经验"的方向上,再一次打开私人领域与公共领域、经验的可再现性、叙事形式、个体性与公共政治参与等一系列现代性的核心命题。

第三节 本雅明的广播教育:参与式听众与"判断力的训练"

1938年的世界广播大会上,一位与会者激动地宣称:"在这个世代所见证的所有奇迹中,广播无疑是最为神奇的。它为沉滞的声音插上了轻盈的翅翼。现在,我们就如同上帝一般,有能力向全人类发言。"[1]

这一宣言将对技术进步的乐观主义,纳入一种宗教启谕式的修辞之中,从而以吊诡的方式呈示出了现代性的自我张力。更有趣的是,它明确地表示,广播这一新技术媒介的"神奇"之处,正源于其急剧扩张的"听众"范围("全人类"),在于它所创制出的前所未有的普遍性/普及性中。

正是出于对这一普及性的体认,本雅明得以将广播转化为一种独特的社会教育方式。在《两种普及性:广播剧的基本原则》中本雅明指出,广播听众在量上的扩张,将会导致沟通与"教育"实践在质上的转变。在他看来,广播与书籍、演讲、报纸等旧有传播形式的不同,在于它"拥有空前强大的技术潜力,能同时对无数的大众说话"。旧有传播形式基于学术进展,并受限于专家学者的小圈子,但广播"寻求的是范围更加广阔力度也更大的普及",它"要求从关乎大众的立场出发,全面地改造材料,重新加以安排"。(pp. 369—370)

换句话说,传统的公众教育模式已经不适用于广播的时代。在这里,本雅明所批评的不仅是前代的公众教育模式,同时也包括一些同代人以广播为媒介的教育实践。事实上,借助戏剧与广播的合作以期发挥作品更大的教育作用的努力在当时绝非新鲜事物。然而,这些工作忽视了最为关键的因素:技术。在《戏剧与广播》一文中本雅明指出:"在与戏剧的关系中,广播所代表的技术不仅更新,而且曝光性更强。它无法像戏剧那样重回古典时代;拥抱它的群众的人数要多得多;最后且尤为重要的是,其设备所依赖的物质因素,与其节目所依赖

---

[1] John Potts, *Radio in Australia*, University of New South Wales Press, 1989, p.103.

的精神因素,两者是紧密交织在一起,以造福于听众的利益的。"(p. 366)因此,传统公众教育方式的问题在于,在技术的发展使得广播听众的数量趋于无限的情况下,它依旧延续着一种单向度的、说教式的、学者—听众的模式,而拒绝将"听众的利益"真正纳入考量。

与上述工具化的广播实践相反,本雅明提出了自己的公众教育理念,其重点已然不在于"知识的传递",而在于"判断力的训练"(p. 368),它将全面重塑"听众"与"知识"之间的关系:

> 它不能满足于用一时的刺激来吸引人们的兴趣,向好奇的听众们提供那些他们在古老的演讲厅里也能听到的东西。与此相反,我们所作的一切意在说服他,让他相信,就听到的内容而言,他自己的兴趣也是有着客观价值的;让他相信,他自己的疑问,即使没有通过麦克风说出去,也在呼唤着新的学术发现。通过这种方式,之前盛行的学术与普及之间的外在关系,就被仅凭学术自身所无法锻造的一种新的方式所取代了。在这里所出现的普及性,便不仅是在大众的方向上调动知识,而且也在知识的方向上发动大众。总之就是:民众的真实的兴趣总是能动的,它转变了知识的实质,并对知识的追求本身产生了影响。(p. 370)

"判断力的训练"的本质在于,广播的听众不再是消极的信息接收者,而是积极深入地参与进了这一交流形式与知识生产过程。更准确地说,广播的民主性,并非其在更大范围内**分配**既定知识的能力,而是它**生产**知识与判断力的方式。在这里,听众的判断、参与与能动性,要比播音者的知识更为重要。在《对广播的反思》一文中,本雅明将"歌剧观众、小说读者、休闲旅行者等人"与广播听众作了比较,前者是"迟钝而无言的大众———一个最狭隘意义上的受众,既没有自己的判断标准,也没有表达自己情感的语言"。他们绝无可能施展自身的批判性思考。用本雅明的话说,他们被"彻底丢弃了"。(p. 363)与之相反,广播的技术与形式则向它的听众"要求"批判性的判断:

> 只须稍作思考,便能辨明差异。从来没有人会像一个刚听了一分钟演讲就转台的听者那样任性,没读几行就啪的一声合上书本。……人们只需要想一想广播听众(他们与其他任何一种受众都不同)在自己家里收听节目的情况,在这里,广播里的声音就像一个来访的客人,从他登门的那一刻起,就开始受到(听众)迅速而锐利地评估了。(pp. 363—364)

换句话说,本雅明认为,人们之所以不会在短时间内合上书本,却会在短时间内换台,是由于后者要求听众迅速而锐利地对其内容作出评估。也就是说,广播的技术与形式特征具有一种潜力,它将驱使听众去运用他们的批判性的判断力来评估播音者的"声音、措辞和语言",由此发展出一种"作为听众的专业能力"。(p. 364)换句话说,"转台"或"关闭(广播)"这个简单的动作,事实上是对于判断力的表达与实践,是一种参与的形式。在这一过程中,面对广播内容,听众"迅速而锐利地"评估自身的社会与政治现实、认知自身的利益、从而获得对于主体与客体的更为深入的理解。用本雅明的话说,广播媒介使得听众有可能去"凝神反思自己的真实反应,以便使这些反应变得更尖锐,并证明产生这样的反应是有道理的"。(p. 363)

因此,作为一种新的通讯与交流形式,广播提供了一个可能的空间,使得听众的批判性判断力能够得到锤炼。在这一过程中,它将听众从消极的消费者/接受者——歌剧观众、小说读者、休闲旅行者——转化为积极的参与者与实践者。正是在这个意义上,我们才能理解本雅明的如下断语:"广播的好处就在于只要有机会就能把任何人带到麦克风前,让大众得以见证那些谁都可以说上一嘴的访谈和对话。"(p.363)在这里,本雅明并非在召唤一个仿佛每个人都能向"全人类"发言的乌托邦幻境,相反,他所强调的是,电台所特有的技术与形式特征具有一种潜力,它有可能建构出一种具有批判性判断力的积极的、参与式的听觉主体,从而克服古典戏剧与小说阅读过程中,"表演"与"观众"之间的根本性的分离。

第四节　作为"说故事的人"的广播员

既然在本雅明看来,广播的形式与技术特征提供了训练听众之判断力的可能性,那么接下来的问题自然是:他是如何通过在自己的广播节目中的形式构造与叙事实验,来实现这一潜力,动员听众的批判性参与的呢?

1931年,本雅明撰写了一份《广播剧模板》,意在为广播剧的形式提供指导原则。这里所谓的"形式",从广播剧的结构、播音员的作用、剧情的构造、一直到人物/声音的数量、结局的设定等,堪称面面俱到,巨细弥遗,其论述之详尽琐细,从下面的引文中可见一斑:

> 在每部样板剧中,播音员均出现三次:在一开头告诉听众接

下来的话题,并介绍广播剧第一部分中出现的两个人物。这一部分包含的内容是一个反例,即**错误**的做法。在第一部分结束后,播音员再次出现,点明之前的错误所在,然后向听众介绍一个新角色,这一角色将在第二部分中向观众展示在同样场景下的**正确的**做法。在全局结尾处,播音员应将错误的方式与正确的方式做一比较,并说明本剧寓意。

因此,所有样板剧都只有不超过四个主要的声音:1)播音员的声音;2)在两个部分中都出现的一个人物;3)第一部分中犯错误的人物;4)第二部分中做法正确的人物。(p.373)

本雅明自己的广播剧,正是严格按照上述原则写成的。以《涨工资?亏你想得出!》(由本雅明与沃尔夫冈·扎克合撰,1931年2月8日、3月26日分别由柏林电台与法兰克福西南德意志电台播出)为例,正如其标题所示,此剧的主题是讨论向老板要求加薪的策略。用本雅明的话说,这是一个"典型的日常生活中的场景"。(p.373)在此剧开场之初,播音员在与他的搭档"怀疑者"的对话中,向听众介绍了这一主题。"怀疑者"提出,在"像现在这么糟糕的境况里",要求涨薪是一件不可能的事情。随后,两人一并消失。接下来出现的,是一个名叫扎奥德尔的职员和他的老板之间的对话,前者试图让后者给他加薪。其后,播音员回归,总结了上述场景中扎奥德尔所犯下的七个错误,并向听众引介了一位叫马克斯·弗里希的职员,以向我们"展现"要求加薪的正确方式。随后,自然是弗里希登场,并成功地在与老板的协商中拿到了30%的涨薪。在本剧结尾处,播音员再度出现,向听众揭示了弗里希"成功的秘诀":"那些愤愤不平的失败者是永远不会成功的。

成功属于那些在失败后从不抱怨,从不放弃的人。"(pp. 293—302)

这种心灵鸡汤式的格言,与我们熟悉的本雅明的写作实在是大相径庭——也无怪乎本雅明不愿别人搜集他的广播作品了。然而对我们的讨论来说,重要的不是他作品的**内容**,而是其再现**形式**。在这个作品中,本雅明没有以一种说教式的、讲座式的形式,来教导听众何为正确的行为方式。相反,他构造了两个具体的场景,以展现人们在这些场景中的所作所为。在这一过程中,听众本身被纳入场景设定,置身于雇员与老板的谈话之中。换句话说,听众并非像在聆听一场讲座一般聆听这出广播剧,相反,他们在"经验"这些场景,他们需要"在场"地调动自身的判断力,来分辨、回应、参与这些场景。

在这里,听众之所以能够被纳入场景之中,正是得益于广播的声音录制与播音技术。在这些样板剧中,实时录音技术与多重声效技术将听众完全置于一种拟真的环境中。敲门声、关门声、椅子倒地声、人们的喧哗叫闹声、锣鼓声、掌声、铃声、玻璃破碎声、雷声、唱诗班歌声……20 年代末 30 年代初的普通电台听众有史以来第一次暴露在如此新颖繁复的声效技术之下。这些技术有效地将他们纳入故事之中,并将他们所处的场景(常常是家居环境)转化为故事的"声景"——或者说,用故事的"声景"覆盖,乃至取代了听众自身所处的场景。与此同时,听众们也从消极的接收者成为了这一声景中的一员。播音员无须将故事的场景与内容发展,转化为冷冰冰的"信息"以"告知"听众,更无须为听众解读、阐释故事。相反,借由这些音效,广播剧要求听众去"经验"故事,去积极地调用自身的判断力来察知、分辨故事中发生了什么。也就是说,听众自身对于种种声音的体验、判断与阐释,事实上已经成为叙事推进的内在组成部分。

在《卡斯帕尔周围的喧闹声》(1932年3月10日、9月9日分别由法兰克福西南德意志电台、科隆电台播出。此剧现存部分音频,但其中没有本雅明的声音)一剧中,本雅明借助各种各样的音效技术,创作了一系列悬疑与谜面,并要求听众们动用自己的想象,来判断这些声音的真正含义。听众可以将自己对故事的解答邮寄到电台,以换取奖品。(p.220)这个例子以最明晰的形式,表明了本雅明对听众之参与的重视。听众对声音的判断与阐释,不仅仅会导致对某个既定的故事的不同理解,它还将彻底重构故事内容本身。也就是说,离开了听众的判断力、离开了听众的参与,连叙事本身也将不再完整,乃至不复存在。

对于"口传"的偏好、对于"经验"而非"信息"的强调、对于听众参与的重视,广播剧这种种特征不免让人想起本雅明1935年(离开电台两年后)发表的名文《讲故事的人》。在此文中,本雅明写道,讲故事的人具有"交流经验的能力",他"取材于自己亲历或道听途说的经验,然后把这种经验转化为故事听众的经验",乃至"与听众的经验融为一体"。在资本主义社会中,主导性的交流方式是"信息",而所有的"信息"在传到我们耳边时,都"早已被解释得通体清澈"。与之相对,讲故事的艺术则要求"在讲述时避免诠释",避免将"事件在心理上的因果联系强加于读者",而应将"作品留给读者,让读者以自己的方式进行阐释"。[1]

尽管"信息"与"经验"的对立、对读者/听众的参与性的重视、艺

---

[1] Walter Benjamin, "The Storyteller: Reflections on the Works of Nikolai Leskov," in *Illuminations: Essays and Reflections*, ed. Hannah Arendt, Schocken Books, 1969, pp.83-91. 引文参考了王斑、张旭东的译本,有改动。

形式的社会政治意涵等主题均是贯穿本雅明整个思想过程的重要问题，然而，本雅明在广播剧创作中的形式与技术实践，和他对"讲故事的人"的理论阐述之间的深切呼应，依旧指向了一种可能性：即本雅明关于"讲故事的人"的构想，与其说是源于那些神秘的、"与我们疏远，并且越来越远"的工匠们，或许更接近于电台广播这一现代的新技术媒介的发展。在这个意义上，本雅明的广播事业或许能够为我们提供一些线索，来历史地追溯本雅明笔下那些歧义而诱人的概念，比如"讲故事的人"。

第五节　极权主义政治中的听觉主体

在广播发展过程中所出现的种种声音技术中，本雅明敏锐地发现了一种潜在的可能性，即通过这些技术的运用，我们有能力创造出一种新的艺术形式，它不仅内在地要求读者/听众的主动参与，同时能够籍此训练读者的判断力。由此，一种全新的、参与性的、批判性的、交互性的知识生产方式及知识主体便有可能被构建出来。

然而，本雅明绝非简单的技术乐观主义者，对于广播所建构的听觉主体的独特构造，尤其是其内在的张力，本雅明始终保持着清醒的认识。随着纳粹的兴起，本雅明的这一认识也愈发明晰与锐利。

就在本雅明结束广播工作的第二天，希特勒当选总理大臣。本雅明曾提到，他曾通过广播听到了希特勒在国会大厦前的演讲，事实上，他非常清楚电台在政治动员中所能起到的作用。在《机械复制时代的艺术作品》一文的一个脚注中，本雅明论及了广播在纳粹崛起中的作用：

由机械复制所导致的展现方法的变化也运用于政治领域。当前资产阶级民主的危机中包含了一种社会条件的危机,这种社会条件决定了对统治者的公共形象的再现。民主将政府中的一员直接地、个人化地展现在国民代表的面前。国会成了他的公众。照相与录音设备的发明使得演说家能够被无限数量的人们所听见、看见,政治家在照相机、录音机前的表现成了决定性的事物。国会和剧场一样,被弃之不顾。广播与电影不仅影响了职业演员的功能,也同样影响了那些将自己展现在这些机械装置之前的人,那些统治者的功能。尽管他们的任务不同,但这种变化却同样地影响了演员和统治者。现在的趋势,是在某些特定社会条件下,去建立起一种可控的、可传递的技巧。这导致了一种新的选举,在这场机械设备面前的选举中,电影明星和独裁者成了最后的赢家。[1]

在这里,"一种新的选举"所指的无疑是纳粹的上台。事实上,本雅明早已注意到,大量新电台的建造的"真正原因",恰在于"政治。战争需要长期的宣传机构"。(p. 372)广播与电影影响"无限数量的人们"的能力,从根本上改变了政治领域中的"公众"的概念。借助这些新的通讯技术,群众动员,或者说政治宣传,变得前所未有的简单与高效。阿伦特曾指出,在极权主义运动中,群众缺乏"对共同利益的意

---

[1] Walter Benjamin, "The Work of Art in the Age of Mechanical Reproduction," in *Illuminations*, p. 247. 引文参考了王斑、张旭东的译本,有改动。

识",他们是"中立的,在政治上是冷漠的"。[1] 而在这里,本雅明所强调的是,正是广播与电影的发展使得纳粹有可能将这些中立的、冷漠的人群组织起来,并锻造成"群众"。技术手段在这些人中间建立起了某种联系:他们形成了某种想象的听觉/视觉共同体。在这个意义上,极权主义的出现,至少部分地要归功于现代通讯技术的发展。当政治环境不允许人们"换台"或"关机",当广播节目的内容完全被宣传的"信息"而非"经验"霸占,或者用阿伦特的话说,当广播节目的内容被收编入一种包罗万象的宏大叙事、一种"逻辑"、一种笼罩性的阐释,结局便是可以预料的:为本雅明所反对的工具化的广播实践主导一切,广播成为意识形态国家机器,成为法西斯主义的"巨大的教育机关",由此彻底地扼杀了人们的批判性判断。

在某种意义上,本雅明之所以极力推动一种参与式的(而非工具化的)广播实践,正是因为他意识到了广播所具有的双面性。而这种双面性的根源,恰在于广播所塑造的听觉主体的独特构造,尤其是其"个体性"。本雅明指出:"广播听众几乎始终是一个孤独的个体;即便你的声音能够为数千人所听到,这数千人也始终是数千个孤独的个体。因此,你采用的说话方式,应当是面对一个——或者无数个——孤独的个体时的说话方式,而绝非是面对集合在一起的人群时的说话方式。"[2] 听觉主体的这种个体性导致了两个结果,一方面,广播使得

---

[1] Hannah Arendt, *The Origins of Totalitarianism*, Harcourt Brace & Company, 1973, p. 311.
[2] Walter Benjamin, "On the Minute," in *The Work of Art in the Age of Its Technological Reproducibility, and Other Writings on Media*, ed. Michael W. Jennings, Brigid Doherty, and Thomas Y. Levin, Belknap Press, 2008, p. 407.

这些个体有可能、有机会独立地训练他们的批判性与判断力;另一方面,广播也暴露出这些个体的脆弱性。

广播剧《卡斯帕尔周围的喧闹声》表明了本雅明对这种脆弱性的洞察。此剧有两个主要人物,一是卡斯帕尔,一位知名人物,"孩子们的老朋友",二是马尔施密特先生,一位播音员。马尔施密特试图邀请卡斯帕尔去电台做节目,而卡斯帕尔则始终拒绝邀请。故事很快发展成了一场猫和老鼠般的追逐游戏。卡斯帕尔一路穿过广播站、火车站、游乐园、动物园等,试图避开马尔施密特的追踪。当他最终回到家,却发现他早已在自己不知情的情况下为电台献了声:

> 马尔施密特:笑到最后的人才笑得最好。我们电台人可比你聪明多了。当你在城里干那些丢人的勾当时,我们已经偷偷地在你房间里的床底下安上了麦克风。现在我们已经录下了你说过的所有东西,我现在正好给你带来了一份。(p. 219)

就在本雅明创作此剧的同年(1932),对广播的控制权被收归国有。在这一语境下,我们很难不将马尔施密特视为某种国家权力的隐喻,甚至将整个故事读作一则关于社会监控的寓言。[1] 在这个故事中,听觉主体的脆弱性被清晰地展现出来。一方面,工具化的广播实践延续了节目创作者与听众之间的隔离。听众无由参与,乃至了解广播内容的生产过程(后者是"偷偷地"生产的),于是,听众被置于一种盲目的状况中。与此同时,广播却又有能力渗透、深入个体听众的生

---

[1] 有趣的是,这个逃避广播的故事,正是以广播技术手段所再现出来的。

活,影响、干预个体的生活。在由此产生的不平等的权力关系中,广播的生产者便有可能操弄盲目的听众,将其纳入自身的意识形态轨道。

在另一方面,这个故事提醒我们,广播技术不仅包括声音的传播,还包括声音的录制。而正是在后一个维度中,广播通讯技术悖论性地成为了一条名符其实的"双向街":当听觉主体在聆听国有电台广播时,国家也正在聆听听众的生活。由此,此剧中的广播节目的"录制"过程,恰恰呈现了国家机器借由新的声音技术手段进入、占领个体私人领域("房间里的床底下")的过程。然而,这绝不意味着节目创作者与听众之间的隔离被取消了。它所表明的是,这一隔离并非是空间性的,而是结构性——政治性的。

第六节 世界声像的时代?

本雅明在广播技术的发展中发现了一种参与式实践与判断力训练的可能,基于这一认识,他提出了自己的广播教育方案,并创作出独特的声音叙事形式,其特征与他之后提出的"说故事的人"之间极其接近。与此同时,本雅明也意识到潜藏于工具化的广播实践中的威胁,以及广播所造就的听觉主体的脆弱性。随着纳粹运动的兴起,这一威胁日益显明地呈现在人们的日常生活之中。在这些文献中,本雅明虽然没有对广播作出系统的理论考察,然而,他所涉及的新的声音传播与录制技术、广播作品的形式实验、听觉主体的构形与特征、政治参与和动员等诸议题,无不触及现代性的核心命题,并为我们的进一步思考,提供了有效的思想工具与起点。

在儿童广播剧《冷心》里,本雅明为广播提供了一个空间化的隐喻:声域(Voice Land)。在声域中,除了广播传输的声音(以及对声音的聆听)之外,一无所有。一旦进入声域,你发出的声音就将同时被成千上万的孩子所聆听。而进入声域的条件,则是彻底放弃外在的形体,放弃肉身,将自己化为纯粹的声音的存在(pp. 224—225)——事实上毋宁说,整个声域世界,都是以声音的方式存在的,借用海德格尔的话,"声域"是一个"世界声像"。

"声域"的意象,逼使我们去思考广播的本质。在某种意义上,"声域"所指向的,事实上正是现代声音技术背后的那个座架(Gestell)。它先于、并支配着关于声音的技术理念与实践,以及由这些理念与实践聚集而成的声音的现代性。在这个意义上,我们对声音的现代性的讨论,正是对一种"世界声像"——世界作为声音,人作为听觉主体——的讨论。本雅明所留下的这些零散的文献的意义,正在于它再度打开了我们思考技术——尤其是媒体技术——之发展与现代人类存在之关系的空间。其中所涉及的论题,亦必将超越广播本身,而延伸至书本、戏剧、电视、电影、网络等一切新旧媒介,而广播员本雅明,也将继续被"无限数量的人们"所聆听,并向我们发问。

2016年2月20日　改定

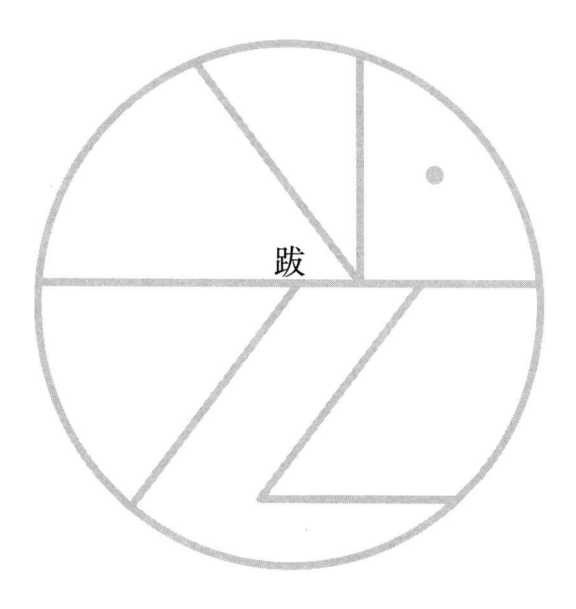

跋

跋

本书从动议到完成,是一系列的巧合、乃至意外的结果。

2017年六七月间,我回上海为博士论文继续收集资料,并与金理聊起自己的课题,讲到其中的一部分,计划以声音与听觉为线索,切入中国左翼文学运动,试图激发一些新的讨论的可能性。其时,恰逢他在着手组织"微光"文丛第二辑,他便鼓励我将这一部分内容以比较充分的方式写成单独的著作,加入文丛。"微光"是一套以"批评家集丛"的名头召集起来的著述,在第一辑出版后,已然引起了诸多关于文学批评的讨论,继续推进,也必将带来更多关于同时代人的消息与洞见。在其中忽然掺入这样一本关乎三代以前人事的文学史著作,近乎鱼目混珠,我在忐忑之余,深味这一鼓励背后的提携与情谊,并愿报之以更多的努力。

自确立主题开始,本书的计划内容经历了诸多调整。在最早的设计中,"有声的左翼"确乎试图涵盖更为全面的、包含更多文类与实践方式在内的左翼文学运动。然而,由于左翼诗朗诵材料的丰富和问题的不断延展——或者不如更诚实地说,由于自己的怠惰和拖延,目下所完成的,仅仅是最初计划中的一个部分。(事实上,即便是这个部分,也尚有许多缺漏,关于这一点,我在正文最后一章最后一节有更充分的说明)。结果是,这部书在某种意义上成为了一部诗歌研究的专著。这样一个自找的意外,每每想起,总令自己诚惶诚恐。对于诗歌研究领域，我是完全的门外汉，以这样一部作品闯入其中，将会获得怎样的回应与批评，更是毫无把握。在最初为本书定名时，我特地在"有声的左翼"后面补上了"笔记"二字，意在强调它的仓促与粗疏，虽然后来由于不合体例而删去了"笔记"，但它作为一部尝试之作的定位，依旧是我想在这里特为强调的，我也期待着来自更为专业的学者的教诲与意见。

由于本书正文部分在内容上的单薄，我补入了三篇论文作为附录，对此需要略作一些说明。我对中国现代左翼文学运动的比较系统的研究尝试，始于硕士期间对左联历史与组织脉络的考辨。然而这一工作并没有最终完成，其中的一部分成为我后来的硕士论文，另一些则依旧以笔记与草稿的形式停留在电脑里。2016年中，由于应《上海书评》之约为再版的《懒寻旧梦录》撰写一篇书评，我便以"两个口号"论争为线索，简单地整理了自己对左联内部的"共管体制"及其危机的分析，形成了《"四条汉子"是怎么来的？》一文。如果说我对左翼诗朗诵的研究侧重于理论探讨或文本分析，那么以这篇文章，我希望能够凸显出始终伴随着左翼文化运动的"组织"问题。

附录中的第二篇《方言如何成为问题？》最早发表在《现代中文学刊》。算起来，它应当是我所写作的第一篇正式的学术论文，经过无数大小更动，才总算形成了大体可看的面貌，其幼稚和粗疏可以想见。之所以不揣谫陋收在这里，是因为在关于左翼诗朗诵的话语和实践中，语言的选择、尤其是方言问题的重要性，随着运动的日渐深入而愈发重要。要充分打开这些论述，将要求我在与现有讨论略有差异、同时也是更为广阔的实践脉络和理论视野里，去展开、说明这些材料——而这恰是我无力在本书中完成的。《方言》一文的讨论对象虽然是1949年以后的一场关于方言文学的具体论争,但其中涉及的某些核心论题,尤其是方言、大众化、民族主义及其与再现之权力的复杂辩证,在1930年代的讨论中便已经初露端倪。因而我也希望能以此文,稍微弥补一下自己讨论中的缺失。

上述这两篇文章的研究与写作,自始至终都是在我的导师张业松老师的指导下完成的。或者更准确地说,我对"左翼"的最初的学术兴趣与贸然研究的勇气,正是在张老师指导下的各种训练中——史料阅读、作品原文校核、研究资料编纂、学术著作研读、概念理论的论析释读、外文论著翻译、论文写作与修改等——生长出来的。在此次请他作序的过程中、在他对序文的修订中,我也再次领会到莫大的鼓励和周到的提点。那么,本书也将一如既往地作为向他汇报的一次小小的功课,等待导师的批评。

在出国以后,我逐渐对声音研究发生兴趣,《广播员本雅明》(后来发表在《热风》集刊上)正是在这一阶段的产物。此文虽然不以中国现代文学文化现象为讨论对象,但其中涉及的声音媒介、对听众的动员、能动的、参与性的文化政治及其危机,却都是本书所关照的核心命题。以本雅明的理论思考为中介,我希望展现以声音为切口,重新进入现代性论述的一些关节所在的可能性,及其所能打开的新的空间。

附录三篇文章的写作,各有自身的动机和背景,放在这里,竟也多少都与正文产生了这样或那样的对话。原因或许是,"有声的左翼"这个题目,恰巧站在了我长久以来的两条兴趣线索的交叉点上,我的博士论文也正是在这一点上展开自身的工作。正如业松老师在《序》中所说,本书的讨论是我为博士论文所作的准备的一部分。我的整部博论,则将试图清理20世纪中国启蒙与革命的变奏中,各种各样的"人声"实践形式、发声技艺、声音再现以及声音制作技术被赋予的意涵及其起到的作用。并由此出发，尝试揭示错综的意识形态对立和文化纷争之下的情感动员、身体再造、感官技术的运作机制和政治后果。这些讨论将我们带回到对"有声的中国"的漫长追寻与矛盾往复中。在那里，自鲁迅在中国现代性的起点处对"声之善恶"的思考起，一系列关于"声"的话语与实践便在国族政治、社会运动、文艺形式、生物知识、技术复制的复杂网络里缓缓展开。

本书所涉及的内容，乃至我的整部博士论文所能揭开的，仅仅是这一图景的一角而已。即便如此，其中涉及的诸多头绪和线索，业已常常使我感到捉襟见肘。在此，我希望特意感谢我在圣路易斯华盛顿大学的两位导师，陈绫琪教授和马钊教授。他们不仅允许、支持我选择了这个相对偏门的论题，更以他们的智识和经验，从字词句法的修正到问题意识的研磨，时时校正我的写作方式与研究方向，并在生活乃至志业的思虑上，给予我周全和悉心的指教。他们的包容与倾力帮助——当然，还有 deadline——是我敢于以这一论题完成博论的最大动力。

当然，我所得到的帮助远不止于此。就本书的写作和出版而言，上海文艺出版社胡远行老师的支持和鼓励，本书责编胡曦露和余雪雯在校阅时的细心和对我的无限拖沓的容忍，以及中国作家协会和上海文化发展基金会对本书的资助，都是应当深致谢忱的。本书初稿完成以后，我有幸得到了多位师友的审慎意见，此外，本书中的部分内容曾发表在《文学评论》、《文艺研究》、《现代中文学刊》和《文学》等刊物上，这些刊物的编辑与外审专家们也在审阅过程中提出了中肯的建议。所有这些帮助与教益都已经融汇在我对书稿的修订中，成为对我的感激的、并不足够的证明。至于在构思、准备本书过程之中、乃至之前的无数会议上下的研讨问答、资料文献的分享与帮助、日常生活中的交流辩难、甚或未动笔时所收到的期待和催迫,就更未及在这里一一列出,并给予它们应有的谢意了。

  本书的写作,是一系列巧合与意外的结果,而我深知,正是上面这些具体而微的实感,使得意外带来的忐忑与惶恐里,也慢慢渗入了嘤鸣相应的绵长惊喜。一部著述的完成容有尽时,但濡染其中的帮助与情意则无以标定始终。狂风乍起,彗星出现,所有的巧合与意外,都已经在漫长的生活里准备好了自己的出场。

  是为跋。

康凌

2019 年 11 月 30 日

圣路易斯

参考文献

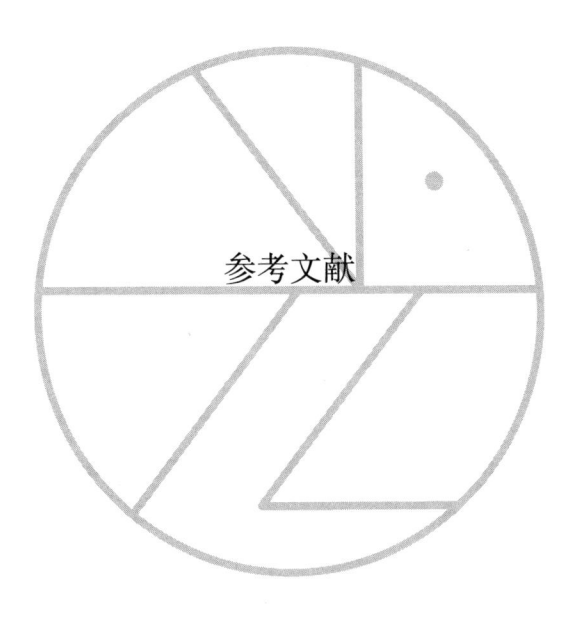

一、史料文献与文学文本：

[1]《北斗》全辑

[2]《萌芽月刊》全辑

[3]《拓荒者》全辑

[4]《文艺报》全辑

[5]《新诗歌》全辑

[6]《发刊词》,《歌谣周刊》第1号,1922年12月

[7] 艾青:《艾青全集》第3卷,花山文艺出版社,1991年

[8] 戴望舒:《望舒草》,上海现代书局,1933年

[9] 冯乃超:《宣言》,《时调》第1期,1937年11月1日

[10] 冯雪峰:《有关一九三六年周扬等人的行动以及鲁迅提出"民族革命战争的大众文学"口号的经过》,《新文学史料》,1979年第2辑

[11] 高兰编:《诗的朗诵与朗诵的诗》,山东大学出版社,1987年

[12] 郭沫若:《论节奏》,《创造月刊》,1926年第1卷第1期

[13] ———《为中国文字的根本改革铺平道路》,《人民日报》,1955年10月25日

[14] 洪深:《戏的念词与诗的朗诵》,美学出版社,1943年

[15] 胡适:《答黄觉僧君折衷的文学革新论》,《新青年》第5卷第3号,1918年9月15日

[16] 黄绳:《方言文艺运动几个论点的回顾》,《方言文学》第 1 辑,香港新民主出版社,1949 年

[17] 黄药眠:《中国化与大众化》,香港《大公报·文艺副刊》,1939 年 12 月 10 日

[18] 胡愈之:《我所知道的冯雪峰》,《新文学史料》,1985 年第 4 期

[19] 克拓:《铁匠》,《诗歌》创刊号,1933 年 4 月 16 日

[20] 林庚:《新诗格律与语言的诗化》,经济日报出版社,2000 年

[21] 罗念生:《罗念生全集　第九卷:从芙蓉城到希腊》,上海人民出版社,2004 年

[22] 梁实秋:《歌谣与新诗》,《歌谣》第 2 卷第 9 期,1936 年 5 月 30 日

[23] 粟丰:《文学作品中的土语方言问题》,《长江文艺》,1955 年 6 月号

[24] 吕叔湘:《谈谈现代汉语规范化工作》,《人民日报》,1959 年 11 月 26 日

[25] 鲁迅:《鲁迅全集》,人民文学出版社,2005 年

[26] 毛泽东:《毛泽东选集》第 3 卷,人民出版社,1991 年

[27] 茅盾:《我走过的道路》,人民文学出版社,1997 年

[28] ———《杂谈方言文学》,香港《群众》周刊第 2 卷第 3 期,1948 年 1 月 29 日

[29] ———《再谈"方言文学"》,《大众文艺丛刊》,1948 年第 1 辑

[30] ———《关于艺术的技巧——在全国青年文学创作者会议上的报告》,《文艺学习》,1956 年 4 月号

[31] 穆木天:《流亡者之歌》,上海乐华图书公司,1937 年

[32] ———《怎样学习诗歌》,生活出版社,1938 年

[33] ———《大众化的诗歌与旧调子》,《大公报》,1937 年 12 月 8 日

[34] 任钧:《关于中国诗歌会》,《月刊》1946 年第 1 卷第 4 期

[35] ———《新诗话》,国际文化服务社,1948 年

[36] 蒲风:《抗战诗歌讲话》,诗歌出版社,1938 年

[37] 普列汉诺夫:《艺术论》,鲁迅译,收《鲁迅译文集》第6卷,人民文学出版社,1958年

[38] 石灵:《新诗歌的创作方法》,天马书店,1935年

[39] 沙鸥:《关于方言诗》,《新诗歌》第2号,1947年2月15日

[40] 邵荣芬:《统一民族语的形成过程》,《中国语文》,1952年9月第9期

[41] 森山启:《文学论》,廖芯光译,读者书房,1936年

[42] ———《社会主义的现实主义论》,林焕平译,希望书店,1940年

[43] 滕固:《滕固艺术文集》,上海人民美术出版社,2003年

[44] ———《滕固美术史论著三种》,商务印书馆,2011年

[45] 王亚平:《都市的冬》,上海国际书店,1935年

[46] ———《十二月的风》,诗人俱乐部,1936年

[47] ———《海燕之歌》,上海联合出版社,1936年

[48] 王训昭编:《一代诗风:中国诗歌会作品及评论选》,华东师范大学出版社,1996年

[49] 吴玉章:《文字必须在一定条件下加以改革》,《人民日报》,1955年10月24日

[50] 徐迟:《诗歌朗诵手册》,集美书店,1942年

[51] ———《〈最强音〉增订本跋》,《诗》第3卷第3期,1942年8月

[52] ———《徐迟文集》第1卷,长江文艺出版社,1993年

[53] 徐懋庸:《徐懋庸回忆录》,人民文学出版社,1982年

[54] 夏衍:《懒寻旧梦录》,中华书局,2016年

[55] 岳浪:《路工之歌》,诗歌出版社,1935年

[56] 杨骚:《急就篇》,引擎出版社,1937年

[57] 朱光潜:《诗论》,北京出版社,2014年

[58] 朱自清:《新诗杂话》,作家书屋,1949年

[59] ———《〈新诗歌〉旬刊》,《文学》第 1 期,1933 年 7 月 1 日

[60] 周作人:《自己的园地》,北京十月文艺出版社,2011 年

[61] ———《谈龙集》,北京十月文艺出版社,2011 年

[62] ———《看云集》,北京十月文艺出版社,2011 年

[63] 周定一:《论文艺作品中的方言土语》,《中国语文》,1959 年 5 月号

[64] 中国社会科学院文学研究所编辑组:《左联回忆录》,中国社会科学出版社,1982 年

二、研究专著:

(一) 汉语部分

[1] 程凯:《革命的张力:"大革命"前后新文学知识分子的历史处境与思想探求(1924—1930)》,北京大学出版社,2014 年

[2] 陈世骧:《中国文学的抒情传统》,三联书店,2015 年

[3] 陈太胜:《声音、翻译和新旧之争:中国新诗的现代性之路》,湖南人民出版社,2016 年

[4] 黄宗智编:《中国乡村研究·第二辑》,商务印书馆,2003 年

[5] 卢莹辉编:《诗笔丹心:任钧诗歌文学创作之路》,文汇出版社,2006 年

[6] 石凤珍:《文艺"民族形式"论争研究》,中华书局,2008 年

[7] 宋佳芹编:《中国神话与民间传说》,北方妇女儿童出版社,2014 年

[8] 唐小兵:《不息的震颤:论二十世纪诗歌的一个主题》,《文学评论》2007 年第 5 期

[9] 谢保杰:《主体、想象与表达:1949—1966 年工农兵写作的历史考察》,北京大学出版社,2015 年

[10] 温铁军等:《解读苏南》,苏州大学出版社,2011 年

[11] 汪晖:《现代中国思想的兴起》,三联书店,2004 年

[12] 颜同林:《方言与中国现代新诗》,中国社会科学出版社,2008年

[13] 张桃洲:《声音的意味:20世纪新诗格律探索》,人民文学出版社,2014年

[14] 张闳:《声音的诗学:现代汉诗抒情艺术研究》,上海书店,2016年

[15] 张建民:《国语语音与现代白话新诗音韵研究》,兰州大学博士论文,2014年

[16] 张松建:《抒情主义与中国现代诗学》,北京大学出版社,2012年

[17] 张东东:《中国汉族民间音乐》,吉林大学出版社,2012年

[18] 张大伟:《"左联"文学的组织与传播》,复旦大学博士论文,2005年

[19] 周振鹤、游汝杰:《方言与中国文化》,上海人民出版社,2006年

(二) 外文部分

[1] Aviram, Amittai. *Telling Rhythm: Body and Meaning in Poetry*, University of Michigan Press, 1994

[2] Arendt, Hannah. *The Origins of Totalitarianism*, Harcourt Brace & Company, 1973

[3] 哈贝马斯:《后民族结构》,曹卫东译,上海人民出版社,2002年

[4] Anderson, Marston. *The Limits of Realism: Chinese Fiction in the Revolutionary Period*, University of California Press, 1990

[5] 阿兰·巴迪欧:《世纪》,蓝江译,南京大学出版社,2011年

[6] 本尼迪克特·安德森:《想象的共同体——民族主义的起源与散布》,吴叡人译,上海世纪出版集团,2005年

[7] Blasing, Mutlu Konuk. *Lyric Poetry: The Pain and the Pleasure of Words*, Princeton University Press, 2006

[8] Benjamin, Walter. *Radio Benjamin*, Lecia Rosenthal ed., Verso, 2014

[9] —— *Aufklärung für Kinder*, Suhrkamp Verlag, 1985.

[10] —— *Illuminations: Essays and Reflections*, ed. Hannah Arendt,

Schocken Books, 1969

[11] —— *The Work of Art in the Age of Its Technological Reproducibility, and Other Writings on Media*, ed. Michael W. Jennings, Brigid Doherty, and Thomas Y. Levin, Belknap Press, 2008

[12] Costello, Bonnie. *The Plural of Us: Poetry and Community in Auden and Others*, Princeton University Press, 2017

[13] Crespi, John. *Voices in Revolution: Poetry and the Auditory Imagination in Modern China*, University of Hawai'i Press

[14] Culler, Jonathan. *Theory of the Lyric*, Harvard University Press, 2015

[15] Cowan, Michael. *Technology's Pulse: Essays on Rhythm in German Modernism*, IGRS, University of London, 2011

[16] Eiland, Howard and Michael W. Jennings. *Walter Benjamin: A Critical Life*, Belknap Press, 2016

[17] Gräbner, Cornelia and Arturo Casas, eds. *Performing Poetry: Body, Place and Rhythm in the Poetry Performance*, Rodopi, 2011

[18] Golston, Michael. *Rhythm and Race in Modernist Poetry and Science: Pound, Yeats, Williams, and Modern Sciences of Rhythm*, Columbia University Press, 2007

[19] 郭颖颐:《中国现代思想中的唯科学主义》,雷颐译,江苏人民出版社, 1989 年

[20] Kang, Jaeho. *Walter Benjamin and the Media: The Spectacle of Modernity*, Polity, 2014

[21] 柯雷:《精神与金钱时代的中国诗歌》,张晓红译,北京大学出版社,2016 年

[22] Levine, Caroline. *Forms: Whole, Rhythm, Hierarchy, Network*, Princeton University Press, 2015

[23] 乔治·卢卡奇:《历史与阶级意识》,杜章智、任立、燕宏远译,商务印书馆,1996 年

[24] Link, Perry. *An Anatomy of Chinese: Rhythm, Metaphor, Politics*, Cambridge, MA: Harvard University Press, 2013

[25] 刘禾:《帝国的话语政治:从近代中西冲突看现代世界秩序的形成》,杨立华等译,三联书店,2009 年

[26] Mehlman, Jeffrey. *Walter Benjamin for Children: An Essay on his Radio Years*, University of Chicago Press, 1993

[27] Neigh, Janet. *Recalling Recitation in the Americas: Borderless Curriculum, Performance Poetry, and Reading*, University of Toronto Press, 2017

[28] Potts, John. *Radio in Australia*, University of New South Wales Press, 1989

[29] Rancière, Jacques. *The Flesh of Words: The Politics of Writing*, trans. Charlotte Mandell, Stanford University Press, 2004

[30] —— *The Politics of Aesthetics: The Distribution of the Sensible*, Continuum, 2008

[31] Spittler, Gerd. *Founders of the Anthropology of Work: German Social Scientists of the 19th and Early 20th Centuries and the First Ethnographers*, Lit Verlag, 2008

[32] Saussy, Haun. *The Ethnography of Rhythm: Orality and its Technologies*, Fordham University Press, 2016

[33] Tang, Xiaobing. *Origins of the Chinese Avant-garde: The Modern Woodcut Movement*, Berkeley: University of California Press, 2008

[34] Thomson, Veronica Forrest. *Poetic Artifice: A Theory of Twentieth-*

Century Poetry, Gareth Farmer, ed., Shearsman Books, 2016

[35] Wang, David. *The Lyrical in Epic Time: Modern Chinese Intellectuals and Artists Through the 1949 Crisis*, Columbia University Press, 2015

[36] Wellmann, Janina. *The Form of Becoming: Embryology and the Epistemology of Rhythm, 1760-1830*, trans., Kate Sturge, Zone Books, 2017

[37] Wilcox, Emily. *Revolutionary Bodies: Chinese Dance and the Socialist Legacy*, Berkeley: University of California Press, 2019

[38] Xiao, Tie. *Revolutionary Waves: The Crowd in Modern China*, Harvard University Press, 2017

[39] 小谷一郎:《东京"左联"重建后留日学生文艺活动》,王建华译,上海社会科学院出版社,2012年

三、研究论文:

(一)汉语部分

[1] 包华石:《现代主义与文化政治》,《读书》2007年第3期

[2] 蔡清富:《关于中国诗歌会的几件史实》,《中国现代文学研究丛刊》,1986年第2期

[3] ——《中国诗歌会及其机关刊物〈新诗歌〉》,《中国现代文学研究丛刊》,1980年第3辑

[4] ——《鲁迅与中国诗歌会》,《鲁迅研究月刊》,1996年第8期

[5] 陈国球:《放逐抒情:从徐迟的抒情论说起》,《清华中文学报》,2012年第8期

[6] 陈松溪:《新见中国诗歌会的一期〈新诗歌〉》,《新文学史料》,1990年第2期

[7] 蔡翔:《国家/地方:革命想象中的冲突、调和与妥协》,《当代作家评论》,2008年第2期

[8] 程中原:《关于冯雪峰1936—37年在上海情况的新史料》,《新文学史料》,1992年第4期

[9] 高放、高敬增:《普列汉诺夫著作在中国民主革命时期的传播》,《教学与研究》1982年第4期

[10] 郜元宝:《现代汉语:工具论与本体论的交战》,《当代作家评论》,2002年第2期

[11] ———《音本位与字本位》,《当代作家评论》,2002年第2期

[12] 黄万华:《1945～1949年的香港文学》,《中国现代文学研究丛刊》,2004年第2期

[13] 柯文溥:《论中国诗歌会》,《文学评论》,1985年第1期

[14] 刘禾:《鲁迅生命观中的科学与宗教》,《鲁迅研究月刊》,2011年第3、4期

[15] 刘进才:《从"文学的国语"到方言创作——四十年代方言文学运动的合理性及其限度》,《文学评论》,2006年第4期

[16] 刘继业:《朗诵诗理论探索与中国现代诗学》,《中国社会科学》,2003年第5期

[17] 梅家玲:《现代的声音——"声音"与文学的现代转型》,收梅家玲、林姵吟编《交界与游移:跨文史视野中的文化传译与知识生产》,麦田出版社,2016年

[18] 彭锋:《气韵与节奏》,《文艺理论研究》,2017年第6期

[19] 王亚平、柳倩:《中国诗歌会》,《新文学史料》,1979年第1期

[20] 汪晖:《去政治化的政治、霸权的多重构成与六十年代的消逝》,《开放时代》,2007年第2期

[21] 王璞:《"人国"与"人民共和国":鲁迅的"心声"观与毛泽东的"新民歌"运

动之间的政治诗学》,蔡翔、张旭东编《当代文学 60 年回望与反思》,上海大学出版社,2011 年

[22] ———《"同路"和"同时代":勃洛克的〈十二个〉》,《上海书评》,2018 年 4 月 20 日

[23] 王泽龙、王雪松:《中国现代诗歌节奏内涵论析》,《文学评论》,2011 年第 2 期

[24] ———《中国现代诗歌节奏研究的历程与困惑》,《武汉大学学报》,2011 年第 2 期

[25] 向延生:《拨开历史的迷雾》,收《聂耳全集·下卷·资料编·增订版》,文化艺术出版社,2011 年

[26] 徐庆全:《新时期"两个口号"论争评价的论争述实》,《鲁迅研究月刊》,2003 年第 8 期

[27] 杨小锋:《抗战诗歌朗诵运动中关于"朗诵诗"的讨论》,《重庆三峡学院学报》,2001 年第 5 期

[28] 袁先欣:《文化、运动与"民间"的形式》,《文学评论》,2017 年第 3 期

[29] 赵心宪:《"朗诵诗"的问题形式及诗学阐释》,《河北学刊》,2007 年第 6 期

[30] 郑毓瑜:《从"姿"到"之"——由"力动往复"诠释陈世骧的诗说》,《清华学报》,新 45 卷第 1 期

[31] 周健强:《夏衍谈"左联"后期》,《新文学史料》,1991 年第 4 期

[32] 赵浩生:《周扬笑谈历史功过》,《新文学史料》,1979 年第 2 辑

(二) 外文部分

[1] Attridge, Derek. "The Language of Poetry: Materiality and Meaning," *Essays in Criticism*, Volume XXXI, Issue 3(1 July 1981)

[2] 绢川浩敏:《东京左联对森山启现实主义论的接受》,《野草》Vol. 54 (1994)

［3］Lee, Haiyan. "Tears That Crumbled the Great Wall: The Archaeology of Feeling in the May Fourth Folklore Movement," *The Journal of Asian Studies*, Vol. 64:1 (Feb. 2005)

［4］Pu, Wang. "Poetics, Politics, and 'Ursprung/Yuan': On Lu Xun's Conception of 'Mara Poetry.'" *Modern Chinese Literature and Culture*, vol. 23:2(2011)

［5］Shao, Flora. "'Seeing Her Through a Bamboo Curtain': Envisaging a National Literature through Chinese Folk Songs," *Twentieth-Century China*, Vol. 41:3

［6］Sieburth, Richard. "The Sound of Pound: A Listener's Guide," in PennSound Archive, URL: https://writing.upenn.edu/pennsound/x/text/Sieburth-Richard_Pound.html, Visited 06/08/2018

［7］中村完:《社会主義リアリズムの問題- 森山啓の評論を中心に》,早稲田大学国文学会,《国文学研究》Vol. 25(1962)

图书在版编目（CIP）数据

有声的左翼：诗朗诵与革命文艺的身体技术/康凌著.
-- 上海：上海文艺出版社，2020（2022.2重印）
（微光·青年批评家集丛. 第二辑）
ISBN 978-7-5321-7632-8
Ⅰ.①有… Ⅱ.①康… Ⅲ.①左翼文化运动－文学研究
②诗歌研究－中国－现代 Ⅳ.①I209.6②I207.2
中国版本图书馆CIP数据核字(2020)第055358号

上海文化发展基金会上海重大文艺创作资助项目
中国作家协会重点作品扶持项目

发 行 人：毕　胜
策 划 人：金　理
责任编辑：胡曦露
封面设计：胡　斌

书　　名：有声的左翼：诗朗诵与革命文艺的身体技术
作　　者：康　凌
出　　版：上海世纪出版集团　上海文艺出版社
地　　址：上海市闵行区号景路159弄A座2楼 201101
发　　行：上海文艺出版社发行中心
　　　　　上海市闵行区号景路159弄A座2楼206室 201101 www.ewen.co
印　　刷：崇明裕安印刷厂
开　　本：890×1240　1/32
印　　张：8.5
插　　页：3
字　　数：200,000
印　　次：2020年6月第1版 2022年2月第2次印刷
Ｉ Ｓ Ｂ Ｎ：978-7-5321-7632-8/Ⅰ·6073
定　　价：42.00元
告 读 者：如发现本书有质量问题请与印刷厂质量科联系　T:021-59404766